1920년대 일본어로 쓰인 조선 민요 연구서의 효시

조선 민요의 연구

1920년대 일본어로 쓰인 조선 민요 연구서의 효시
조선 민요의 연구

초판 인쇄 2016년 3월 14일
초판 발행 2016년 3월 24일

편 자 이치야마 모리오(市山盛雄)
역 자 엄인경·이윤지
펴낸이 이대현
편 집 권분옥
펴낸곳 도서출판 역락
주 소 서울시 서초구 동광로 46길 6-6 문창빌딩 2층
전 화 02-3409-2060(편집부), 2058(영업부)
팩 스 02-3409-2059
등 록 1999년 4월 19일 제303-2002-000014호
이메일 youkrack@hanmail.net

정 가 18,000원
ISBN 979-11-5686-307-6 93810

이 도서의 국립중앙도서관 출판예정도서목록(CIP)은 서지정보유통지원시스템 홈페이지(http://seoji.nl.go.kr)와 국가자료공동목록시스템(http://www.nl.go.kr/kolisnet)에서 이용하실 수 있습니다.(CIP제어번호: CIP2016006872)

본서는 정부(교육과학기술부)의 재원으로 한국연구재단의 지원을 받아 수행된 연구(NRF-2007-362-A00019)임.

1920년대 일본어로 쓰인 조선 민요 연구서의 효시

조선 민요의 연구

이치야마 모리오市山盛雄 편

엄인경·이윤지 역

역락

머리말

이 책은 1923년 7월 경성에서 창간된 단카短歌 잡지 『진인眞人』의 1927년 신년 특집호로서 기획, 발간되고 이후 도쿄東京에서 동일한 제목으로 개정 출간된 단행본 『조선 민요의 연구朝鮮民謠の研究』를 번역한 것이다. 편자 이치야마 모리오市山盛雄가 예언例言에서 밝힌 바와 같이 기존 특집호의 내용에 더하여 두 편의 논고가 증보되었고, 근대 일본 무용 연구계의 최고봉 나가타 다쓰오永田龍雄의 「조선 무용에 관하여」라는 글이 권두 서문으로 추가되었다.

『조선 민요의 연구』 집필에는 『진인』과 관련된 한반도의 유력 재조일본인 문필가들에 최남선, 이광수, 이은상이라는 조선 문단의 거두들이 참여하였다. 1930년대 이후 한반도에서 출간된 신문이나 잡지 등의 기고를 통하여 양국 지식인들의 조선의 민요 및 동요, 고시조와 가사 등 전통 시가에 대한 활발한 관심의 일단을 엿볼 수 있으나, 편자의 말에서 나타나듯 1927년 당시 '아직 첫걸음도 내딛지 않은' 조선 민요에 대한 수집, 번역, 연구를 목적으로 기획된 이 책의 출간은 실로 조선 전통 민요 연구사에 있어 그 선구라 할 수 있다. 조선의 민족성, 조선 민중의 심리를 그대로 담고 있는 자료로서의 민요에 대한 관심이 '진정한 조선을 알기 위한' 순수한 학문적 목적이나 지적 호기심을 충족시키는 결과를 낳기만 한 것은 아니었으나, 조선 민요에 대한 본격적 접근의 첫걸음이자 조선 전통 문예에 대한 재조일본인의 시각을 드러내고 있다는 점에서 이 책의 의미와 가치는 결코 가볍지 않다.

번역 과정에서 아쉬웠던 부분은 이 책에 인용된 대부분의 민요 채록의 출처가 명확히 기록되어 있지 않고, 한국어에 능통하지 못한 일본인들의 조선 민요나 동요에 대한 이해가 지인의 해석이나 번역을 통한 간접적 형태에 그칠 수밖에 없었기에 민요 본연의 모습을 재현하기 어려웠다는 점이다. 요컨대 조선 민요의 일본어 번역을 다시 한국어로 되살리는 작업은 극히 지난한 것이었다. 또한 총독부와 연관된 일부 재조일본인의 참여로 인하여 조선 민요가 제국의 섭렵 대상으로 포착된 측면도 있어 이 책의 기획 의도와 결과는 분명 한계를 노정하고 있다. 우리 민족의 오랜 역사와 함께한 조선 민요는 일제강점기 재조일본인 전통 시가 전문가들에 의하여 비로소 본격적인 연구 대상으로 간주되었던 것이다.

그럼에도 불구하고 1920년대 당시 조선 전역에 걸친 민중들의 민요 가락이 전달되는 듯 생생한 조사 자료와 조선 정서에 대한 이해의 시선은 재해석될 필요가 있다. 참고로 본서에 수록된 이은상의 「청상민요 소고」는 일본어 번역 과정에서 필자의 의도와 달라진 부분이 있는 것으로 사료되어 권말에 한국어 원문을 수록하였으므로 필요에 따라 참조하기 바란다.

이 책의 출판을 계기로 조선 민요 연구사가 새롭게 조명되기를 바라며, 마지막으로 번역의 의미와 가치를 이해해 주시고 편집과 장정 등 모든 과정에 있어 고심하신 이대현 사장님, 박태훈 본부장님, 권분옥 편집장님께 더없는 감사의 말씀을 드린다.

2016년 3월

엄인경 · 이윤지

號究研謠民鮮朝

일러두기

1. 번역의 저본底本으로는 1927년 10월 단행본으로 출판된 이치야마 모리오市山盛雄 편 『朝鮮民謠の研究』(坂本書店)를 사용하였다.
2. 본서의 원문은 조선 민요 및 동요, 시조, 가사 등에 대부분 한국어 가사 병기 없이 일본어 번역만을 싣고 있으며, 이로 인하여 그 원곡을 특정하기 어려운 경우 원문 해석에 머물렀음을 밝힌다.
3. 본문에 인용된 한국과 일본의 고전 시가 및 한시漢詩의 오탈자 및 누락된 부분은 역자 임의로 수정, 보완하였다.
4. 모든 각주는 역자에 의한 것이며, 원저자에 의한 주는 '필자 주'로 표시하였다.
5. 일본 인명, 지명 등의 고유명사 표기는 국립국어원 외래어 표기법에 준한다.
6. 서명 및 신문, 잡지명은 『 』, 기사나 평론, 수필, 시가 등의 제목은 「 」, 강조나 서적의 구절 인용은 ' ' 기호를 사용했으나, 원문의 표기를 따른 부분도 있다.
7. 본문에 사용된 강조점은 모두 세로쓰기 원문의 방점을 그대로 옮긴 것이다.
8. 일본 고유의 정형시(단카短歌, 조카長歌, 하이쿠俳句 등)의 경우 되도록 그 정형률(5・7・5・7・7조나 5・7・5조 등)에 맞추어 해석하였다.

朝鮮民謠の研究

차례

■앞 그림■

고려 백자 단지

• 나가타 다쓰오 •

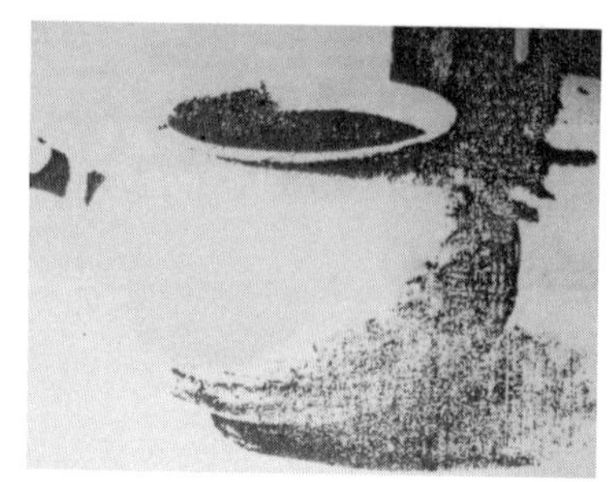

이치야마 모리오 소장

고려의 백자 단지 둥그스름한 배는 선선한 광택을 머금은 채 앉아 있는 듯하네.

高麗の白磁の壺のまろき胴はすずしき光りをもちて据わるも

젖가슴 이룬 단지의 완곡함이 고귀하구나 새하얀 고려자기 표면은 매끄러워.

乳房たす壺のまろみのたふとさや眞白き高麗の磁膚なめらに

사랑스러운 단지를 앞에 두고 마주 앉았네 단지의 오랜 세월 나는 갖지 못했지.

まがなしく壺にわがむかふこの壺の古りぬるよはひ我はも持たじ

이 단지 안의 숨결은 고요하고 나도 그러해 이러한 심정으로 세상 살 수 있다면.

この壺のいのちしづけし我はもよかかる心に世には居らなむ

차가우면서 매끄럽게 오로지 빛나고 있는 백자로 보이지만 생명 깃들어 있네.

つめたくて滑らにただに光り居る白磁と見れどいのちこもらふ

아주까리 노래

● 다나카 하쓰오 채보 ●

田中初夫採譜

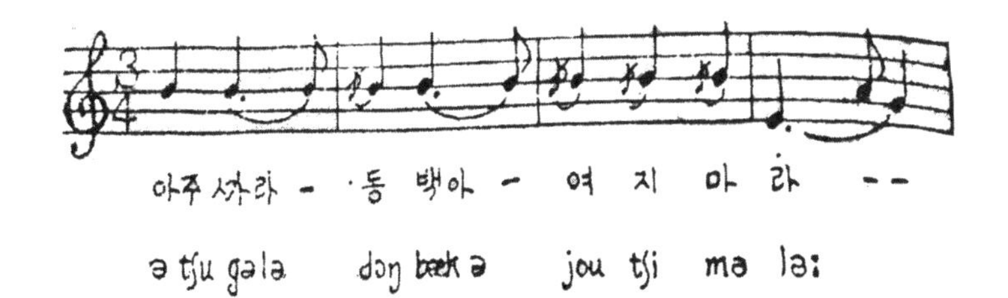

莨麻子の唄

아주까라동백아
여지마라
건너집수처녀
다놀아난다

ひましよ冬柏よ
實るな
向ひの家の娘が
皆浮氣して出るよ

개타령

• 다나카 하쓰오 채보 •

한양아

•R·T·S 채보•

한 양 아
Taken by R. T. S.
Andantino espressivo
Tempo I
한 양 아 너 부 르 는 열 경 이 다 한 양 아
Han-yang a. Nä bu ru nun yäl syäng i ta, Han yang a.
漢陽よ（意譯）
漢江の水は流れてやまず
漢陽よ
南山の松柏は四時青し
緑なす林の間に
きこゆる風の声
汝をよぶ心こめて
漢陽よ
漢陽よ
なれを呼ぶ心こめて
漢陽よ

— 기생 —

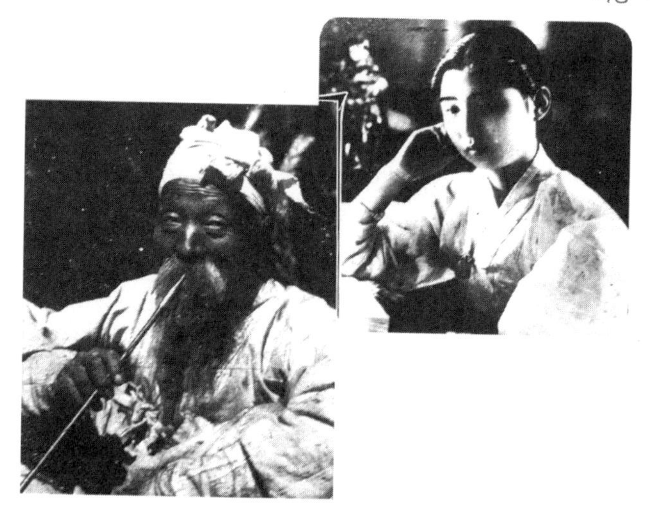

— 노동자 —

— 경성 독립문 부근 —

— 농부의 점심 —

풀 위에 한쪽 무릎을 세우고 앉아 점심을 먹는다. 후추나 김치, 달래 냄새로 가까이 갈 수 없을 정도다. 그것을 아무렇지 않게 마구 먹고 있다. 밥은 커다란 사발에 가득하다. 그리고 큰 바가지로 물을 마신다.

— 가을의 수확 —

대지를 고르고 이를 단단히 다져
그 위에 보리, 기타 잡곡을 두드려 탈곡한다.
철이 되면 곳곳에서 이러한 집단을 볼 수 있다.
그 자리에서도 민요가 흘러나온다.

— 무녀의 무용 —

북방 아시아 및 페르시아 지방의 원시 신 가운데 춤을 즐기는 신이 있어 이를 모시던 여사제가 바로 무녀의 기원이며, 북방 지나支那를 거쳐 조선으로 들어와 일본 본토에까지 이르렀다. 현재 조선에 잔존하는 풍속 중에서 무녀는 최고最古의 풍속이자 학문적으로 가장 가치 있는 것 중 하나이다.

— 무녀의 춤추는 모습 —

예언例言

이 책은 내가 편집을 담당하고 있는 월간지 『진인眞人』의 특집호로 발간된 「조선 민요의 연구」에 시미즈 헤이조淸水兵三 씨의 「조선의 향토와 민요」, 다나카 하쓰오田中初夫 씨의 「민요의 철학적 고찰에 기초한 조직 체계의 구성」의 두 편을 부가하여 재판한 것이다.

편집 중 내가 집필한 「조선 민요에 관한 잡기」는 준비가 미흡하고 독단이 많은 지극히 잡박한 것으로 부끄러울 따름이나, 삭제할 수는 없어 그대로 게재하기로 했다. 나로서는 언젠가 새로이 원고를 고쳐 쓰고자 생각하고 있다.

민요의 연구는 여러 문명국에서는 이미 그 자료가 거의 고갈되었을 정도인데, 조선에서는 아직 첫걸음도 내딛지 않은 상태이다. 최근에 겨우 각 방면에서 조선 연구열이 높아진 듯하지만, 진정한 조선을 알기 위해서는 아무래도 이 나라 민족의 민족성을 알아야 한다. 소박한 민중의 시대적 심리를 여실히 표현하고 있는 민요는 민족성을 파악하기에 가장 유력한 자료가 될 것이다.

미력하여 적임은 아니지만, 이 책의 집필에 응해 준 제씨들은 각각 그 방면의 유력한 선배들이다. 이분들의 후의에 따른 원조에 의해 이 책을 엮어 세상에 내놓게 되었는데, 물론 편집상의 미비한 점이나 교정, 기타의 책임은 편자에게 있다. 또한 조선 민요의 연구로서 불만스러운 점도 적잖이 있을 것이다. 그러나 본서에 의해 조선 민요의 개념 정도는 전달할 수 있으리라 생각한다. 부디 독자 제현들께서는 천학비재한 편자의 어리석음을 탓하지 마시고 이로써 더욱 깊고 넓게 조선 민요 연구의 발걸음을 내딛기를 바라는 바이다.

본서의 출판에 있어 아끼고 존경하는 벗 나가타 다쓰오永田龍雄 형의 따스한 조력에 힘입었다. 게다가 민요와 더불어 고찰해야 할 조선 무용에 관한 소감을 서문으로서 받게 된 후의에 깊이 감사한다. 교정과 기타를 도와주신 에스페란토 학회의 김억金億, 동광사東光社의 원경묵元敬默, 『진인』의 이시이 다쓰시石井龍史, 미치히사 료道久良 제군들에게도 깊이 감사한다.

또한 이 책의 장정은 아사카와 노리타카淺川伯教[1] 화백의 손을

1) 아사카와 노리타카(淺川伯教, 1884~1964년). 조선 도자기 연구가이자 화가, 조각가, 문학자. 조선의 백자를 민예운동가인 야나기 무네요시(柳宗悅)를 비롯한 일본에 널리 알린 장본인으로, 1924년에는 경성에 '조선민족미술관(朝鮮民族美術館)'을 설립하고 한반도의 700여 개가 넘는 가마터를 직접 조사, 연구하여 '조선 도자기의 신'이라 일컬어졌다.

빌었다. 권두의 장구를 치는 기생의 삽화는 이 책을 위하여 특별히 이시이 하쿠테이石井栢亭[2] 화백이 보내 주신 것이다. 그리고 표지에는 조선의 마麻를, 책의 면지面紙[3]에는 조선 종이를 사용했다. 모두 조선 농민들의 손에 의해 만들어진 민예의 나라다운 훌륭한 특산물이다.

1927년 9월 24일 가을 황령제皇靈祭[4] 날
경성 호라이초蓬萊町 우거寓居에서
편자 이치야마 모리오市山盛雄

---

2) 이시이 하쿠테이(石井柏亭, 1882~1958년). 화가, 미술평론가. 본명은 이시이 만키치(石井滿吉). 1900년대 초부터 신일본화 운동을 추진했으며 잡지 『묘조(明星)』에 삽화 및 시를 발표. 1907년 미술잡지 『호슨(方寸)』을 창간, 일본의 근대 창작 판화 운동을 이끌었으며, 1908년에는 문학자들과 '판의 모임(パンの會)'을 결성하여 근세적 정서를 추구했다. 목판 풍경화를 다수 제작했으며 다이쇼(大正), 쇼와 시대(昭和時代)에 걸쳐 일본 미술계의 중진으로 활약했다.

3) 책 앞뒤 표지 안쪽의 지면을 말하며 보통 본문 용지보다 두꺼운 용지를 사용한다.

4) 근대 일본의 축일 중 하나로 춘분과 추분에 천황이 황령전(皇靈殿)에서 제사하는 제일(祭日)을 말함.

조선 무용에 관하여

• 나가타 다쓰오永田龍雄 •

조선 무용에 관하여

백로와 닮은 조선인은 그 긴 담뱃대를 끼고 그들 하루의 노동, 담소, 사고 — 모든 것이 느릿한 걸음이며 아름다운 잠결인 듯하다. 나에게는 그들의 모든 행위가 동양적 운율과 우미함을 본능적으로 그 일상생활에서 배양하고 있는 것처럼 보이는 것이다.

조선 무용의 본래 면목은 일본 무용과 동일한 형태상에 있는 것이다. 그 '춘앵전春鶯轉'[5]을 보든 '검무劍舞'를 보든 우리는 우리 조상으로부터 전통적으로 내려온 우아한 춤을 방불케 하는 무언가를 인식하게 된다. 우미함, 유장함 — 이것이 조선 무용의 면목이다. 따라서 활력이 흘러넘치는 유동적 무용은 조선 무용에서는 맛보고 알기가 어려운 것이다. 남도 야에야마 열도八重山列島[6]의 거친 파도

5) 원문에 '앵춘전'으로 되어 있으나 '춘앵전'의 오식으로 추측된다. 조선 순조(純祖) 때 창작된 향악정재(鄕樂呈才)의 하나로 세자 대리 익종(翼宗)이 어느 봄날 아침 버드나무 가지 사이를 날아다니며 지저귀는 꾀꼬리 소리에 감동하여 이를 무용화한 것이라 전해진다.

6) 오키나와 현(沖縄縣) 남서부 사키시마 제도(先島諸島)의 일부로, 이시가키지마(石垣島), 이리오모테지마(西表島) 등이 주요 섬들.

안에서 생겨난 것처럼 탁월하고 열광적인 무용은 볼 수 없다.

현재 조선에 남은 무용은 대부분 왕조의 애호하에 전통적으로 이어진 것과 기생에 의해 보육된 것 및 얼마 남지 않은 전원 무용을 포함하여 그 무용의 표현을 지속적으로 재현하는 것은 다섯 손가락을 일곱 번 꼽을 정도밖에 없다. 그리고 그러한 무용 대부분은 예양禮讓 무용이다. 이것은 왕조정王朝廷에서 발견할 수 있는 무용이기 때문이다. 고아한 향락의 예술로서 무용을 육성한 것이다.

조선 무용은 온돌 안에서 육성되었다. 그들이 받은 널따란 대륙적 푸른 하늘은 그다지 보지 않았다. 좁고 답답한 실내 무용으로서 오늘날까지 유지되어 왔다. 그래서 동작의 율동이 미세하고 격동이 없는 것이다. 이 반도의 은근한 국민성이 이와 같이 만든 것이다.

조선 무용은 평명하다. '깊은 고요함'이 없다. 동양의 무용 중에서 가장 사색적인 그림자를 지니지 않은 무용이다. 이 역시 국민성이 이처럼 만든 것이다………

그래서 조선 무용은 어느 정도까지는 미적 감수성을 지니고 있지만 전체를 포괄하는 듯한 예술 율동은 조금도 없다.—이것은 우리 일본인의 무용 예술도 마찬가지이다. 그러나 일본 무용에는 다소 정서의 음영을 자아내어 섬세미를 내포하는 점이 있다. 그런 만큼 복잡한 교착이 있다.

나는 박춘재朴春載[7]의 가무를 보았다. 그리고 소리를 들었다. 그의 목소리는 고아하며 어디엔가 요염함이 있다. 까치가 우는 소리와 같은 부분은 인상적으로 들린다. 그의 기예는 어딘가 거칠지만 명인다운 관용이 보인다. 그에게는 내가 예전 구미의 극단에서 본 박쥐 극단의 발리예프[8]다운 점이 있다. 박춘재의 치기와 조야함이 어우러진 무대, 그리고 골계미, 더불어 여성 합창과의 요염한 춤, ―이것이 현재 조선 무용의 버라이어티로서 담아낼 수 있는 양이다. 아직 어린 단계이지만 조선 사람들은 매우 좋아하며 감상하는 듯하다.

조선의 무용은 태고에 가까운 모습의 것으로 존중하고 싶다.

―9월 9일 도쿄東京 구단자카九段坂에서

---

7) 박춘재(朴春載, 1881~1948년). 서울 출신으로 경기와 서도 소리의 명창. 어려서부터 잡가와 선소리를 배우고 이후 시조, 잡가, 가사 등을 배워 대성하였으며, 재담의 일인자이기도 했다. 1900년 궁내부 가무별감(歌舞別監)으로 임명되어 어전 연주의 특전을 얻었다.

8) 니키타 발리예프(Nikita Balliev, 1877~1936년). 러시아의 배우, 무용가. 모스크바 예술극단에서 활약하고 박쥐 극단을 창립하여 즉흥극, 패러디 등으로 인기를 얻었으며, 독창적인 무대예술로 구미 극단들에 영향을 미쳤다.

조선 민요의 개관

• 최남선崔南善 •

조선 민요의 개관

민중의 거짓 없는 감정이 꾸밈없는 형태로 발로되는 곳에 민요가 있다. 민중의 소박한 심정이 본바탕 그대로 어떤 운율을 구하는 곳에 민요의 태반이 있다. 이른바 야생의 소리이며 더불어 하늘의 소리이다.

민요는 기교를 요하지 않는다. 제목을 요하지 않는다. 교양 있는 작자를 요하지 않는다. 예의든 교권教勸이든 민요는 구애받으려 하지 않는다. '깊이'로서의 고사故事나 '우아함'으로서의 기어綺語도 민요의 생명에 아무런 권위를 갖지 않는다. 순수한 마음의 상相이 흐리지 않게 드러나면 족하다. 거칠게 다듬는 것으로 충분하며, 아니 오히려 갈고 닦거나 갈무리하는 것은 민요에 있어 금물이라고도 할 수 있다.

시가가 없는 곳에도 민요는 있다. 시가가 성립되지 않았던 시기에도 민요는 나타났다. 아니 종교로서의 제사나 철학으로서의 신화에도, 다른 일체의 지적 산물이 없던 시절에도, 민요가 없던 적은 없다. 오직 하나, 언어의 기능을 알 수 없었던 시기에만 민요가 없는 것이 용납된다. 반사적인 마음의 충동과 간투사間投詞가 섞인 약간의 단어만 있다면 민요는 생겨나기 때문이다. 그와 같은 시절이라도 '노래'를 하고자 하는 충동은 있었기 때문이다.

일체의 문화적 연원을 캐어묻다 보면 그 가장 깊은 곳에서 발견되는 것이 민요이다. 인류의 지知와 정情도, 그 새싹은 오직 하나, 민요로서 처음 움트는 것을 보게 된다. 이 천진난만한 인류의 어린 목소리가 신을 찬송하는 쪽으로 바뀔 때 종교가 싹트고, 조각난 감정들의 뒤엉킴이 이지理智를 배경으로 하여 수미일관하는 '줄기'를 요구할 때 신화가 태어난다. 민요야말로 인류의 지적 활동의 첫걸음이며 예술적 발작의 첫머리일 것이다.

조선이 문학국인지 아닌지는 의문이다. 조선에 과연 자랑하기에 족한 오래된 성형成形 문학이 있는지 없는지, 세계문학사의 한 주춧돌을 이룰 만한 문학적 사실이 있는지 없는지, 순수한 조선의 마음과 조선의 정조를 조선말을 통하여 조선 리듬으로 표현한 것을 계통을 지어 설명하는 의미에 있어 조선 문학사라는 것이 성립하는지 아닌지는, 조선적인 조선 문학이 학대받는 지금에 이르러서는 상당히 의심스러운 일이다. 그 숨은 것을 드러내고 자취를 감춘 것을 열어 조선 문학의 본령을 발로하는 것은 실로 용이하리라고 여겨지지는 않는다. 우리가 평상시 하는 말이지만, 조선은 문학의 소재국이지 그 훌륭한 건축물의 소유자는 아니다.

문학의 소재국으로서의 조선은 실로 깔보기 어려운 부유함을 가지고 있다. 아직 개척되지 않은 보고寶庫인 만큼 그 오랜 문화사의 배후에는 끝을 알 수 없는 깊이와 기이함이 잠재되어 있을지도 모른다. 전설과 민요는 그 보물창고로 들어가는 통로 양측의 벽이겠지만, 마침내 발걸음을 옮겨 들어가 보면 금방이라도 민요만의 세계와 만나게 될 것임이 지극 당연하다. 전설의 연대가 그리 오랜 것으로는 보이지 않기 때문이다. 주몽朱蒙의 언덕을 넘어 단군檀君의 정상으로 나와도 민요의 하늘은 끝도 없이 이어지기 때문이다.

조선은 문학의 나라가 아닐지는 모르지만 분명 민요의 나라다. 민요도 문학의 권속眷屬이라면 조선은 민요를 통한 문학의 나라라고 해야 할 것이다. 다른 예술적 충동에 만족할 만한 기회를 부여받지 못했던 만큼, 그만큼 민요는 풍부했고 또한 윤택했음을 보게 된다. 조선 예술이라는 산악에는 산자락에도, 골짜기에도, 그 꽃밭에도, 그리고 구름을 뚫는 산꼭대기 위에도, 온통 흐드러지게 피어 눈부시게 장식하는 것은 거의 민요뿐이라고 해도 좋을 정도다.

조선 문학에 있어서 민요의 영역은 실로 넓다. 다른 어디에서도 볼 수 없을 정도의 문학적 세력을 차지하고 있다. 이것이 어쩌면 조선 문학사의 중요한 한 가지 특색일지도 모른다. 그리고 이것은 문학을 통한 그 사상사의 모든 노정路程이자 모든 내용이기도 하다. 왜냐하면 조선에는 민족적 종교도 있었지만 그 경전을 전하지 못했고, 민족적 철학도 있었지만 그 체계를 기록하지 못했기 때문이다. 그 사상 생활의 자취를 드러낼 만한 것은 오로지 문학 방면인데, 그 문학이라는 모둠냄비에 담겨 있는 것은, 칠팔 할이 민요이기 때문이다. 조선인의 생활, 조선의 역사에 민요는 이 정도로 중대한 의의를 띠고 있으며 이를 제외하면 조선을 이해할 수 없다고 할 만한 이유도 여기에 있는 것이다. 조선의 민요는 다른 곳에 있는 것과 같은 단순한 민요, 민요적 가치에 머무르는 것이 아니다.

조선인은 극적이기보다는 음악적인 국민이다. 기악器樂적이기보다는 성악聲樂적 국민이다. 이러한 까닭에 그들의 운율 생활, 시의 역사는 길고도 두터운 것을 보게 된다. 기요技謠(Art song) 쪽도 비교적 오랜 기원을 가지며 정돈된 형식을 이루었다. 『삼국사기三國史記』에는 고구려 2대 왕인 유리명왕琉璃明王(기원전 19~기원후 17년)이 지은 연가戀歌의 역문인—

> 펄펄 나는 저 꾀꼬리 암수 서로 정답구나. 외로워라 이내 몸은 뉘와 함께 돌아갈꼬.
>
> 翩翩黃鳥 雌雄相依 念我之獨 誰其與歸。

를 싣고 있으며, 신라의 세 번째 왕 유리 이사금儒理尼師今(서기 28년)에 관한 일로—

이 해에 민속이 환강하여 도솔가를 처음으로 지으니 이것이 가악의 시초였다.

是年民俗歡康 始製兜率歌 此歌樂之始也。

라는 말이 전한다. 『삼국유사三國遺事』 및 『균여전均如傳』에는 일종의 성형문학으로서의 '향가鄕歌'에 관한 많은 사실과 더불어 그 작품을 수록하고 있으며, 진성왕 2년(서기 888년)에는 향가의 『만요슈萬葉集』[9]라고도 일컬을 만한 『삼대목三代目』이라는 것이 칙찬되기에 이르렀다. 그리고 '향가'는 국풍, 즉 '나라의 풍조'라는 명목으로 제사나 기도, 내지는 군주의 훈계나 전우殿宇의 완공 축하 등에도 이용되었다. 이른바 신라의 국교인 '선仙'도의 노리토祝詞[10]이자 시편詩篇이며 찬미가이기도 했던 것이다. 우선 중국의 '아雅'나 '송頌'에도 비견할 만한 와자우타技謠[11]인 것이다.

그러면서 중국의 문자 및 사상의 수입에 따라 이 방면을 대표하

9) 8세기 중엽, 나라 시대(奈良時代)에 성립된 일본 최고(最古)의 가집(歌集). 단카(短歌), 조카(長歌) 등 다양한 가체(歌体)의 노래가 4500여 수 수록되어 있다. 약 400년에 이르는 일본 전역, 각 계층의 풍부한 인간성을 소박하고 솔직하게 표현한 노래가 많다. 20권.

10) 신주(神主)나 신관이 신 앞에 고하여 비는 축문(祝文).

11) 상대 가요(上代歌謠)의 일종으로 사회적, 혹은 정치적 풍자나 예언을 내포한 작자 불명의 유행가. 신이 인간, 특히 아이의 입을 빌려 노래하게 한 것으로 여겨졌다.

는 향가는 형식과 내용 모두 중국의 정악류에 접근하거나 유사해지고자 노력했고 점차 고유의 민속에서 멀어져 갔다. 이렇게 향가가 국풍의 본의를 무시한 것은 한편으로 조선인 감정의 자연스러운 발로를 보여주는 것이며, 이로써 민요의 지위가 점차 중요해지는 원인이 될 수밖에 없었다. 유교풍의 형식과 도덕에 얽매이지 않고 도교와 불교풍의 초연 사상에도 빠지지 않으며 명랑한 일종의 낙천주의를 기조로 하는 조선인 본래의 사상 경향은 오로지 민요에 담겨 흐르는 것을 보게 되었다. 그리고 이러한 경향은 향가가 '시조'가 되고 시조에서 '가사'가 파생됨에 따라 점차 현저해져 갔다.

중국적 문화의 이입과 유행은 조선인의 생활면에 단절된 일대 단층을 만들고 마침내 생활 기조를 달리 하는 양대 계급의 대립을 보이게 되었다. 그리고 이 경우 민족적 특질과 전통적 정신을 지지하는 것은 권력 계급, 지식 계급인 상류사회가 아니라 그들에 의해 문화적 하위층이 된 평민과 서민 계층이 바로 이 영광스러운 임무를 부담한 자들이었다. 전자가 '시'를 읊고 소'騷'[12]를 외고 한위漢魏[13]의 고시를 익히며 삼당三唐의 근체近體를 모방하는 사이에도, 후자는 끊임없는 노력으로 오래된 부대에 새 술을 담으며 민족정

12) 시부(詩賦; 시(詩)와 부(賦)를 아울러 이르는 말), 풍류(風流).

13) 16세기에 성립된 한적 총서인 『한위총서(漢魏叢書)』를 일컫는다. 전한, 후한, 위진 남북조 시대의 저작을 수록한 것으로 명나라 때 출판되었으며 청대에 이르러 증보되었다.

신 및 그 발로에 의한 민족 예술의 수호자 노릇을 게을리하지 않았다. 그리고 그 유일한 성채城砦와 같은 것이 다름 아닌 민요였다. 포은 정몽주, 퇴계 이황, 우암 송시열이 한문의 형해에 매달려 송학宋學의 찌꺼기를 핥고 있을 때 민중윤리학으로서의 「심청가」「흥부전」「춘향가」, 민중성전으로서의 「회심곡」「서왕가」「오륜가」, 민중교과서로서의 「장타령」「바위타령」, 민중적 혁명서로서의 「산대山臺」「꼭두짝시」 등이 모두 활발한 민요의 형식을 취하고 민중의 붉은 심장을 고동치게 했다. 형안으로 이러한 기미를 잘 살핀 '남조선 사도'의 한 사람, 동학당의 최제우 등도 민요의 형태를 취한 '와산和讚'[14]과 같은 것을 지어 사상 선전에 적합한 무기로 삼기에 이르렀다. 이와 같이 민요는 외연에 있어서만이 아니라 그 내용까지도 상당한 넓이와 깊이를 지니게 되었다.

또 한 가지 조선의 민요 발달에 있어 간과할 수 없는 가장 큰 인연은 피압박자로서 전부 차단되어 어찌할 도리가 없는 민중의 슬픈 신음을 민요라는 유일한 출구를 통해 발로한다는 점이다. 그 내부에는 애절한 호소가 있었다. 예리한 풍자도 있었다. 『삼국유사』의 서동요가 이미 그 일례인데, 치자의 무리와 피치자 계급 간의 간극이 가장 심했던 이조李朝 시대에 들어온 이후에는 민요의 발생은 그 활발함을 한층 더하게 되었다. 「흥타령」을 통하여 주구誅求에

14) 불교 경문(經文)의 게(偈)를 7・5조로 노래한 것으로 와카(和歌)의 형태를 띤다.

대한 원한을 들고 나왔고, 「담바고淡婆姑」에 의하여 침입자에 대한 적개심을 토로하는 등 상당히 광범위에 걸쳐 그 활약의 보폭을 넓혔다. 그리고 연산군 대나 숙종 대와 같이 정치적 알력 혹은 궁궐 암투가 심했던 때에는 그 촉발하는 힘이 더욱 커져 이로 인한 새로운 분위기의 온양醞釀으로 왕관의 주인을 바꾸고 군총君寵의 향방을 바꿀 정도의 위세를 보였다. 이와 같이 민요는 여론 표현의 한 방법이며, 게다가 그 위대한 권력의 발휘자였다. 숙종 때 궁 안에서 민후와 장빈의 총애 다툼이 오랜 세월을 거쳐 민후의 승리로 끝나기까지, 이밖에도 다양한 경로가 있었다고는 하지만 여론의 빛으로서 사랑에 눈먼 왕의 눈을 뜨게 한 것은 유명한 '장다리는 한철이지만 민아리는 사철이라'라는 민요였다. (무의 줄기는 한때지만 미나리는 사계절 내내 간다는 의미인데 조선어로 무의 꽃줄기를 말하는 장다리의 첫 음이 장 씨와 통하고, 미나리의 첫 음은 민씨와 통하므로 말의 가락을 맞춤으로써 장씨가 일시적으로 번영을 누려도 영겁의 승리는 민후에게 돌아갈 것이라는 의미를 풍자한 것이다.)

이러한 종류의 민요 중 별도의 갈래로 예로부터 '동요'라는 것이 있다. 강구康衢[15]에서 동요를 듣는다는 중국의 고사에서 나온 것일텐데, 그것은 즉 민중의 입을 빌려 발표되는 시사적이거나 혹은 후

15) 강(康)은 다섯 방향으로 통하는 길, 구(衢)는 사방으로 통하는 길이라는 뜻으로 사방팔방으로 두루 통하는 번화한 큰 길거리를 이른다.

험적인 일종의 예언이었다. 무명의 이사야Isaiah,[16] 다니엘Daniel[17] 등이 그 우국에 불타는 마음과 이상의 빛을 캄캄한 어둠 속에 민중의 머리 위로 비치게 한 의의 있는 노력이었다. 도선道詵이라든가 무학無學, 혹은 정감鄭鑑, 토정土亭 등등 어떤 예언자를 표상으로 하여 표면에 내세우는 경우도 있지만, 대부분은 출처도 작자도 알 수 없는 민요로서 유포되는 것이었다. 최치원崔致遠에 의해 기록되었다고 일컬어지는 고려 건국의 예언인 '계림황엽鷄林黃葉 곡령청송鵠嶺青松'[18]이라는 것도, 『용비어천가』에 등에도 실려 있는 이조 건국의 예언인 '목자득국木子得國'[19] 등등도 원류를 따라 올라가면 모두 정치에 관련된 일종의 민요였다. 특히 이조에서는 태조의 위화도 회군, 중종과 인조 대의 왕통 투쟁, 성종과 숙종 대의 왕가 내의 소동과 같은 민심의 향배, 기운의 전환은 이러한 종류의 민요 이용에 의해 좌우되었다. 이처럼 민요가 혁명수단으로서의 심상찮은 효력을 과시한 것도 한두 번에 그친 일이 아니었다. 조선의 민요는 이와 같이 사회적으로도 역사적으로도 실로 중대한 역할을 수행했으

---

16) 구약의 선지자로 고대 이스라엘의 3대 예언자 중 한 명. 기원전 8세기 후반 유대 왕국에서 활동하였으며 그의 활동을 기록한 『이사야서』는 구약 예언의 최고봉으로 '소성경'이라 일컬어진다.

17) 기원전 6세기의 선지자로 그의 행적과 예언이 『다니엘서』에 기록되어 있다.

18) 일반적으로 '곡령청송 계림황엽'이라는 말로 알려져 있으며, 최치원이 고려 태조에게 보낸 글에 나오는 표현이다. 고려를 의미하는 곡령의 푸른 소나무와 신라를 가리키는 계림의 누런 나뭇잎이라는 뜻으로, 고려는 푸른 솔처럼 번창하고 신라는 누런 낙엽같이 시들어 망할 것이라는 비유이다.

19) '木'자는 '李'자를 파자(破字)한 것으로 '이씨가 나라를 얻게 된다'는 예언을 담고 있으며 고려 말에 유행한 노래로 알려져 있다.

며, 다른 나라들과 마찬가지로 단순한 원시 시형의 일종이나 민중 예술의 한 귀퉁이로서만 존재하는 것과는 전혀 다른 부류에 속한 것이었다.

그렇다면 이 정도의 역할을 하던 조선의 민요는 양적으로 어느 정도의 유물을 남기고 있을까? 『삼국지三國志』에 기록된 「삼한三韓의 고속古俗」에 따르면 '환호력작讙呼力作'[20]은 이 민족의 일대 특색이며, 노래를 읊조리기를 좋아하여 집에서든 길거리에서든 끊임없이 흥얼거리는 것이 같은 계통에 속하는 제민족의 공통적인 풍습인 듯하지만, 이른바 '환호'든 '노래 읊조리기'든 대체로 순수한 민요이며 더구나 공동 노동에 박자를 맞추기 위한 것임을 알 수 있는 것이다. 마한馬韓의 그것은 오늘날 전라도 중심의 「육자박이」에서 그 흔적을 찾을 수 있으며, 진한辰韓의 그것은 지금의 경상도 중심의 「메나리山有花」에서 그 유운遺韻을 추정할 수 있다. 황해도의 「감내기」, 평안도의 「수심가愁心歌」 등도 그 현저한 지방색에 의해 오랜 전통이라는 것을 추측케 하는 바가 있다. 이러한 것들이 각각의 본류인지 특수한 가락이었는지는 단정할 수 없으나, 그 주류 중 일부였음은 단언할 수 있다. 새로운 어구 속에 오래된 선율이 흐르는 것을 부정할 수 없는 것이다.

20) 원문에는 '환'자를 '歡'으로 쓰고 있어 이를 정정하였다. 소리를 지르며 힘껏 일한다는 의미이다.

그러나 선율을 별도로 하고 고대인의 사상 감정 그 자체인 글귀는 과연 어느 정도 그 남겨진 부분을 인정해야 할까? 비교적 보수적인 「메나리」에는 그 기원 설화와 더불어 원시적인 문장 표현도 얼마간 전하고 있는 듯하나, 그조차도 많은 바를 기대할 수 없는 것이 사실이다. 『삼국사기』의 「악지樂志」[21]에 최치원의 「향악잡영鄕樂雜咏」[22] 다섯 수를 인용하는 것을 보면 '노랫소리 들리자 사람들 웃음소리 요란하며聽得歌聲人盡笑'라는 구가 있는데, 어쩌면 시골의 신악神樂이거나 광대 연극 등에서 보는 것처럼 당시의 속요를 짜 넣은 무악이었다는 것을 추측할 수 있지만, 역시 문구는 전하지 않으며, 『고려사』의 「악지」에 실려 있는 기자조선箕子朝鮮 대의 작품으로 보는 「서경西京」 「대동강大同江」 등 당시 민요인 것이 명백하지만 '절패지류折敗之柳, 역유생의亦有生意'라든가 '대동강을 황하에 견주고以大同江比黃河, 영명고개를 숭산에 견주며永明嶺比嵩山'라고 되어 있을 뿐 그 원형을 제대로 알 수 없으며, 그밖에 고려의 「양주楊洲」 「장단長湍」 「거사련居士戀」 「사리화沙里花」 「안동자청安東紫青」 「한송정寒松亭」 내지 「삼국속악三國俗樂」으로서 포함된 것 대부분이 대개 당시의 민요일 것이나, 그 글귀에 이르러서는 이익재李益齋의 한역漢譯에서 약간의 풍운風韻을 느낄 수 있는 것 외에 쉽사리 그 울타리 안을 들여다보기 힘든 상황이다.

---

21) 『삼국사기』 권32에 실린 고구려, 백제, 신라의 음악 기사를 모아놓은 음악지를 말한다.

22) 최치원이 신라 말기에 지은 한시로 신라오기(新羅五伎)의 모습을 읊은 칠언시 다섯 수를 말하며 「악지」의 신라악 항목에 수록되어 있다.

조선 근대의 음곡은 무릇 '시조', '가사', '잡가'의 세 종류로 나눌 수가 있으며, 민요는 '타령'이라 칭하는 것을 중심으로 하여 마지막 것에 포함된다. '시조'는 정악이며 '가사'는 그에 준하는 것이지만 그 유래, 성질에 있어서 '가사'도 역시 민요의 의붓자식이고, 아니 일반 민요 중에서 선택되어 정악의 부수적 위치에 놓인 것에 불과하다. 이 「매화가梅花歌」 「길군악軍樂」 등은 말할 것도 없고 '가사'도 고상한 것으로 여겨지는 「황계사黃鷄詞」 「상사별곡相思別曲」과 같이 그 한 곡의 맺는 부분이 이어지는 방식, 음절, 조바꿈에 따라 신축이 자유로운 비정형적 곡을 이루는 등 올곧고 순박한 민요 그대로의 모습이다. 그런데 「황계사」라는 이름의 유래인 '병풍에 그려진 수탉 운운'이라는 구절과 같이 『고려사』 「악지」에 보이는 「오관산五冠山」의 뜻을 계승한 것은 지금의 「새타령」이 마찬가지로 고려의 「벌곡조伐谷鳥」[23]의 여류餘流를 담고 있는 것과 더불어 의심할 여지가 없는 바이지만, 저 「처용가」 등이 『삼국유사』와 『고려사』, 『악학궤범樂學軌範』에서 거의 동일한 문구로 전승되며, 지금의 시조 내지 기타의 관용구인 '열 사람 백 혀를 놀려도 주인만 알아주셨으면'이라는 고려의 「사룡蛇龍」[24]이 '뱀이 용의 꼬리를 물고서有蛇含龍尾, 태산의 묏부리를 지나갔다고 들었노라聞過太山岺, 만 사람이 각

23) '벌곡'은 새의 울음소리를 가리키며 『고려사』 「악지」에 전하는 노래로 고려시대 예종(睿宗)이 자기 정치에 대한 백성들의 여론을 듣고자 했으나 신하들이 말하지 못함을 한탄하여 지은 것이다.

24) 고려 충렬왕 때 지어진 작자 미상의 가요로 속악 중 하나. 『고려사』 권 71 「악지」에 오언절구의 한시 형태로 수록되어 있다.

각 한 마디씩 한다 해도萬人各一語, 짐작하는 것은 두 마음에 달려 있노라斟酌在兩心'를 전례로 답습한 것이라는 사실과 조응하여 얼마나 가어와 곡의가 시간적으로 강인한지를 볼 수 있다.

이렇게 보면, 지금에 이르는 민간의 구설적 전승 중에 수많은 오래된 어구를 보류하고 있음은 분명한 일이지만, 과연 무엇이 그에 해당하고 또한 그 전체의 형태를 전하는 것이 어느 정도일지는 도저히 파헤칠 도리가 없다. 『용비어천가』 『월인천강지곡』은 차치하고 속악으로서 조정에서 연주되는 약간의 가요가 『악학궤범』, 『국조사장國朝詞章』에 모여 수록된 것 외에 『삼대목』 이후 '시조'나 '가사'조차도 그 편집이나 조판이 있었다는 말을 듣지 못했고, 길게 보아 백년 안쪽으로 『남훈태평가南薰太平歌』라는 기생 교과서의 방각坊刻[25]에 의하여 미약하지만 일종의 가집의 결집을 볼 수 있는데, 여기에 실린 것은 '잡가' 세 편, '가사' 네 편에 불과하여 도저히 민요 연구의 토대가 되는 책으로 삼을 만한 수준이 아니며, 나는 최근 조선 가요의 수집에 마음을 두고 있는데 순수한 민요로서 거론할 수 있는 것은 아직 기록에 오르지 않은 만큼 성적이 가장 빈약할 수밖에 없는 것이다.

다만 기록상으로 드러난 수가 적은 것이 민요 그 자체의 양이 빈약하다는 증거가 되지 못함은 말할 것까지도 없는 일로, 오히려 문

25) 민간에서 출판함, 또는 그 서적.

필자들이 돌아보지 않는 점에 민요의 진면목이 있다고도 할 수 있다. 오히려 기록에 의해 형해화하지 않고 생생한 구전으로 발랄한 생명력을 전달하는 점에 다른 종류의 흥취가 존재한다고도 할 수 있으리라. 그 남은 구슬을 하나하나 모아 한 겹 한 겹 그 장애물을 걷어내며 결국 미망이 곧 진리요妄卽眞, 지금의 부처가 옛 부처今佛是古佛라는 말에 숨어 있는 면목을 드러내는 여간 아닌 노력에 수반하는 큰 유쾌함이 있다고도 할 수 있다. 이것은 어쩌면 어려운 일일 지도 모르지만, 조선 민요의 연구는 어떤 의미에 있어서의 진정한 조선, 본래의 조선, 적나라한 조선을 총괄적으로 연구하는 것과 동가치인 것을 생각하면 용기도 날 것이고, 의욕도 생길 것이다.

그러나 한편으로는 조선 민요의 연구자들에게 특수한 편의가 없는 것도 아니다. 우선 경성만 해도 조선 전체의 민요 반 이상의 조사나 연구를 수행할 수 있다는 점이다. 이것은 단순히 경성이 문화의 중심이라는 막연한 이유뿐만이 아니라, 필연적으로 다른 이유가 있다. 하나는 얼마 전인 60년 정도 전의 일인데, 예의 그 대원군의 경복궁 부흥 공사 때, 팔도의 자원과 더불어 부역을 하는 인부들이 대대적으로 징집되었다. 이때 사방의 인부들이 대오를 짜서 줄지어 무악을 하며 경성으로 올라왔는데, 마치 제국의 문물이 로마로 폭주한 것처럼 반도의 민요가 한꺼번에 경성으로 모여드는 장관을 보였다. 그것은 피로를 어루만지고 원한을 다독이는 하나의 방편으로서 '무동舞童' 기타 민중적 오락을 장려했기 때문이지만, 그로 인하여 이미 지방에서 쇠멸한 것이 아직 경성에 남아 있거나 혹은 그 혹사와 가혹한 부역에 대한 원망이 솜에 감싸인 바늘과 같은 신민요가 되어 나타나는 민요 발생론의 좋은 실례도 다수 볼 수 있게 되었다. 나중에 고종제(이태왕)가 특별히 이요俚謠[26]와 민화民話를 즐겨 온 궁중을 민요의 향악장으로 만들고 「아리랑」 외에도 많은 신곡을 산출하는 기운을 계도하게 된 유래가 어쩌면 어린 시절 듣고 익숙해진 경복궁 부흥의 노동요에 있었을는지도 모른다는 것을 생각하니 이것만으로도 다할 수 없는 흥미를 시사할 것이다.

또 하나의 이유는 경성 화류계의 신국면이다. 가령 예스럽게는 기생 등이 '기품'을 제일로 삼고 혹여 이요, 속요를 부르면 끝장이라며 기생으로서의 품격을 잃어서는 안 되었는데, 지금은 만곡이 평등, 아니 오히려 속곡이 제일의 것으로 바뀌었으므로 오랜 민요만으로는 수요가 부족하여 새로운 것과 합쳐 부르는 것이 잇따라 생겨나게 되었다. 또한 예전에는 설령 경성이라고 해도 기생의 출신지나 머릿수도 매우 제한되었던 것인데, 지금은 동서남북에서 사람들이 멋대로 밀려들어와 그 기예나 속곡을 최고로 삼으니 어느 정도 민요의 지방색 및 종류는 경성에서만도 고찰할 수 있는 것이다. 웅혼하며 위압적인 '영남'풍(경상), 부드럽고 여유가 있는 '호남'풍(전라), 청화 한아하며 궁정적 기분이 넘치는 경성 풍, 촉박하고 애

26) 지방의 민요, 속요.

절하며 상심어린 곡조를 이루지 않을 수 없는 '서도'풍(평안, 황해)을 하룻밤 한 자리에서 다 음미할 수 있는 것이다. 상사의 노래(사랑가, 이별가), 모내기 노래(농부가), 절구질 노래(방아타령), 아이 달래는 노래(자장가)는 말할 것도 없고, 말을 모는 노래(말모리소리)에서나 나무꾼의 노래(놀령?)에서나 배를 보내는 노래(뱃더나기), 함경도 소녀의 베 짜는 노래(베틀가), 황해도 할머니의 목화 따는 노래(목화밧소리), 경상도 무당의 기도와 살풀이 노래(성주풀이)에서도 특수한 일부를 제외하고는 경성에서 듣지 못할 것이 거의 없을 것이다. 조선 민요의 기본 연구는 우선 경성만으로 큰 불편이 없는 것이다. 그리고 기생도道 및 유흥도道의 민중화는, '시조'와 기타 영조郢調,[27] 정식 곡조라고도 할 만한 것을 홍등녹주紅燈綠酒 주변에서 다 몰아내지 않으면 그치지 않을 기세를 보이기에 이르렀다.

이상으로 조선 시가에 있어서 민요의 지위 및 그 역사적, 사회적 가치의 조감을 시도해 보았는데, 이 글에서는 단상만필, 요령부득이 되었다. 그 재료와 같이 지금이 실로 수집의 첫 시기에 속하며 정리와 관찰, 조사 및 연구, 평가와 판단도 모두 앞으로 할 일이다. 바라건대 전문적으로 그 뜻을 지닌 사람들에 의하여 조선 민중문학의 최대 분야인 민요가 아름다운 신예술의 초석으로서 하루라도 빨리 천명되어 빛을 발하기를 열망하는 바이다.

---

27) 영(郢)이란 옛날 중국 초나라의 수도였던 곳으로, 영조란 중앙의 곡조라는 의미로 추정.

조선 민요의 맛

• 하마구치 요시미쓰濱口良光 •

조선 민요의 맛

나는 어릴 적 종종 어머니를 따라 뽕을 따러 다녔다. 어머니는 뽕잎을 똑똑 따면서 애수 띤 가락으로 곧잘 노래를 불렀다. 나는 뽕밭 두둑에서 부추 따위를 뜯으며 늘 유심히 들었는데, 때로는 어린 마음에도 슬픔이 느껴져 나도 모르게 눈물을 흘린 적조차 있었다. — 지금에 와서 생각해 보니 그것은 민요를 부른 것이었다.

열 살이 되던 해에 사정이 생겨 어머니 손을 떠나 멀리 다른 집에 가게 되었는데, 짐을 짊어진 순례자들이 집 처마 끝에 서서 — 부모님 은혜 마치 그처럼 깊은 고카와데라粉河寺[28] — 라며 노래 부르는 봄이 되면, 어머니 노래가 참을 수 없이 그리워져서 곧장이라도 돌아가 어머니 품에 뛰어들고 싶은 심정이 되곤 했다.

---

28) 고카와데라(粉河寺)는 와카야마 현(和歌山縣)에 있는 천태종 사원. 이 노래는 고카와데라에 예부터 전해지는 '부모님 은혜 마치 그처럼 깊은 고카와데라 부처님의 서원을 믿고 의지하는 몸(父母の惠みも深き粉河寺ほとけの誓ひたのもしの身や)'이라는 유명한 와카(和歌)의 일부.

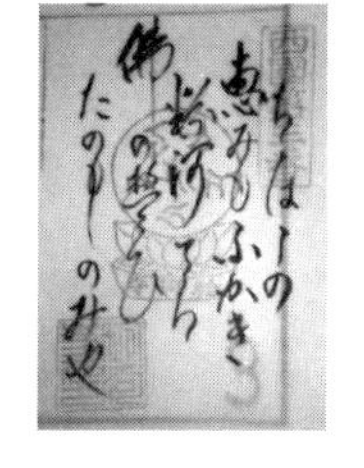

고카와데라의 해당 와카→

더욱 성장하여 도쿄東京에서 공부하던 무렵 — 어느 해인가 학년 시험도 끝나서 휴식 혹은 서로 위로한다는 의미로 네다섯 명의 친구들과 회식을 한 적이 있었다. 그때 여러 이야기 끝에 한 친구가 이렇게 말을 꺼냈다.

"내가 최근에 책에서 봤는데 인도는 아직 인쇄술이 유치해서 시인의 시는 대부분 문자로 전파되는 것이 아니라 한 문장 두 문장 구걸하며 다니는 거지들의 입으로 전파된다고 하더군. 재미있지 않아? 잘은 몰라도 거지는 매일 아침 일찍 시인의 집 문을 두드려서 새로 지은 시를 받아 그것을 악기에 맞춰 노래하며 다닌다고 하니 말이야."

나는 그 이야기를 듣고 '좋구나'라고 생각했다. 그리고 남국의 아주 맑고 상쾌한 아침 공기를 흔들며 무심하게 노래하며 다니는 거지들을 마음속에 떠올리곤 했다. 그때 내가 느낀 정취는 내가 어릴 적 어머니의 민요를 들을 때의 그것과 어딘가 공통되는 점이 있었다. 그래서 친구 이야기가 끝나자 나는 어머니의 민요를 들은 그때의 기분을 이야기했다. 그러자 옆에 있던 동창인 이 군이

"나도 조선의 시골에서 자란 어릴 적 늦은 밤에 자주 어머니 민요를 들었는데, 그 기분은 뭐라 말할 수 없는 기분이었어. 지금도 방학 때 돌아가면 누군가가 노래하는 것을 자주 듣는데, 그때는 어릴 적 심정을 되살리는 듯한 기분이 되지."

라고 하더니 여러 가지로 조선의 민요 이야기를 해 주었다. 나는 역시 '좋은데'라고 생각하며 들었다. 그 무렵 우리 동네에는 벌써

여러 유행가나 동요가 들어와 민요는 듣고 싶어도 들을 수가 없었다. 그래서 나는 만약 조선에 건너갈 기회가 있다면 시골에 가서 하룻밤 차분히 그 민요를 듣고 싶다고 생각했다.—이것이 내가 조선 민요에 동경을 품게 된 계기였다.

그로부터 2년 정도 지나 동경하던 조선으로 건너가는 희망을 이룰 수 있었다. 나는 기차의 창밖으로 둥근 초가지붕의 작은 집들을 보며 '밤이 되면 저런 집에서 민요가 흘러나오겠지. 그것을 저 풀숲 언저리에서 듣는다면 얼마나 기분이 좋을까'라고 생각하며 경성에 도착했다. 마중 나온 친구는

"조선의 인상이 어때?"

하고 물었는데 나는 거기에는 대답을 않고

"자네, 조선 민요를 들어 봤나? 멋지겠지?"

라고 물었다. 그러자 친구는 이상하다는 표정을 지으며

"조선에는 민요 따위 없을 거야. 나는 들은 적이 없는데."

라고 대답했다. 나는 몹시 실망했다. 그러나 이 군의 그 이야기가 허언이라고 하기에는 너무도 상세하고 너무도 정취가 풍부하다고 여기며 반신반의하는 마음으로 숙소에 도착했다. 그로부터 몇 년이 흘렀을까? 나는 여러 교양 있는 조선 사람들에게 물어보았지만, 민요를 가르쳐 주는 사람은 한 사람도 없었다. 우연히

"민요인지 뭔지 모르겠지만 조선 노래를 알고 있지."

라며 가르쳐 주는 사람들이 있었는데, 그건 모두 하나같이 「이태백아 이태백아 달에 사는 이태백아」나 혹은 「새야 새야 파랑새야」(이

글에도 수록되어 있음)였다. 이제 조선도 내 고향과 마찬가지로 새로운 노래 때문에 민요는 사라져 버린 것이다.—이 군의 유년 시절까지는 있었겠지만.—이렇게 생각하여 단념하고 그 대신 이조李朝의 도자기 같은 것을 잘 모르면서도 찾아다니거나 했다.

하지만 그로부터 이삼 년 지난 올봄, 기회가 무르익었다고 할까. 친구인 임 군과 이야기를 하다가 화제가 민요에 이르자 임 군이

"그건 내가 알고 있지요."

라며 즉시 여러 편을 불러 주었다. 나는 무어라 말할 수 없는 환희에 불탔다. 그것은 우선 오랫동안 찾아다니던 것을 만날 수 있었다는 기쁨이기도 했지만, 또 하나는 그렇게 찾은 것이 상상 이상으로 멋진 것이었기 때문이다.—민요가 가진 그 말의 운율, 그것은 실로 정돈된 것이며 그대로도 음악이라고 할 수 있을 만한, 그리고 한 구는 반드시 여덟 자씩 끊어져 노래하기에 실로 박자가 좋은 것이었다.—나는 형식상으로는 전혀 흠잡을 데가 없다고 여겼다.

다음으로 그 내용을 물으니 그것 또한 정취가 풍부한 재미있는 것들이었다. 나는 모험이기는 하지만 그것을 번역하여 동호회 사람들에게 알려주며 다니고픈 마음이 들었다. 그래서 임 군에게 의미를 알려 달라 하고 내가 가락을 붙여 우선 「가락지야 가락지야」 한 편을 번역해 보았다. 하지만 번역해 보니 아무리 기교를 부려도 원래의 노래와 같은 운율을 살릴 수가 없었고, 또한 언어상 박자의 재미도 나타낼 수 없었다. 이래서는 안 되겠다고 생각하여 한동안 내버려 두었다가, 최소한 내용을 알 수 있을 정도라도 해보리라 생

각을 고쳐먹고 잇따라 번역했다. 그런데 임 군의 도움을 빌게 된 후로는 의외로 수십 편의 민요가 쉽게 수집되었다. 그것은 임 군이 민요를 아는 사람들을 잘 알고 있었기 때문이었다. 예전에 왜 그렇게 곤란을 겪었는가 생각해 보니, 나는 실로 쓸데없는 짓을 한 것이었다. 나는 다소라도 문자에 대한 교양이 있는 사람들에게 질문해야겠다고 생각해서 그런 사람들만을 찾아가 물었는데, 민요는 시골의 할머니들이 잘 알고 있었던 것이다. 내가 모은 수십 편은 임 군과 다른 사람의 귀를 빌려 실제로 이런 시골 노파에게서 들은 것이다. 재미있게도 할머니 입에서 흘러나온 민요는 한어의 영향을 거의 받지 않은 순수 조선어이며 더구나 오래된 말이 매우 많았다. 그 때문에 의미를 파악에 상당히 곤란함을 느꼈는데, 의미를 알 수 없는 내용은 원래 노래의 음을 그대로 적어 놓았다. 또한 단어의 박자가 대단히 재미있어서 그것을 원래 노래 그대로 적어 둔 것도 있다. 과감하게 원래 노래를 조선어 그대로 한두 편 싣고 싶다는 생각이 들 정도로 박자가 훌륭한 것도 있었는데, 따로 생각해 둔 바도 있고 해서 이번에는 그만두었다. 하지만 언젠가 그런 기회가 있으리라 생각한다.

민요에 관해 쓰기 전에 부기해 두고 싶은 것이 있다. 그것은 민요를 가르쳐 주신 할머니 노래의 추억담이다.

"내가 젊었을 적에는 첫닭이 울 때까지 밤일을 하곤 했어. 그 무렵 여자들이 하던 밤일이라고 하면 대개는 베 짜기나 실잣기나 다듬이질, 그것도 아니면 바느질이었는데, 나는 주로 베를 짜거나 실을 자았지. 베 짜기라고 해도 초저녁부터 닭이 울 때까지 하다보면 꽤나 힘들어. 그래도 노래를 부르면서 하면 이상하게 조금도 지치지를 않는 거야. 지치지 않을 뿐 아니라 재미있을 만큼 진척이 빨라. 하다 보니 우리가 하는 일에는 노래가 없으면 안 되게끔 되었어. 그래서 우리는 노래를 배워서 익히는 데에 꽤나 고생도 했고, 많이 알고 있는 사람이 있다고 하면 아주 먼 곳까지라도 배우러 가곤 했지. — 그래도 연고라도 좀 있는 사람이어야 했지만 — 명절 같은 때에는 노래겨루기도 했어. 나는 그 무렵 백 곡 이상이나 암기하고 있어서 유리했지."

생각해 보라 — 달 밝은 밤, 또는 별이 빛나는 저녁, 낮은 목소리이기는 하지만 아름다운 소리로, 그리고 말의 박자도 재미나게 베틀 소리를 반주 삼아 노래하는 젊디젊은 여성의 모습을 — 그것이 그림이 아니고 시가 아니라면 무엇이겠는가? 더구나 그것은 심심풀이로 부르는 것이 아니다. 즐기며 노래하는 것이다. 스스로를 미의 세계, 꿈의 세계, 황홀의 세계로 이끌고, 그 세계에서 노래하는 것이다. 아아, 이 얼마나 아름다운 일인가. — 어떤 때에는 그 작은 창에서 낙엽이 비와 함께 들이쳤을 것이다. 어떤 때에는 낙화가 비와 함께 떨어졌을 것이다. 또 어떤 때는 벽에 깃든 베짱이가, 하늘을 가로지르는 기러기가 그들에 화답하여 노래했을 것이다. — 나는 이 정취를 배경으로 하여 민요를 생각할 때 한층 그 맛을 느끼게 된다.

(또한 한 가지 미리 말해 두고 싶은 것은 여기에 기록한 것은 대체로 남방의 민요이다. 북쪽 민요는 있다고 해도 비교적 적다고 하는데, 나는 그것을 단언할 정도의 연구 자료를 가지고 있지 않다.)

가락지

쌍금 쌍금 쌍가락지
놋쇠로 돼 빛이 나지
먼 데 보니 달이고라
다가가니 아가씨라
아가씨들 자는 방에
숨소리가 둘이구나
얄미로운 오라버니
거짓 말씀 하지 마소
남쪽 바람 불어 와서
풍지 떠는 소리 나라
세 자짜리 깃을 둘둘
두 자짜리 장갑 끼고
긴 담뱃대 입에 물을
나는 잠에 빠질 새라
죽고라도 싶어지네.[29]

29) 진주 지역에 전승되는 이와 유사한 민요의 가사는 "쌍금 쌍금 쌍가락지 / 호작질

번역했기 때문에 이런 불규칙한 자수가 되어 버렸지만, 원래 노래는 필히 한 구가 여덟 자씩이다. 노래하는 것을 듣고 있으면 실로 박자가 좋다. 그것도 그럴 것이 전체에 걸쳐 운을 밟고 있기 때문이다—우선 첫 번째, 두 번째 두 구는 같은 '지' 음으로 끝나며 세 번째, 네 번째, 열 번째, 열네 번째 구는 같은 '라' 음, 또한 열한 번째, 열세 번째 각 구는 'ㄹ' 음으로 끝맺고 있다.

운을 밟고 있노라면 노래를 부를 때 매우 유쾌해지는 법이다. 노래는 원래 불려야 하는 것이다. 그 노래에 운을 맞추고 자수를 정리하며 단어의 박자를 갖춘 것은 혼이 담긴 것이라고 말해야 할 것이다.

노래 중에서도 민요는 특히 형식(박자)을 중시하며, 그 형식이 정돈되어 있는 것은 무엇보다도 기쁜 일이다. 예전에 친구로부터 전해 들은 이야기인데, 저 민요의 대가 노구치 우조野口雨情[30] 씨는 하나의 동요든 민요든 만들면 매일 수백 번씩 입에서 읊조리며 박자가 마음에 들 때까지 수정한다고 한다. 그것은 옛 사람들이 낳은 노래를 여러 대에 걸쳐 여러 사람이 읊조리며 민요로서의 박자를

로 닦아내어 / 먼 데 보니 달이로세 / 저태 보니 처자로다 / 저 집 애기 자는 방에 / 숨소리가 둘이고나 / 전대복숭 울 오랍시 / 거짓 말씀 말아주소 / 동남풍이 디리 불어 / 풍지 떠는 소리 났소 / 꾀꼬리나 기린 방에 / 참새같이 내 누웠소"이다.

30) 노구치 우조(野口雨情, 1882~1945년). 이바라키 현(茨城縣) 출신. 본명은 에이키치(英吉). 시인이자 동요, 민요 작사가. 다이쇼(大正) 중기 전국을 누비며 민요와 동요의 보급에 진력하여 다수의 시집, 동화집, 민요집 등을 남겼다. 기타하라 하쿠슈(北原白秋, 1885~1942년), 사이조 야소(西條八十, 1892~1970년)와 더불어 동화계의 3대 시인으로 칭송되었다.

맞추어 가는 그 과정을 단축한 것이 아니겠는가.

민요는 그 내용도 경시할 수 없음은 물론이지만, 그 형식이 특히 중대하다는 사실은 말할 나위도 없다. 조선의 민요가 이 형식 측면에서 유감없다는 점은 내가 매우 기쁘게 생각하는 바이다.

약초 캐기

병에 걸린 소중한 어머니가
어머니가 큰 병에 걸렸네
자리에서 못 일어나고 병은 깊어져
나는 어쩌나 약초 캐러 갈까나
김해의 산 속 깊은 골짜기에
불로초 캐러 갈까나
풀은 백초 천초 있지만
어느 것이 불로초인지 나는 모르겠네
혹시 이것인가 풀 뽑아 보니
집에서 서두르는 소식이 왔네
편지 서둘러 손에 들고 보니
그 편지 어머니 죽었다는 소식
댕기 잘라내 나뭇가지에 던지고
비녀도 뜯어내 땅에 꽂고
신발 손에 들고 달렸네
한 고개를 날 듯 넘으니
골짜기에 울리는 울음소리
두 고개를 숨차게 넘으니

슬프구나 상도군 소리가 나네
세 고개의 위에서 보니
언덕 오르막길 상도군이 지나네
언덕 내리막길 상도군이 지나네
상도군 상도군 슬픈 노래야
노래가 슬프구나 상도군아 상도군
어머니 산에 묻을 때
마음 써서 살포시 묻어 다오
아버지 괜찮을까
형님 괜찮을까
송자 산의 송자 나무는
딱 하나 봉우리 맺혀
딱 하나 봉우리야 나는
봉우리 남기고 나무는 시들었네
높은 산이라도 무너뜨리려면 무너뜨리지
큰 성이라도 묻으려면 묻지
어찌 무너뜨릴까 어버이 은혜의 산을
어찌 묻을까 어버이 은혜의 성을
어머니 병상에서
찾으시던 귤과 석류
귤 석류를 하다못해 이제라도
제사상에 사서 갖춰놓고
참외에는 작은 칼 수박에는 숟가락
같이 바치면서 어머니
자 드시오 다 잡수시오

높아진 무덤 소나무는
무덤 찾아가 무덤 앞에서
파란 잔의 술 땅에 붓고
무릎 꿇고서는 어머니 어머니
일어서 돌아보고 어머니 어머니
눈물 흘리며 절을 했건만
어머니 아무런 대답이 없네.

김해는 경상남도의 지명으로 옛날 가락국駕洛國의 도읍이 있던 곳이다. 이 민요는 아마 이 부근에서 생겼을 것이다. 댕기는 조선 부인이 머리에 묶는 리본과 같은 천으로, 늘어뜨릴 때나 또는 머리를 묶을 때도 맨다. 비녀는 머리에 꽂는 장신구이다. 상도군은 장례식 때 관을 짊어진 사람으로 장두군葬頭軍이라고도 쓴다. 이 민요에 있는 장례식은 관이 두 개 나왔으므로 언덕 위에도 상도군, 언덕 아래에도 상도군이라고 했을 것이다. 이 상도군은 아주 슬픈 노래를 부른다. 그래서 '상도군 상도군 슬픈 노래야'라고 한 것이다. 송자 나무는 어떤 나무인지 확실하지 않지만, 무언가 전설이라도 있을 법한 나무일 것 같은 느낌이 든다. 제사 때 참외를 바치면 작은 과도를, 수박을 바치면 숟가락을 더해 놓는 것이 예의라고 한다.

이 민요에는 마쿠라코토바枕詞[31]와 유사한 말, 어구에 박자를 붙이기 위한 말이 매우 많았다. 하나하나 그것을 원래 노래 그대로

31) 일본 전통 시가에서 습관적으로 일정한 말 앞에 놓는 네 음절, 혹은 다섯 음절의 수식어.

옮기면 좋겠다고 생각했지만 그것은 생략했다. 일본 노래로 말하자면 '잠, 잠, 잠자리 고추잠자리'와 같은 종류이다.

▎서생

한 살 때 어머니와 헤어지고
두 살 때 아버지와 헤어지고
다섯 살 때 책 읽기 시작하여
열다섯에 절로 갔네
손에는 금색 붓을 들고
옆구리에는 금수 놓은 보따리 끌어안고
터벅터벅 걷는 풍채 좋구나
"거기 가시는 서생 양반
논어 배우고 계신가
책을 배우고 계신가
아니면 춤인가 활쏘기인가
능라 비단 이불도 있는데
하룻밤 자고 가시오"
"겨울에는 찬밥을 먹고
여름에는 쉰밥을 먹고
쉬지 않고 공부한 것을
이제 잊으면 어쩌리"
"축언祝言에 큰 상 받았으면
큰 상다리는 부러지겠소
말 올라타면 말 다리도

뚝 부러져 떨어지겠소
처음 잠자리에 든 때는
썻머리가 쑻독 알코
속머리가 속속 알으라"

이 불행한 청년은 진사 시험을 치기 위해 절에 다니며 공부했던 것으로 보면 될 것이다. 시골에 살면서 진사 시험이라도 합격하고자 한 사람은 대개 절에서 공부했다고 하니 말이다. '축언에 큰 상을 받았다면……' 이하는 후의에 대한 답을 받지 못한 여자가 장래의 결혼에 트집을 잡은 것이다. 마지막 두 구는 '밖의 머리도 지끈지끈 아파져라, 안의 머리도 지끈지끈 아파져라'라고 해야 할까? 어쨌든 좋은 번역어를 찾아낼 수 없었고, 또한 원곡에 사용된 단어의 박자가 재미있어서 그대로 두었다. — 무엇보다 말의 박자가 재미있는 것은 이 민요에 한하는 것이 아니라, 모든 민요에 이러한 운율이 가득하다는 것이다.

분홍치마

쪽풀 심어 무엇 만들지
쪽빛 저고리 만들지
잇꽃 심어 무엇 만들지
분홍치마 만들지
잇꽃 비단의 하당치마
석류처럼 주름 잡아

영화 집에 놀러 갔더니
영화 집 보던 황씨 청년이
내 손목 꼭 잡았네
"손목 접어라 어린 대나무처럼
접지 않으면 나는 상사병 걸리겠네
능사 상사 하며 서로 맺었다면
평생 너를 잊지 않으리."

'능사 상사 하며 서로 맺었다면……'은 나로서는 잘 해석할 수 없는 내용이다. 황은 성씨를 말한다.

▌종금새야

종금 종금 종금새야
꽃밭의 예쁜 새야
금잔 옥잔은
돈을 내면 언제고 볼 수 있지
아아 아가씨야 천금아
언제 다시 만날지고.

옛날에는 아름다운 여성은 군수에게 바쳤다—라기보다는 빼앗겼다. 이것은 그 애절한 이별을 서술한 것이리라.

찬비

밝고 밝은 달밤이라
도롱이 삿갓 아니 들고 갔더니
찬비를 흠뻑 맞았네
나는 어쩌리 찬비야
내 이름은 찬비요
찬 방에 묵게 하겠소.

이 민요에는 이러한 전설이 있다. 옛날 딸 하나를 둔 노선생이 있었다. 딸은 선생 손에서 아름답게 자라나 혼인할 나이가 되었다. 그 아름다움을 전해 들은 사람들 — 특히 문인들은 — 자기가 얻겠다고 경쟁했다. 딸은 항상 이렇게 말했다. "나는 내 이름을 아는 사람에게 시집가리라"라고 — 옛날 조선 부인의 이름은 부모 외에는 달리 아는 이가 없었던 것이다. — 문인들은 취하거나 하면 술기운에 노선생에게서 그 이름을 듣고자 하였으나 선생은 마치 잊어버린 듯 결국 그 이름을 말하지 않았다. 하지만 어느 날 한 문인이 달에 이끌려 선생의 집에 놀러갔다. 그러다 돌아갈 때가 되어 찬 가을비가 몹시도 세차게 내리기 시작했다. 문인은 매우 난처해져 하늘을 보며 '찬비야 찬비야' 하고 불렀다. 이 딸의 이름이 우연히도 찬비라는 이름이었으므로 아가씨는 결국 이 문인에게 시집가게 되었다는 것이다.

▌소식

어젯밤 꿈에 기러기 울었네
오늘 아침에는 오동나무에 까치가 울었네
그리운 그분이 이제라도 올까
그리운 편지가 이제라도 올까
서쪽 산에 해가 지고
동쪽 산에 달이 떴지만
몇 번을 나가 봐도 헛걸음일 뿐
어째서 소식을 주지 않는지
정 깊고 같이 있지 못하는 사람은
만 번 죽어도 잊지 못하리
아이고 흥흥 성화가 났네.

▌달

달아 달아 밝은 달아
이태백이 놀던 달아
저기 저기 저 달 속에
계수나무 박혔으니
옥도끼로 찍어내고
금도끼로 다듬어서
초가삼간 집을 짓고
양친 부모 모셔다가
천년만년 살고 지고
양친 부모 모셔다가

천년만년 살고 지고.

천년 과부 외아들은
병이 날까 걱정이고
언덕 아래 사는 꿩은
사냥꾼 올까 걱정이네
가지에 사는 새들은
바람 불까 걱정이고
강가에 사는 버드나무
홍수 날까 걱정이네.
얕은 우물 물고기들
물 마를까 걱정이고
꽃이 핀 집 아가씨는
백발 될까 걱정이네.

이 한 편은 가장 많이 인구에 회자되는 것인데, 세상에 유포되어 있는 것은 '달아 달아 밝은 달아'로부터 '천년만년 살고 지고'까지의 열한 구이다. 전술한 할머니의 설에 따르면 '천년 과부 외아들은' 이하 열두 구 즉 육수심 노래가 이어 불려야 한다고 한다. 앞의 열한 구는 화려한 공상을, 뒤의 열두 구는 현실의 걱정을 노래한 것이므로 이어져야 한다는 논리이다. 이 민요를 한 편이라고 간주해야 할지 두 편이라고 간주해야 할지는 별도의 연구 문제로 치고, 어쨌든 할머니가 젊었을 적 연결해서 불렸다는 것은 사실일 것이다.

심지 없는 등불

달 어머니 어머니는
푸른 법당 어머니는
심지 없는 등 밝히고
높은 하늘 걸었으니
온 세계가 밝아졌소
거센 바람 태풍에도
이 등불은 안 꺼지네
구름 밖에 안 꺼지네
산 밖에도 안 꺼지네.

동요라고 하면 동요이지만, 역시 할머니가 젊을 적 즐겨 부른 것이라 한다.

파랑새야

새야 새야 파랑새야
녹두밭에 앉지 마라
녹두꽃이 떨어지면
청포장수 울고 간다.

이 한 편도 인구에 회자되기로는 '달아 달아 밝은 달아'와 같은 정도의 것으로 일단 동요라 해야 할 것이다. 하지만 동요는 민요의 분가와 같은 것이므로 나는 몇 편을 함께 여기에 싣기로 한 것이다. 청포는 묵을 말하며 녹두를 원료로 해서 제조하는 것으로 곤약과도 비슷하며 조선 요리에 사용한다.

▍꽃노래

술 술
술 마시자
"아버지 아버지
한 잔 하고나서
두 잔 하고나서
노래 한 장 지어주소"
"무슨 노래 지어줄꼬"
"꽃노래를 지어주소"
"새빨간 새빨간 진달래 꽃은
은나라 왕의 왕관이요
연분홍빛 봉선화는
헛간 주위에 피어 있네
서당 앞의 아자 나무는
서생 손끝에 놀아나네
들판의 한 그루 큰 나무는
백성들 손바닥으로 쓰다듬네
미나리의 작은 깔죽깔죽한 꽃은
개천에 한가득 피어 있구나

쓰고 남은 폐리꽃[32]은 물가에 피네
아버지 방 안 자식 꽃은
아버지 손안에서 노는구나."

자장가

자장자장 잘도 잔다
우리 자장 잘도 잔다
천하에 이름을 날리거라
바다 같이 깊어져라
산처럼 강해져라
동네방네 유신동아
일가친척 화목동아
형제지간 우애동아
부모에는 효자동아
나라에는 충신동아
금을 주면 너를 사며
은을 주면 너를 사랴
수명장수 부귀동아
금자동아 은자동아
자장자장 잘도 잔다
우리 아기 잘도 잔다.

32) 원문에는 'シナコのペリコ'로 표기되어 있으나 한국어 발음을 바르게 옮기지 않은 것으로 추정되어 수정한다. '폐리꽃'은 패랭이꽃을 뜻한다.

자장가도 상당히 많은 것 같은데, 내가 들은 것은 대개 비슷한 유형이었으므로 여기에 대표로 하나만 수록했다. 또한 이것도 지방에서 다수 모으면 특이한 것도 있어 재미있으리라 생각한다. 처음과 끝이 똑같이 반복되는 두 구는 일본의 '넨네야 넨네야 아가 착하지 코 자거라'와 거의 유사한 의미이다.

고운 아씨

감나무 감나무댁 마님
배나무 배나무댁 마님
아씨 아씨 문 열어 주소
시내댁 여기 봄 봐 주시오
너는 누워 있었느냐 앉아 있었느냐
낡은 버선이라도 꿰매고 있었느냐
들었느냐 아니면 아직 못 들었느냐
서울 가신 울 동생 아씨
얼굴 어여쁘다 내 들었으니
애교 많다 내 들었으니
보고 싶고 보고 싶어 한 번 가 봤더니
아이라서 안 된다고 안 보여 주네
보고 싶고 보고 싶어 두 번 가 봤더니
병이 나서 안 된다고 못 만나게 하네
보고 싶고 보고 싶어 세 번 가 봤더니
잘됐구나 마당 앞에 나와 있네
걷는 모습 보고 싶다 생각했더니

칠피 신발에 실비 버선에
사뿐사뿐 걸어오네
걷는 모습도 어여쁘지만
눈 같이 고운 명주 속곳 입고
쉰다섯 갈래 주름을 잡았네
노란 비단 치마를 걸치고
저고리 능라에 비단 끈 달아서
어여삐 입고 있는 품이 좋구나
옷 입은 모습도 어여쁘지만
탐스럽게 묶은 초록빛 머리칼
성근 빗이나 촘촘한 빗으로
검은 비단 꼬아 놓은 듯 땋아 올린 모습 좋구나
울 동생 아씨야 이름을 붙인다면
고운 아씨라 이름 붙여 다오
사위 삼기로 한 사위 이름은
행운아라고 바꿔 다오.

첫 번째, 두 번째 구에 있는 '감나무댁 배나무댁'이라는 것은 내지內地에서도 흔히 그렇게 말하지만 커다란 감나무가 있는 집을 감나무댁, 또한 큰 배나무가 있는 집을 배나무댁이라고 부르는 경우가 조선에는 많이 있다. 지금은 이런 식으로 부르는 것이다. '시내'는 아마도 지명일 것이다. 아내의 출신지를 가지고 아내의 대명사로 삼은 예도 많다고 하니 말이다. '칠피 신발'은 좋은 가죽을 사용해 만든 신발. '실비 버선'의 실비는 칠피와 말의 가락을 맞추기 위해 말한 것이 아닐까. '속곳'은 분명히 듣지 못했지만 바지 속에 입는 것이다. '능라'는 비단의 일종.

망개 열매

망개 망개 구망개야
딸로 딸로 곱게 낳아
(망개 망개 열매처럼
딸을 딸을 곱게 낳아)
연지분을 바르게 하고
관리님 잘 차려입듯
곱게 꾸미니 예쁘기도 해라
어여쁜 어여쁜 딸 방에
달이 비치니 예쁘기도 해라
어여쁜 딸 관청을 지나니
관리들이 희롱한다
어여쁜 딸 객사를 지나니
기생들이 보며 희롱한다
산자락 물레방앗간 할아비는
벼 베는 것을 보며 희롱한다
육왕대사는 당 안에서
팔성인과 함께 희롱한다.

객사는 감영(지금의 도청)에 부속되어 어사 등을 묵게 하는 곳으로 여기에는 관기가 있었다. 기생이라는 것은 그 관기를 가리킨다.

꾀꼬리야

한림산의 꾀꼬리야
첩첩산의 비둘기야
네 어디 가 자고 왔나
아홉 종금 돌아들어
칠성방[33]에 자고 왔소
양친 부모에게서 나온 나는
양친 부모를 맞아
위안하는 자리에 앉히고
문에서 밖을 보고 있으니
많은 사람들이 길을 가네
저편에 많은 사람들이 있네
세상에 사람은 많지만
부모보다 나은 사람은 없지
호미의 쇠도 쇠이기는 하지만
낫의 쇠처럼 자르지는 못하네
아버지도 내 부모이기는 하지만
어머니만큼은 사랑이 없네.

호미는 밭을 가는 도구. 칠성반은 칠성에게 빌 때 산에 상을 놓고 거기에 여러 가지의 제사물건을 올려놓는 그 소반을 말한다.

---

33) 원문에는 '칠성반(七星盤)'으로 표기되어 있다. 유사한 가사를 지닌 '시집살이 노래'에 의거하여 '칠성방'으로 수정한다.

붉은 참새

도시락 지었느냐 박 사냥꾼
도시락 지었느냐 김 사냥꾼
내일은 사냥하러 가자꾸나
굵은 대나무 막대로 땅을 치면
서너 살 먹은 수꿩이
푸득푸득푸득 날아간다
윗옷을 벗어 등에 지고
무덤을 보는 붉은 참새야
제 무덤을 보고 있느냐
내 무덤을 보고 있느냐
"자기 무덤이 보고 싶으면
정태산 깊은 골짜기
할머니의 할머니 집 뒤
바위 바위집 있는 곳으로
뒹구르르 떨어져라."

무슨 전설이라도 읽는 듯한 노래인데, 미처 이에 대한 질문을 빠뜨리고 말았다. 그러나 이 노래의 내용에 관한 아무런 지식이 없더라도, 읽으면 신비한 어떤 정조를 충분히 맛볼 수 있다고 생각했기에 수록해 둔 것이다.

부채

부채가 눈물을 흘리고 있는데
그것 참 그것 참 무정한 일이구나
금루金樓 슬쩍 곁눈으로 본 것은
무엇을 보려고 본 것이더냐
만약 서생을 보려한 것이라면
부채를 주워 줄 심산인가.

여기에도 전설이 딸려 있다. 어떤 경치 좋은 곳에 아름다운 누각이 서 있었다. 시인들은 여기에 모여 시를 지으며 날을 보냈다. 미청년인 모 서생도 시인 기분으로 이곳에 자주 왔는데, 어느 날 문득 금루 아래로 물을 길러 오는 아름다운 아가씨를 보고 애를 태우게 되었다. 이후 젊은 시인의 시 주머니에는 아가씨를 찬미하는 시만이 가득 찼다. 하지만 아가씨가 그것을 알 리도 없었다. 어느 더운 날 시인은 역시 여기로 왔는데, 아가씨가 물을 길러 오는 것을 보고 부채를 꺼내어 스스로 시원해지려는 듯, 또한 아가씨를 부르는가 싶게 열심히 부채질을 했다. 하지만 아가씨는 눈치를 채는 기색도 전혀 보이지 않는다. 청년은 더 이상 참을 수가 없어 부채를 아래로 떨어뜨렸다. 그러자 그 순간 아가씨가 슬쩍 금루를 올려다보았다. 이야기는 여기에서 시작되며, 이 민요는 이를 노래한 것이라고 한다. '부채가 눈물을 흘리고 있는데'란 청년의 가슴 속 번민을 드러낸 것이리라.

닭아

닭아 닭아 꼬꼬 닭아
자주색 비단 옷깃 저고리
애중 비단 작은 동정을 달고
팔대문 부잣집에
쌀을 주워 먹고 컸구나
손님 부엌 상대하고
노인께도 봉공하는
닭아 닭아 내 바람은
내가 죽거든 혼백이 되어
내 혼을 불러다오.

혼백은 장례식 때 선두에 서서 가는 사람으로 영혼을 부르는 자로 간주된다.

채찍

종금 종금 종금새야
새삼 밭에 우는 새야
새가 우는 동창 밖의
동대문에서 해가 솟네
아침 해가 솟으면 집 마당의
마당 꽃의 나비 비추네
나비가 곱다 보고 있다가
볼일은 다 잊어버렸네

볼일 잊었네 삼각산의 채찍으로
단단히 단단히 때려 두렴
어여쁜 따님
똑똑한 아드님
정신 팔려 보고 있다가는 병이 난다오.

삼각산에서 나오는 채찍은 대단히 강한 채찍이라고 한다.

복숭아

서울 갔다 온 오라버니는
유행하는 옷에 멋진 띠를 매고
얼쑤덜쑤 검을 차고
아씨 방으로 놀러갔네
방 앞에서 복숭아 하나 주웠네
그 복숭아 먹지 않고 큰길 옆에 버렸더니
싹이 나고 자라나서 열매 열렸네
서울 올라간 어사님은
맛이 좋다며 칭찬하고 먹고
서울에서 오신 새 어사님은
색이 좋다며 칭찬하고 먹네
군의 군수님 아직 드시지 않고
드시지 않은 것은 애석하지만
내년 후년 열매 맺히면
광주리에 가득 담아
아씨 방에 갑시다.

어사는 지방의 정치를 감찰하러 오는 관리를 말한다.

▍마누라

나무도 없고 돌도 없는 민둥산에서
매에게 쫓긴 수꿩이 가엾네

너른 바다 한 가운데에
천석을 실은 큰 배가
노는 흘러가고 닻은 끊어지네
뱃머리도 키도 떨어질 만큼
바람에 시달리고 파도에 휩쓸려
안개는 끼고 해는 흐려지네
갈 곳은 천리만리인데
주위는 어둡고 저녁 어둠은 다가와
어찌할 방법도 없이 떠 있는데
도적을 맞은 사공 불쌍타

마누라 먼저 죽은 나도 불쌍타
아무 데에도 비할 수가 없구나.

▍매화

지방에서 온 그대이니
고향의 일은 알겠지

출발할 무렵에는 마당의 매화가

피어 있었던가 아니면 아직이었나

피어 있고말고 다 피어 있었지
그대 그리워하여 피어 있었지.

(마지막 두 편은 경성에서 얻은 것으로 지인이 오래된 것이라고 했지만, 곡조가 정돈되지 않은 점이나 기타의 점으로 미루어 다소 근대의 것인 듯한 느낌이 들었다.)

이상 스물 몇 편은 내가 임 군과 며칠이나 걸려 민요의 정취에 젖어 번역한 것이다. 하지만 그 번역은 순수한 의역도 아니고 또한 직역도 아니다. 나는 철두철미 그 민요가 지닌 정조를 드러내는 것에 노력했다. 그래서 일반적인 번역의 방식을 표준으로 생각한다면 매우 비난을 받을지도 모르겠다. 하지만 그것은 처음부터 각오한 바이다. 정조를 드러낸다고 해도 원래의 노래가 갖는 풍부한 정조는 우리의 평범한 재주로는 도저히 만에 하나도 드러낼 수 있는 것이 아니다. 나는 새삼 그 도전을 아쉬워하고 있는 것이다. 특히 조선 민요가 지닌 언어의 운율은 비할 것이 없다. 음악 그 자체이다. 이것은 어떻게 해도 역어로는 드러낼 수 없다. 나는 이를 몹시도 유감스럽게 생각한다. 다만 바라건대 이를 읽어주시는 문사들, 조선 민요는 이 정도인가 하고 여기지 마시고 이렇게 문자로 드러낸 이상—노래하는 것은—더더욱 가치가 있는 것이라고 여겨 주시기를 바라는 바이다.

서정시 예술로서의 민요

• 이노우에 오사무井上收 •

『조선 민요의 문학적 가치』에 대하여 고찰하라는 이치야마 모리오市山盛雄 씨의 요청이 있었으나, 이것은 나에게 있어 상당히 어려운 과제이다. 나는 극히 두뇌가 산만해지기 쉬운 저널리스트이며, 과거에 이와 같은 분야를 산견散見한 적은 있으나 오래도록 두뇌를 방만하게 놀린 탓에 이처럼 한 분야의 전문 연구에 임하여 갑작스레 사고를 정리하는 것은 용이한 일이 아니다. 특히 조선의 민요에 한정한다면 한층 곤란한 일이지만 이 방면에 대한 이치야마 씨의 연구 의욕이 지극히 진지한 것이기에, 내가 요 수년 동안 지속적으로 연구해온 일본 및 조선 관련 가요에 대한 빈약한 조사를 기초로 삼아 이 지면에 생각을 정리해 본다. 본래 조선에는 이 분야에 대한 조사 성과가 없고 일찍이 일부 연구자들이 이 민요 자료를 수집하고 있는 정도이며, 총독부조차도 작금에야 비로소 이 방면의 조사에 시선을 돌린 수준이기에 그 자료, 발생연대, 작자, 지방색 등에 대한 연구는 금후의 연구와 노력에 기대해야 할 것이다.

서정시 예술로서의 민요

원시적 서정시 예술

민요란 즉 민중의 노래이다. 우리나라[34]에서 이 민요라는 용어가 사용된 것은 극히 최근의 일로, 민간의 노래인 민요民謠의 상대로 이에 대한 관요官謠(?)라는 용어가 존재해야 하겠지만, 오늘날 말하는 소위 민요의 본질로 보자면 그와 같은 식으로 차별적인 의미가 아닌, 지방의 노래이자 일반의 노래라고 해야 할 것이다.

특히 이 민요의 기원이라는 것은 세계 어느 나라에 있어서나 인간적인 노래이며 가장 원시적인 형식에 의한 서정시Lyric이고, 인간으로서의 절절한 감정을 술회하는 형식상의 명령이다. 물론 이 명칭조차도 후대의 명명으로, 애당초 민간이라든가 관공이라는 구분 따위는 없었으며, 말하자면 문자가 없었던 과거에 가요는 원시인의

34) 이후 본문에서 '우리나라'로 언급하는 것은 전부 일본을 지칭한다.

서정형식으로서 당당히 존재했던 것이다. 즉 민중의 가요(노래), 지방의 가요이자 민족의 가요이다. 민족정신으로 배양된, 창조적 표현이다. 이러한 의미로부터 조선의 민족성, 민족정신의 원시적 근원, 혹은 그 기조를 알고자 한다면………조선 민족예술의 창조에 접근하고자 한다면 적어도 이 민요folk song[35]를 무심하게 내버려 두어서는 안 된다. 앞에서도 언급한 바와 같이 인간에게 문자의 발명이 이루어지기 이전에도 가요는 존재했으며 예술은 존재했다. 가요는 환언하면 그 민족의 서정시이다. 즉 민족의 서정시는 유사 이전의 존재이다.

그 나라의, 그 민족의 가요에야말로 실로 거짓 없는, 또한 그 무엇으로부터도 오염되지 않은 적나라한 민중의 모습이 나타난다. 오늘날 민요라 명명되었지만 당시에는 원시인의, 우리 선조의 선율Rhythm이 담긴 외침이며, 상대上代에는 왕자王者도 서민도 동일한 언어로 사념을 교류하고 정을 이야기했음은 저 기키記紀[36]의 기술에 의거해도 더 이상 논할 여지가 없다. 지금의 데모크라틱 따위에 상당하는 사상이 당대에는 지극히 자연스러운 것이었다. 저 진무 천황神武天皇[37]의

35) 원문에는 전부 'bolk song'으로 표기하고 있으나, 영어로는 'folk', 독일어로는 'Volk'이므로 오기로 간주하여 수정한다.

36) 일본 최고(最古)의 역사서인 『고지키(古事記)』와 『니혼쇼키(日本書紀)』를 함께 일컫는 명칭.

37) 기키(記紀)에 기록되어 있는 일본의 초대 천황. 휴가(日向)를 나서 세토나이카이(瀬戸内海)를 거쳐 야마토(大和)를 평정하고 기원전 660년 가시하라노미야(橿原宮)에서 즉위했다고 전한다.

야마토大和의 다카사지노高佐士野를 가는 일곱 소녀들, 누구와 베개를 함께 하실까.

大和の高さじぬを、なゝ行くをとめども、たれをしまかむ。

이는 천황의 말씀[38]이기는 해도 어디까지나 서민적인, 민요라 부르기에 상응하는 솔직함이 문자 위로 약동하고 있다. 일국의 제왕이 들판을 걷는 남녀의 말을 받고, 저 여인들 중 누구를 자신의 비로 삼을까 하고 말씀하시는 묘미는 현재 상황으로서는 도저히 상상도 할 수 없는 솔직함이다. 아울러 유명한 만요萬葉[39]에 등장하는 유랴쿠 천황雄略天皇[40]의

바구니야, 좋은 바구니를 들고, 호미야, 좋은 호미를 들고, 이 언덕에서 나물을 캐는 소녀야, 집은 어드메뇨, 이름을 알려다오, 하늘 아래 이 나라 야마토는 전부 내가 거느리나니, 이 일대를 모두 내가 다스리나니, 이 몸부터 밝히리라 집도 이름도.

籠もよみこもち、ふくしもよ、みふぐしもち、この岡に菜つます兒、家きかな、名のらさね、そらみつ、やまとの國はおしなべて、吾こそをれ、しきなべて吾こそませ、われこそはのらめ、家をも名をも。

38) 정확하게는 다카사지노(高佐士野)의 일곱 소녀를 바라보며 천황을 시종하던 오쿠메노미코토(大久米命)가 올린 노래라 전한다. 이에 대한 천황의 답가는 다음과 같다.
　내 고르자면 저 앞에 선 나이 찬 소녀와 베개를 함께 할까.
　かつがつも いや前立てる 兄をし枕かむ。
39) 현존하는 일본 최고(最古)의 가집인 『만요슈(萬葉集)』를 가리킨다.
40) 인교 천황(允恭天皇)의 황자로, 기키에 의하면 제21대 천황.

이와 같이 당대의 지배자가 언덕에서 나물을 캐는 여인에게 나서서 자신의 신상을 밝히시며 네 집과 이름을 알려달라고 하는 것은 실로 명군名君다우신 모습이라 굳이 언급할 나위도 없으나, 그 당시의 민중적 정서가 얼마나 자연스럽고 솔직했는가를 돌이켜 보기에 충분하다. 본래 이는 민요라 칭할 계열의 노래가 아니지만, 서정시 예술로서의 귀중한 민족적 가치가 있다.

흙내가 감도는 가요

조선에 이러한 종류의 클래식이 있는지의 여부는 알 수 없으나………틀림없이 훌륭한 것이 존재할지도 모른다. 존재한다고 하면 설령 작자가 불명이더라도 존중해야 할 자료이며 그 민족성을 엿보는 단서로서도 역시 최적의 사료라 할 것이다.

어느 나라에서든 민요의 작자란 그 정체가 알려져 있지 않다. 조선에도 이 민요의 수는 상당히 많은 듯하고, 그 형식 또한 시대에 따라 매우 상이하여 동일하게 취급할 수 없다. 같은 민요라도 보통 folk song이라 불리지만 속요俗謠라 하면 이요俚謠라고도 칭하여 popular song이라 하고, 민요folk song와 비교하면 평민의 노래, 서민의 노래, 통속가, 민간의 노래라 할 것이며, Ballad라 할 고우타小唄,[41] 속곡俗曲,[42] 이야기시[43] 등 훨씬 알기 쉬운 것도 있다. 일본

41) 에도 시대(江戶時代) 항간에서 유행한 짧은 가요를 예술적 가곡에 대하여 일컫는 총칭.

에서도 같은 가요 혹은 민요라 해도 이와 같이 분류할 수 있고, 마찬가지로 민족의 노래, 서민의 노래, 지방 가요라 해도 각각 분위기가 다르다. 민요의 존중해야 할 점은 여기에 있다. 무엇보다도 그 지역의 흙내를 담뿍 담고 있는 것이 특색이며, 학교의 창가唱歌처럼 일본이나 조선이나 방방곡곡 어디를 가든 동일하다고 하면 민요라 칭하기 어렵다. 환언하면 그 지방의 흙내, 그 지방 사람의 목소리가 우러나오는 로컬 컬러가 약동함으로써 민요의 가치가 있다고 할 것이다. 민요의 농후한 지방색이라는 것은 산골짝 나무꾼 처녀의 입에서 유랑의 노래를 듣거나 모내기하는 여인의 입에서 새장 속의 새[44]처럼 구속된 신세를 한탄하는 노래를 듣는 것이 아니라 산에서는 산의 노래, 들에서는 들의 노래, 즉 산중의 소산이며 전원의 산물이어야 한다. 하이마트쿤스트Heimatkunst[45]의 가치이다.

노구치 우조野口雨情[46]라는 이가 저 동요 제작에 대하여 항상 흙내를 강조했던 것은 이 때문이며, 동요는 곧 아이들의 민요이다.

일본의 그것은 차치하고 조선의 것을 보자면, 그 지방 지방마다 로컬 컬러가 진하게 배어나오는 것이 적지 않다. 즉 그 민족성을

42) 주로 샤미센(三味線) 반주에 맞추어 술자리 등에서 좌흥으로 불린 짧은 성곡(聲曲).
43) 어떤 이야기를 리듬에 맞추어 읊는 시. 넓은 의미로 서사시, 발라드, 전원시 등을 포함한다.
44) 새장 속 새와 같이 자유가 속박된 신세에 대한 비유. 또는 그와 같은 사람. 주로 유녀(遊女)를 의미한다.
45) 향토예술, 민예품. 19세기 말 독일에서 일어난 향토예술 운동.
46) 노구치 우조(野口雨情, 1882~1945년). 각주 30 참조.

이야기하는 서정시가 상당히 많은 듯하다. 그러나 어디에서도 그 조사가 이루어지지 않았기에 비근한 예를 들기 어려우나, 누구에게나 잘 알려진 저 「아라랑가阿羅蘭歌」[47]에

인생 한 번 돌아가면 움이 나나 싹이 나나, 아리랑 아리랑 아라리요, 아리랑 띄워라 놀다 가세

세월도 덧없도다, 돌아간 봄이 다시 온다, 아리랑 아리랑 아라리요, 아리랑 띄워라 놀다 가세

이는 기생 등이 연석에서 부르는 것이라 과연 지방색 풍부한, 이른바 민요라 할 수 있을는지 그 뿌리가 판명되지 않는 이상 속단할 수 없으나, 이 가락 및 주로 유행하는 분포 관계로 보아 조선 남부 지방이 그 출처임은 추정하기 어렵지 않다. 이는 어느 정도 인생을 알고 그 생명에 약간의 권태감마저 품게 된 성인의 노래이나, 조선 서부 지방에는 일본의 동요와도 유사한, 자장가라고도 할 수 있는 지방가가 유행하고 있다.

一. 이쪽은 양지 저쪽은 그늘, 동대문에 서대문에, 들어가라 들어가라, 빨리 들어가라.

一. 잠자리 동동, 파리 동동, 이리 와서 앉아라.

47) 아리랑을 뜻한다. 본서의 원문은 이하 아리랑을 비롯한 조선 민요 및 동요, 시조, 가사 등에 한국어 가사 병기 없이 일본어 번역만을 싣고 있으며, 그 원곡을 특정하기 어려운 경우 원문 해석에 머물렀음을 밝힌다.

一. 까악까악 까마귀, 너희 집에 불났다, 빨리빨리 돌아가, 바
가지로 불 꺼라.

一. 비야 비야 오지 마라, 우리 누나 시집간다. 가마 꼭지 물이
들면, 다홍치마 얼룩진다.

전술한 아라랑가는 일본의 속요와 거의 동일한 리듬과 형식을 취하고 있다. 일본의 '무엇을 걱정하나 강가의 버들이야 강물 흐르는 것을 보며 지내나何をくよくよ、川端柳、川の流を、觀て暮す'와 '세월도 덧없도다……'라는 것과 '노래 부르시게나 노래를 부르시오 내일은 들과 산의 풀잎의 이슬唄ひなされよお唄ひなされ、明日は野山の、草の露'은 마찬가지로 자연과 인생에 대한 자포자기적 체관諦觀이라는 점에서 통하는 면이 있고, 지방 속요로서 한결같이 민심의 적요寂寥를 술회하고 있음은 민요의 예술적 가치라고도 할 수 있을 것이다.

동요적 민요에 있어서도 일본과 조선은 모두 그 감개를 함께한다. 햇빛에 대한, 파리에 대한, 시집가는 여인에 대한, 그 전부가 어린아이의 동심에서 출발한 서정적 정서로서 일본의 그것을 굳이 예로 들어 대조할 필요도 없다.

여인과 술에 대한 인생관

이와 같은 조선의 민요를 질서도 없이 잡다하게 인용하는 것은

그 수가 상당히 많다는 점에서 번거로운 일이지만, 널리 알려진 대표적인 것으로는 남부 지방의 「아라랑가」, 서부 지방의 「영변가寧邊歌」 등으로 생각건대 수작이라 할 것이다.

영변가는 평북도청이 의주로 옮겨진 융희隆熙[48] 이전, 그리 멀지 않은 시대에 지어졌다[49]고 하며, 지금은 서부 일대의 민요로 자리잡은 상황이다. 저 청천강 일대에서 생겨난 수심가愁心歌라는 것도 있어, 남부 지방 사람들이 이 근방으로 이주한 후 남도조南道調와 서도조西道調가 어우러지게 된 작품도 존재하지만 수작으로 남아 있는 것으로는

> 꽃 사이에 돋는 달이 네가 정녕 화월花月이라. 만경대萬景臺 밖에 놀고 가는 금선錦仙이라. 부용당芙蓉堂 운무雲霧 중에 연지蓮枝 캐는 채련彩蓮이라. 요순堯舜 적 사람인가 얌전할손 순희順姬로다. 동령冬嶺 고송孤松에 은은隱隱할손 설월雪月이라. 청강석靑鋼石 비취옥翡翠玉이 아름다운 녹주綠珠로다.

이러한 것들은 본래 번역문이기에 그 작자의 시심詩心을 충분히 새길 수 없다는 문제도 있겠지만 민요로서의 평이함을 결여하고 보편성에서 일탈한 것이다. 한편,

48) 순종(純宗) 치세의 연호로, 1907년부터 1910년까지 4년 동안 사용되었다.
49) 평안도 영변(寧邊) 지방의 대표적 민요. 평안도 행정부를 의주(義州)로 옮길 때 그 지역 사람들이 아쉬운 마음에서 지어 불렀다고 전해진다.

오동梧桐에 복판이로구나, 거문고로다, 둥당실 슬기둥 소리가 저절로 난다. 영변에 약산동대藥山東臺야, 너 부디 평안히 잘 있거라, 나도 명년 양춘은 가절佳節이로다, 또다시 보자.

등은 민요로서도 재회를 기약하는 서정시로서도 빼어난 것으로, 조선 민요 특유의 방종放縱이나 원망, 탄식이 없다. 그러나 그 점에 있어서 가슴에 육박하는 애절한 슬픔의 감정을 움직이는 부분도 없다. 이런 것보다는 오히려

한세상이 두 번 있으려나, 세 번 있으려나, 그런 이 목숨은 몇 이려나. 이리 덧없는 한세상에 꿈같은 몸을 가지고 한평생 서글픈 일뿐이로다, 차라리 즐거이 노세나, 아라랑 아라랑………

놀고 싶구나, 한겨울 찬 하늘에 풀솜을 바라지만, 입에 풀칠하기 바빠 여의치 않구나, 아라랑 아라랑………

등이 훨씬 Popular song으로서의 예술적, 향토적 색채가 강하다. 앞의 영변가 두 곡은 적어도 지나 문학支那文學[50]의 영향을 따른 것으로, 가곡은 차치하더라도 가사를 보면 folk song이라기에는 지나치게 유교 문학의 분위기가 농후하다. 이런 외국 문학의 모방보다는 그 나라, 그 백성 고유의 사상에서 분출된 민중의 소리, 흙의 노래, 지방의 노래 쪽이 민요로서의 향취가 월등히 높다고 할 것이다. 가

50) 원문의 표현을 그대로 사용한다.

령 가사가 다소 비속한 영역을 벗어나지 못한 것으로,

> 너도 혼자, 나도 혼자, 옳지 옳지 그렇지, 둘이서 두 사람의 집을 짓고, 저 아이를 품고, 옳지 옳지 그렇지, 좋구나.
>
> 2전 다오, 2전을 다오, 2전 가지고 뭘 하지, 뒷집에서 복숭아 사서, 앞집 처녀를 꼬드기지.
>
> 무궁무진 먹사이다, 산해진미로다, 마시고 먹지 않겠노라 맹세했으나, 주효를 보자마자 맹세의 언약은 이미 헛것이라. 불로초不老草로 술을 빚고 만년배萬年盃에 가득 부어, 자아 자 드시오 드시구려 만년 장수를.
>
> 바람이 불었네, 불었네 바람이, 이팔청춘 처녀에게 바람이 불었네.
>
> 놀고 가게, 자고 가게, 자고 가야 진정한 즐거움이 있다네.

등은 오로지 술과 여인의 데카당티슴적 탐닉과 방종 그 자체와도 같은 가사뿐이지만, 이것이 일종의 비통한 가락으로 노동자 무리의 입에서 흘러나오는 것을 들을 때, 무어라고도 형언할 수 없이 심금을 울리는 것을 부정할 수 없다. 여기에야말로 참 민족적인, 노래하지 않을 수 없는………부르짖을 수밖에 없는 음성이 있으며 민중의 갈구가 감돌고 있으며, 뜻을 새기고 존중해야 할 민요의 멜로디라고 생각한다.

거짓 없이, 허식 없이, 그야말로 있는 그대로를 솔직히 풀어낼 수 있는 유일한 목소리가 민요이다. 조선의 민요가 오로지 퇴폐적이며 음탕하다고 하여 그것이 이 나라의 특색이자 이 민족이 지닌 감정의 전부라고는 할 수 없다. 일본의 민요, 속요 등에는 차마 문자로 나타낼 수 없는, 지극히 외설적인 것이 각 지방마다 수두룩하다. 이는 결코 음탕함이나 탐닉 자체의 단순한 구현이 아니다. 굳이 그 특성을 말하자면 적요와 원망, 한탄의 소리이다. 여인과 술은 일본이든 조선이든, 아득한 선조이든 현대의 남녀이든………오히려 지금 쪽이 더 앞서(?) 있을지도 모른다. 민요 시대라고 표현할 수 있다면, 그 시대의 사람들은 너무나도 솔직했고 너무나도 적나라하여 허식을 몰랐다. 바꾸어 말하면 순수한 인간이었기 때문이다.

우리들이 오늘날 당시의 민요에 대하여 예술의 가치를 매기며 그 시적 정서를 탐구하고 있지만, 원시 시대의 사람들은 그것이 곧 생활의 본능이었다. 혹자는 이것이 그 향락에서 출발했다고 할지도 모르겠으나, 그 기원은 결코 향락이나 예술에서 발족한 것이 아니다. 가요, 음악, 무용 등은 그 종족의 생활 본능과 일치하고, 도리어 그 생활을 지키기 위하여 인간의 자연스러운 생리적 본능을 이용했다고 보는 편이 타당하다. 향락에 대한 욕구나 예술에 대한 동경의 의미는 아니었다.

원시인의 생활 문화가 발달하여 예술 분야의 활동이 작용되기에 이르자 가요가 그 희로애락의 감정을 표현할 언어 형식으로 바뀌었으므로 여기서 비로소 민요의 서정시적 가치가 생겨날 밑바탕이 마련된 것이다. 따라서 민요에는 지방색 외에 반드시 생활 문화의 시대가 따른다. 즉 시대색이 존재하기 때문에 그 시대 민중의 음성이 노골적으로 표현되어 있다. 조선처럼 시대 문화나 지방색이 단일하지 않은 국가에는 그 속에 자연스레 혼입된 민중의 노래, 민중의 소리가 존재할 것임에 틀림없다.

다행스럽게도 이제야 조선에도 일본에도 민요 연구의 시기가 도래했다. 이 기회를 얻어 철저히 민요를 조사하고 그 꾸밈없는 국민성의 정서를 찾아내야 한다. 이를 위해서는 민요 자료 조사 외에도 한 걸음 더 나아가 음악 방면으로부터의 연구도 필수적이다. 고려전高麗傳[51]에 이르기를 '향악이란 그 습속이라曰鄕樂 其俗習也'[52]라고 하여 민요와는 불가분의 대상이고, 저 아악雅樂에 대한 속곡俗曲이며, 태곳적부터 널리 민간에 유행해 왔던 것이므로 진정한 민요를 연구하고자 한자면 속곡을 간과해서는 안 된다. 지금 필자에게는 그 방면의 지식이 부족하므로 전문적인 연구자에게 위임하고자 하고, 이 지면에서는 단지 민요가 민중의 소리이며, 그 소리를 제대로 음미하지 못했던 왕자王者, 정치가들의 태만이 오늘날의 조선 산하를 이 지경에 빠뜨린 것이 아닌가 하는 생각을 남긴다.

—1926년 12월 4일

51) 『송사(宋史)』 <고려전(高麗傳)>을 지칭한다.

52) 이하의 문장에서 인용한 듯하다.
樂聲甚下, 無金石之音, 旣賜樂, 乃分爲左右二部, 左曰唐樂, 中國之音也, 右曰鄕樂, 其故習也. 『宋史』 <高麗傳>

조선의 민요

(안악공립보통학교安岳公立普通學校에서)

바람 광풍아 불지 마라 송풍 낙엽이 다 떨어진다
명사십리 해당화야 꽃이 진다 설워 마라
명년 삼월 다시 오면 훈풍이 자남래할 제
유상앵비柳上鶯飛는 편편금片片金이요, 화간접무花間蝶舞는 분분설紛紛雪이라
온갖 화초라 하는 것은 다 살아오는데
우리 인생 한번 가면 다시 오기 어려워라, 마음껏 놀아나 보자.

필자 주 : 이것은 유타(遊惰)에 흘렀던 시대의 민요로, 현재도 중부 이북 지방에서 널리 불리고 있다.

조선 민예에 관하여

• 아사카와 노리타카淺川伯敎 •

조선 민예에 관하여

토지가 있고 산이 있고 강이 있으며 사람이 살고 새가 울며 벌레가 운다. 해가 뜨고 해가 지며 비가 내리고 눈이 날린다.

이러한 것이 서로 어우러져 여러 가지 사건이 일어난다. 그리고 각각 독자적인 환경을 만들어 낸다.

그 환경에서 생활하는 사람들은 또한 그곳에서 태어난 예술을 가진다. 이것은 사람들이 그 토지에서 생활하기에 좋은 것을 만들어 내거나 그 토지 특유의 재료를 사용하고, 잘 때나 깨어 있을 때나 암시적으로 이 환경이 그 사람들을 생장시켜 가므로, 부지불식간에 조금씩 그 땅 특유의 것으로 성장해 간다. 이러한 분위기에서 공예가 태어나고 민요가 탄생한다. 공통된 사상이 이 지구의 표면에 싹트며, 동일한 목적하에 정치가 이루어진다. 이러한 일이 일어날수록 지방적 특색이라는 것을 잃는다면 잘못된 일이다.

향토적 특색이 공통 사상에 반한다고 생각하는 것도 잘못이다. 환경을 망각하고 탄생한 것이 있다고 하면 그것은 태어난 것이 아니라 근본 없는 차용물이다.

공간을 날아다니는 종잇조각과 같은 것이다. 한쪽을 새롭게 한쪽을 오래된 것으로 보는 것은 최근의 심각한 판단 오류이다. 진정으로 새롭게 살아 있는 것이란 그 땅에서 태어난 것이어야 한다.

그리고 그것이 다각형으로 발달해 가는 점에 인류 생활의 윤택함이 있는 것이며 생명이 있는 것이며 변화가 있는 것이다.

민예란 인민의 예술이며 평민의 예술이다. 왕의 예술이라는 것이 있다고 한다면 그에 비해 소박하고 누추한 느낌이 있는 듯 보이겠지만, 민예는 극히 자연스러워 언제 만들었다고 할 것도 없이 생겨난 것이다. 그리고 그 토지 사람들의 마음이나 생활에 깊이 부합하기 때문에 다른 곳에서는 사라질지라도 그 땅에서만은 건전하게 발달하고 존재하게 된다.

그리고 그 땅의 자연이나 기풍을 상징하는 것으로서 구체적인 모습으로 표면에 드러난다.

자연 속에 살아가는 인간 집단으로 어디를 가든 살아 있는 이상은 식욕, 색욕, 생활욕, 명예욕, 미를 추구하는 마음, 신불을 믿는 마음 따위가 다양한 형태로 포함된다. 그것이 지리적, 역사적 관계에서 각각 개성적 형태로 표현된다. 이것이 민예 또는 향토 예술이다. 즉 큰 예술 단위이자 출발점이다. 상당히 거대한 것이라도 모방에 불과하다면 세계적으로 존재 가치가 없겠지만, 민예는 존재 가치를 명료히 가지고 있다.

꾸밈이 없는 맨땅 위에 생명이 있고 건전함이 있으며 출발점이 있다.

고래로 조선은 가장의 나라이자 양반의 나라로, 가장 앞에서 다른 가족들은 벌레처럼 취급되고 양반 앞에서는 평민이 역시 벌레였다. 그래서 민예라고 할 만한 것은 전혀 인정받지 못했을 뿐 아니라 그 이름을 입에 올리는 것조차 대단한 불명예로 삼았다.

뭐니 뭐니 해도 옛 지나支那의 형태를 이해하는 것 외에 명예로운 일은 없었다.

그래서 옛 지나의 형식이 잘 남아 있다.

그러나 우리에게 육박해 오는 예술적 효과는 지나의 그것과 완전히 다른 것이었다.

그뿐 아니라 오랜 역사를 가진 이 땅에는 어느새 인정받지 못한 민예 속에서 특유한 형태가 태어났다.

괴로운 생활 속에서, 붉은 흙 속에서, 맑은 공기 속에서, 변화가 많은 기후 속에서, 특수한 가옥이 태어나고 온돌이 나타나고 목기가 만들어지고 도자기가 탄생하고 노래가 발생했다.

이들은 모두 가장 조화롭고 서로 어울리는 것으로서 하나의 분위기로 포괄된다. 하지만 문명이라는 미명 하에 개량이라든가 진보라는 이름을 어지럽게 써서 이러한 것들을 뿌리부터 뽑아내려고 한다.

시대의 변화는 반박할 수 없는 사실이며 올바르고 합리적인 개량이나 진보도 필요하고 그 시대에는 그에 적합한 것이 태어나는 것이 자연스럽긴 하지만, 너무도 급속히 변화하면 자기 소유물을 잊고 올바른 싹과 뿌리를 버리며 변화에 맹종하게 된다.

소박하고 누추해도 목각 쟁반은 그 자체가 맨땅의 아름다움에 소박함과 건강함과 영구성을 지닌다. 그리고 불쾌한 기술이나 허식을 지니지 않을 뿐 아니라 사용함에 따라 점차 본질적인 아름다움을 드러내 바탕이 빛나게 된다.

근대 공예가 낳은 눈속임 같은 칠을 한 쟁반은 완전히 반대의 결과를 낳는다.

문명과 진보를 자랑하는 구미인들이 그들의 기계 공예품에 불만을 느끼고 오랜 동양의 것을 자꾸만 찾아다니는 것도 이 때문이라고 생각한다.

그들은 금전을 얻기 위해 빈번히 미개한 땅에 쓸데없는 것을 열심히 팔지만, 본심으로 추구하는 것은 그런 것이 아니다.

그 땅에 돌아가 환경에 젖고 개성적인, 굳이 의의를 추구하지 않는 매력에 귀를 기울일 때에 마음속의 잊혀진 무언가가 소생함을 느낀다.

나는 조선의 산과 건축, 까치 소리를 처음 들었을 때 이것이 아무래도 처음 접한 경치라고는 생각되지 않았다. 수천 년인가 전에 내 마음이 이미 본 적이 있는 듯한 기억이, 영혼 속 깊은 곳에서 속삭였다.

팔백 년 전 송나라 휘종 황제의 사신이 고려를 방문했다. 그때 서긍徐兢[53]이라는 사람의 보고문이 『고려도경高麗圖經』으로 남아 있

53) 원문에는 '徐競'으로 표기되어 있으나 수정한다. 『고려도경(高麗圖經)』은 고려 중기 송나라 사절의 한 사람으로 고려를 방문한 서긍(徐兢, 1091~1153년)이 저술한 책으로, 당시 고려의 실정을 기록한 견문기라 할 수 있다. 정식 서명은 『선화봉사고려도경(宣和奉使高麗圖經)』. 전40권.

는데, 동양에서 가장 오랜 거푸집을 남긴 국민이라는 점이 곳곳에서 자주 언급된다. 어쩌면 현재에도 그 시대의 것이 그대로 남아 있는 것 역시 적지 않으리라 본다.

조선의 민예가 전부 완전하다고 하는 것은 아니지만 불가사의하게 오랜 전통을 남기고 있다.

왕가의 아악 등도 이러한 상태에 놓였기 때문에 요행히 남아 있었다고 생각한다. 그러나 이것은 민예가 아니라 온전히 왕의 예술이다.

민요 쪽을 보면 나는 잘은 몰라도, 어디서나 비슷하게 그 지방의 기분, 그때 사람들 마음의 공통적인 외침이라고 할 만한 것이 자연스럽게 언제인지 모르게 생겨나고, 간혹 감수성 예민한 사람의 입에서 대표적으로 뿜어져 나온 것이 뭇사람들이 추구하는 바이거나 생각하는 바일 경우 이것이 민중의 마음이라고 하여 노래된다.

마치 고양이가 조용한 양지에서 그르렁그르렁 목을 울리며 따스한 분위기에 취하는 것처럼, 또는 배고픔을 느낀 아기가 천정을 바라보면서 옹알이를 하는 것과 비슷하다고 생각한다.

자연을 보고 민요가 탄생한다. 그것은 마치 새 울음소리를 듣고 뭐라고 울었는지 나라마다 다른 말로 표현하는 것처럼 사람들 마음에 각각 다른 울림으로 다가온다.

이것은 일례이지만, 안정적으로 자연에 잠기는 것을 좋아하는 조선인들은 다른 이들보다 조용히 새 울음소리 따위를 관찰한다.

일본에서는 예로부터 제비가

피—차쿠 차 피—차쿠 차 피—차쿠 차

하고 운다고 한다. 이것은 아주 바쁘고 성미 급한 사람이 관찰한 것으로, 말이 많은 사람을 제비 같이 수다를 떤다고 말한다. 조선에서는

비리고 베리고 퉤—

라 운다고 한다. 이것은 풋콩을 먹고 입이 아려 침을 뱉는 기분을 표현한 것이라 하니 재미있다. 여기에는 또 앞에 붙는 구가 있어서 전체적으로는

장자 집에 가서 콩 한 쪽을 먹었더니 비리고 베리고 퉤—.

장자長者는 부유한 사람(일본어와 같음)을 말하며, 그 집에 가서 콩 한 쪽을 먹었더니 비리고(입이 아려) 퉤(침을 뱉는 형용). 장자의 집에 가서 콩을 한 쪽 먹었는데 아려서 침을 뱉었다는 것이다.

장자 집에 가서
콩 한 쪽을 먹었더니
비리고 베리고 퉤—.

이것을 몇 번이고 반복하다 보면 어떻게 그 소리를 정관靜觀하고

향토의 것으로 삼고 있는지 엿볼 수 있다. 혀를 둥글게 하고 입술을 편평하게 해 공기를 납작하게 압출시켜 퉤— 하는 점이 재미있다. 또한 황조黃鳥 울음소리를(황조는 조선 꾀꼬리鶯·鶬·鶊)

머리 곱게 빗고, 백 별감,
보고 지고, 보고 지고.

이것은 '머리를 아름답게 빗고 백 별감(백을 성씨로 하는 관기官妓의 감독)을 만나고 싶네, 만나고 싶어'라는 뜻이다.

새 울음소리가 무언가를 상징하고 있다. 그것에 부합하는 전설이 따라 붙는다. 그 울음소리가 어떤 말의 형태로 표현된다. 그것이 민요 등에 흡수되어 불리고 때때로 그 소리를 내어 부르는 이들이 흔히 있다.

또한 비둘기 울음소리를 예로부터 일본에서는

포오—, 포오—

하고 운다고 한다. 아이들도 비둘기를 하토퐂포鳩ポッポ[54]라고 한다. 하지만 밤 같은 때에 우는 소리를 들으면 음산한 느낌이 든다. 조선에서는

54) 비둘기를 가리키는 유아어. 일본 근대 창가의 제목으로도 유명하다.

기집 죽고 자식 죽고
망건 팔아 술 사먹고
헌 누더기 덮고 자고
이가 물어 못 자겠다
구구— 구구—

아내가 죽고 아이가 죽고, 망건을 팔아 술을 사서 마시고, 헌 누더기를 입고 자니 이가 물어 잠을 잘 수가 없다, 구구— 구구—.

이것은 아주 어두운 방면이지만, 역시 조선인 생활의 일면을 여실히 이야기하고 있다.

이러한 것들은 민요는 아니지만 민요가 발생하는 상태와 존재가치를 명료히 입증해 주리라 생각한다.

일반적으로 말하는 민요, 동요, 전설, 향토 미술이라고 하는 것을 크게 민예라고 보아 이러한 내용을 써 보았다.

(마침)

조선 동요

바람아 바람아 불어라
대추야 대추야 떨어져라
어른아 어른아 주워라
애들아 애들아 먹어라.

조선 민요에 나타난 제상諸相

• 오카다 미쓰구岡田貢 •

조선 민요에 나타난 제상諸相

갑작스레 이치야마市山 씨로부터 조선 민요에 관하여 무언가 집필해 달라는 명을 받았으나, 필자는 원래 문예에 관해서는 아는 바가 전혀 없는 문외한이다. 게다가 지금은 주변에 유용한 자료도 없는 까닭에 상당히 면목이 없게 되었다. 단지 능력도 없는 주제에 덮어놓고 나서서 조선 사정에 대하여 흥미를 품고 관찰하는 버릇이 있다는 것만은 자각하고 있으므로, 자신의 좁은 안목으로 바라본, 우물 안 개구리나 다름없는 얄팍하기 짝이 없는 생각을 기술해도 괜찮을는지 문의한 바, 그래도 상관없다는 답변을 받았다. 그래서 일단 주변에 있는 자료에서나마 동요, 민요를 한데 모아 몇 가지를 예로 들어 소임을 다하고자 감상을 적어 본다.

여기에 예로 드는 것은 본래 신정新政 이전[55]의 것이다. 근래에 다소 새로운 것도 생겨나고 있는 모양이지만, 그것은 현대의 사상에서 출발한 것이므로 조선의 특수성은 상당히 희박하다. 따라서

55) 일제강점기 식민통치 이전.

옛것을 소개하고자 하면 순서에 따라 먼저 재래적 사회상을 일별해야 하겠으나, 부족한 실력으로 자신이 쓰는 것보다 낫다고 판단하여 다카하시高橋 박사56)의 논문 중에서 조선인의 순종성에 대한 일부분을 인용한다.

> 조선인만큼 만사에 순종하는 민족은 그리 많지 않다. 국가는 늘 지나支那의 제도에 순순히 복종하고, 상류 사족士族은 국왕의 권력에 복종하고, 중인 및 상민은 늘 계급제도에 순종하며 사족의 압제에 엎드리고, 인민은 관부官府의 명령에 복종하여 아사하거나 동사할 정도가 아니면 세금을 상납하지 않는 자가 없고, 유소幼少한 자는 연장자에 대하여 순종하고, 제자는 선생에 대하여 순종하고, 아내는 남편에 대하여 순종하고, 서얼은 적자에 대하여 천대를 감수하고, 미혼자는 기혼자에 대하여 순종하고, 노비는 주인에 대하여 순종하고, 천민賤民은 상민常民에 대하여 순종하고, 우마牛馬의 끄트머리에 이르기까지 그 다스림에 순종하는, 도저히 일본에서는 볼 수 없는 현상이다.
>
> 조선인에게 이토록 순종의 미덕이 넘치기까지에 이른 데에는 몇 가지 원인이 있다. 첫 번째로 이 민족의 근본적인 성질이 그러하다. 『산해경山海經』에도 '호양부쟁好讓不爭'57)이라 평하고 있

56) 다카하시 도루(高橋亨, 1878~1967년). 니가타 현(新潟縣) 출신. 조선학(朝鮮學) 연구자. 총독 데라우치 마사타케(寺內正毅, 1852~1919년)에게 조선 문헌 수집을 건의하는 등 조선의 풍속 조사에 진력했고, 조선총독부의 종교 조사 및 도서 조사의 촉탁을 역임했다. 1919년 논문 「조선의 교화와 교정(朝鮮の教化と教政)」으로 문학박사 학위를 취득했다. 저서로 『한어문전(韓語文典)』 『조선의 이야기집(朝鮮の物語集)』 『조선의 속담집(朝鮮の俚諺集)』 『내선관계정치문화사상사(內鮮關係政治文化思想史)』 등이 있다.

> 다. 아마도 이 반도의 지리적・기상학적 특질이 자연히 그 주민을 순종하게끔 만들었을 것이다. 두 번째로, 정치적으로 시종 속국 보호의 지위에 있다 보니 국민에게도 자연스레 자주 자립의 정신이 결핍되어 타인에게 의존하고 타인을 따르는 것을 당연하게 생각하기에 이른 것이다. 이것은 역사적 감화라고도 볼 수 있을까. 세 번째로 전제정치가 만들어 낸 성질이다. 전제정치에 있어 법령의 위력은 최대이니, 그 치하의 인민은 자연히 순종하는 성정을 기르게 된다. 그러나 가장 중요한 원인은 유교적 교양에 기인하여, 사회 질서를 중시하는 사상이 상하 전반에 굳고 깊게 잠식해 있기 때문이다.

박사는 순종성이라고 예찬하여 기술했지만, 이조李朝[58] 말기의 대학자 정약용 선생은 자신의 동족을 자평한 글의 말미를 '두꺼비가 물 위에 떠 있는 듯하다'[59]라 끝맺고 있다. 이 구절을 제대로 음미하면 순종이라기보다 오히려 피폐하고 곤비하여 활력이 없고 기력이 없다는 의미가 보다 가깝다고 할 것이다.

(1) 억누를 수 없는 식욕

아무튼 과거의 민중이 차마 짊어질 수 없는 악정惡政의 압박에

57) '사양하기를 좋아하여 다투지 아니한다'는 의미.
58) 원문의 표현을 그대로 사용한다.
59) 백성이 수령 앞에서 겁을 먹고 엎드리는 자세를 측은하게 여긴 비유.

위축되어, 이미 반발할 힘도 없이 기식엄엄氣息奄奄[60]하고 있었던 것은 분명하다고 생각된다.

이러한 상태에 놓여 있으면서도 어떻게든 생활은 이어가고 싶은 것이다. 아니, 살아남고자 했던 것이다. 살아갈 가치가 있는 생활을 원한다, 발전하는 삶을 자각한다는 등의 사치스런 사고방식은 꿈도 꾸지 않고, 오로지 육체적 생명을 지속하고픈 원망願望 하나만 있을 뿐이다. 육체적 생명을 유지하는 것은 말할 나위도 없이 음식이다. 음식과 관련된 조선말에는 다음과 같은 것들이 있다.[61]

조선어 국어[62]

배워먹다. 習つて(배워라)。

알아먹다. 了解して呉れる(양해해 주다)。

팔아먹다. 賣つてしまふ(팔아버리다)。片づける(처리하다)。

이는 국어에도 존재하는 표현으로 재산을 팔아 생계를 꾸린다(賣り食ひ)는 의미이다.

욕을 먹다. 悪口を云はれる(모욕적인 말을 듣다)。(타인에게서)

동사에 일반적으로 피동被動 형태가 없다. 그런 까닭에 이와 같은 형태를 취한다.

걸먹다. 人にひつかけられだまされる(다른 사람에게 걸려 골탕을 먹다)。

이자를 먹다. 利益になる(이익이 되다)。

내지內地[63]에서 이자를 먹는다(利子を喰ふ)는 표현은 금리金利가 붙어 불이익이 생기는 경

60) 금방 목숨이 끊어질 듯 숨기운이 약하고 목숨이 위태로움을 이르는 말. 어려운 형편을 비유하기도 한다.

61) 이하 예로 든 조선어(한국어)는 원문 내에서 한글 병기 없이 일본어로만 설명되어 있다. 따라서 필자가 예로 들고자 했던 단어가 어떤 것이었는지 특정하는 것은 불가능하다.

우 사용되므로 정반대의 의미이다.

원망을 먹다. 怨を持つ(원망을 품다)。

욕심을 먹다. 慾心を持つ(욕심을 품다)。

야심을 먹다. 野心を持つ(야심을 품다)。

짜먹다. 共謀して取り上げる(공모하여 빼앗다)。

등쳐먹다. 上前をはねる(타인에게 넘겨야 할 대금의 일부를 가로채다)。

새기다. 通譯をする(통역을 하다)。

막돼먹다. お人が悪い(사람이 나쁘다)。意地惡る者(심술궂은 사람)。

알아먹다. 合點する(납득하다)。

풀을 먹이다. 糊をつける(풀을 바르다)。

톱밥. 鋸屑(톱질할 때 나오는 나무 부스러기)。

대팻밥. 鉋屑(대패질할 때 나오는 나무 부스러기)。

연필밥. 鉛筆の屑(연필을 깎을 때 나오는 나무 부스러기)。

입이 붙는 문장. 讀むに骨の折れる文章(읽기 어려운 문장)。

즉 읽는 것만으로는 안 되고 입으로 설명하지 않으면 알 수 없다.

또한 속담으로는 다음과 같은 것이 있다.

일본	조선
兩手に花。 (양손에 꽃.)	양손에 떡.

62) 이하 본문의 '국어'란 일본어를 가리킨다.
63) 외국이나 식민지에서 일컫는 모국 또는 모국의 땅, 본문에서는 일본을 의미한다.

酒なくて何のおのれが櫻哉。 (술이 없으면 벚꽃이 다 무엇이랴.)	금강산도 식후경.
石橋を叩いて渡れ。 (돌다리도 두드려 건너라.)	십 리 길에 점심 싸기.
寶の山に入つて手を空しうして歸る。 (보물 산에 들어가 빈손으로 돌아오다.)	한강이 녹두죽이라도 쪽박이 없어 못 먹겠다.
慾は曲者。 (욕심은 문제로다.)	염불에는 맘이 없고 잿밥에만 맘이 있다.
錦上更に花を添へる。 (금상첨화.)	밥 위에 떡.

본제에서 벗어날까 싶어 일부분만 인용했을 뿐이지만 이외에도 매우 많다. 그렇다면 과연 동요나 민요에는 어떠한 형태로 나타날 것인가.

(1) 아가 아가 우지 마라, 이번 장날 장에 가서, 찹쌀엿을 사다 줄라, 아가 아가 우지 마라.

조선은 경제 상황이 유치하므로 열흘마다 물물교환 시장이 선다. 가정 내에서 필요한 물건은 장날에 한꺼번에 구입해 두어야 한다. 열흘 후에 엿을 사 주겠노라 약속하며 달래는 것이다. 따라서 결코 덴덴다이코でんでん太鼓64)도, 장난감 피리笙の笛도, 오뚝이起上り小法

64) 자루가 있는 작은북 좌우로 방울이 달린 장난감.

師도, 종이 호랑이張子の虎65)도 없다. 현재에 이르기까지 사내아이라면 연, 여자아이라면 널뛰기 놀이의 널빤지 정도를 제외하면 완구다운 것은 없다. 또한 아이는 타인에게서 선물다운 물건을 받는 일이 거의 없다. 고로 자장가 속의 유모가 산을 넘어 고향에 가서 선물로 덴덴다이코나 장난감 피리를 가지고 올 리도 없다. 필자는 조선에 'おもちゃ(장난감, 완구)'에 해당하는 말이 있는지 알아보았으나 결국 찾을 수 없었다. 그래서 조선 사람에게 'おもちゃ'의 의미를 어떻게 풀어야 할는지 물었더니, "글쎄요, '가지고 노는 물건'이라고 해야 하지 않을까요?"하고 대답했다.

덴덴다이코でんでん太鼓

(2) 아가 아가 우지 마라.
떡을 주랴 밥을 주랴.
떡도 싫고 밥도 싫고,
내 어머니 젖만 주소.
네 아버지 장거리로,
네 신 사러 가셨단다.
오라버니 장거리로,
너 먹을 엿 사러 갔다.

65) 이 문장에서 열거한 것은 일본의 전통적인 완구 종류. 동요나 자장가 등에 곧잘 등장한다.

우지 마라 우지 마라.
네 어머니 하는 말이,
앞동산에 진주 서 말,
뒷동산에 산호 서 말,
싹이 나면 오마드라.
아가 아가 우지 마라.
네 어머니 올 적에는,
꽃 꺾어선 머리에 꽂고,
술 받아선 입에 물고,
떡 받아선 손에 들고,
밤 받아선 염낭에 넣고,
병풍 위에 그린 닭이,
홰를 치면 오마드라.
용가마에 삶은 개가,
멍멍 짖건 오마드라.
새롱 안에 삶은 밤이,
싹이 나면 오마드라.
솥 안에 고는 붕어,
펄펄 뛰면 오마드라.
우지 마라 우지 마라.
아가 아가 우지 마라.

(3) 아침 해는 따뜻하게
앞마당을 비추고 있다.
얼굴 예쁜 뒷집 복순.

복성스런 앞집 을순.
방글방글 웃으면서, 아장아장 들어온다.
복순이는 나무열매 주어다가,
소복하게 쌓아두고 과일장사 하는구나.
을순이는 모래 골라,
나무열매 사다갈랑 소꿉 접시 내어놓고,
식구대로 나눠 놓네.
이건 아빠, 이건 엄마.
이건 언니, 이건 복순.
이건 을순, 우리 같이
어서 먹자 어서 먹자.
얌얌얌얌 에그 맛나 소꿉밥은
우리들만 먹고 마나.
어머님도 드려야지.
얘 복순아 어머님 것 한상 봐라.
을순이는 소꿉장을 받쳐 들고 아장아장 걸어가서
엄마 앞에 내려놓으며
"엄마 어서 소꿉진지 잡수세요."
소꿉상을 받은 엄마 싱글싱글 웃으시며,
딸의 등을 토닥토닥 치시면서,
기특하다 내 딸이다,
소꿉밥은 잘 먹었다.

(2)의 예는 어머니가 사망한 후 남은 가족들이 아기를 달래는 것으로 실로 단장의 아픔이 서려 있으나, 그 달래는 내용은 역시 음

식으로만 일관하고 있다.

조선의 풍습을 보다 상세히 설명하면 독자로서도 공감할 수 있겠지만, 본지 성격상 용납되지 않기에 한 가지 사례만을 인용한다. 누군가의 죽음이 임박했을 때 일가친척이 모여 붓 끝으로 임종하는 사람의 입에 물을 적셔 주는 것이 내지의 풍습이나, 이곳에서는 놋쇠 숟가락에 밥을 담아 빈사 상태의 사람의 입에 밀어 넣는다. 만일 밥이 준비되지 않았다면 생쌀을 물에 적셔 넣는다. 이것을 양식이라 한다. 단말마에 이르기까지 음식에 집착한다.

(2) 유린당한 연애와 유교

박사의 말씀대로 사회 질서, 생활 규범은 유교의 규율로 묶여 있다. 신라 중기로부터 고려시대 전체에 걸쳐 감정感情을 기조로 하는 불교가 보급되어 열띤 신앙을 유지했음은 상상 가능하나, 이조에 이르러 태조太祖 이성계는 전 왕조에 대한 불교의 폐해를 인식하고 불교를 배척하고 의지意志 중심의 유교를 채용하는 국시國是를 확립했다. 유교는 남녀칠세부동석을 강제한다. 가정에서 처녀는 한 발짝 문 밖으로 나서는 것조차 용납되지 않았고, 모친 곁에서 시중을 들며 지내야 한다. 예전 경성京城에서는 저녁 종을 신호로 남자는 외출이 금지되었기에, 여자는 붉은색과 녹색의 요란한 빛깔로 물들인 장옷을 쓰고 얼굴을 가린 채 거리를 산책하는 것이 허가되었다. 또한 어느 특정한 날에 한하여 낮 시간에 산과 들에서 놀며 즐기는 것이 인정될 뿐이었다. 따라서 결혼은 양친의 의지에 따라 결정되는 부분이었고, 신랑신부는 애당초 서로 아는 사이도 사랑하는 사이도 아무 것도 아니다. 시집을 간 후에도 신부는 시집 쪽에 헌신하는 몸종이었고, 부부가 허심탄회하게 담소할 수 있는 것은 아이를 두셋이나 가지게 된 이후의 일이다. 게다가 아내는 남편보다 연장자였으며, 봄을 깨닫는 데에는 각기 더디고 빠름이 있다. 인생의 봄이라는 아름다운 꽃은 부모가 엄중히 감시하는 울타리 내에 갇혀 마음껏 피어날 수 없었다. 그러므로 결혼이란 것은 양자 모두에게 있어 오히려 고통일지언정 쾌락은 아니었다. 이것이 민요에서는 과연 어떻게 나타나고 있을까.

(4) 형님 형님 사촌 형님.
시집살이 어떻던고.
시집갈 적 좋더마는,
애고 애고 말도 마라.
도리도리 도리판[66]에,
수저 놓기 어렵더라.
둥글둥글 수박 식기,
밥 담기도 어렵더라.
중우[67] 벗은 시아재비,
말하기도 어렵더라.

---

66) 도리소반. 둥글게 생긴 조그마한 상.
67) 중의(中衣). 남자의 여름 홑바지.

(5) 양천전촌의 전갑섬아.
부자에게 말이 났소.
나는 싫소 나는 싫소,
금전재세에 나는 싫소.

양천전촌의 전갑섬아.
관리에게 말이 났소.
나는 싫소 나는 싫소,
세력재세에 나는 싫소.

양천전촌의 전갑섬아.
농부에게 말이 났소.
나는 싫소 나는 싫소,
무지하야 나는 싫소.

양천전촌의 전갑섬아.
상인에게 말이 났소.
나는 싫소 나는 싫소,
속이는 노릇 나는 싫소.

양천전촌의 전갑섬아.
사공에게 말이 났소.
나는 싫소 나는 싫소,
어복魚腹에 장사 나는 싫소.

양천전촌의 전갑섬아.
세민에게 말이 났소.
나는 싫소 나는 싫소,
모진 학대 나는 싫소.

양천전촌의 전갑섬아.
애국자에게 말이 났소.
나는 싫소 나는 싫소,
형사 조사가 나는 싫소.

양천전촌의 전갑섬아.
유학생에게 말이 났소.
나는 싫소 나는 싫소,
맘 태우기 나는 싫소.

양천전촌의 전갑섬아.
시가 안 가고 무얼 하소.
나는 좋소 나는 좋소,
홀로 살기가 나는 좋소.

(6) 비야 비야 오지 마라.
우리 누나 시집갈 때,
가마 속에 물 들어가면,
다홍치마 얼룩진다.
무명 치마 둘러쓴다.

비야 비야 그치어라.
어서 어서 그치어라.
우리 누나 시집가면,
어느 때나 다시 만나,
누나 누나 불러 볼까.

누나 누나 가지 마오.
시집을랑 가지 마오.
시집살이 좋다 해도,
우리 집만 하오리까.
일이 모두 그러하니,
시집을랑 가지 마오.

비야 비야 오지 마라.
우리 누나 시집갈 때.

(7) 삼가三嘉 합천陜川 너른 들에,
온갖 화초 승상하야,
봉선화는 길을 잡고,
외꽃을랑 동을 걸고,
가지 꽃은 깃을 달고,
고추 꽃은 동정 달고,
분꽃을랑 돌띠 매어,
아침 이슬 살짝 맞혀,
은 다리미 빰을 맞혀,

우리 님을 입혔더니,
서울 길로 가시더니,
첫 명지名紙[68]를 들어 바쳐,
장원급제 하였다네.
내린다네 내린다네.
시골로 내린다네.

길러 내신 우리 부모,
오늘날이 영화로세.
같이 크던 우리 동기,
오늘날이 영화로세.

(5)의 노래가 단순히 선택을 고민하는 모습이라 해석하는 것은 단편적인 사고방식이다. 이것은 어떻게든 결혼의 고통에서 벗어나고자 하는 비명과도 같은 절규이다. 만약 애정이 있다고 한다면 일곱 번째 노래 정도이다. 아내는 남편보다 연장자라는 것이 상식이기에, 청춘기에 들어선 여인의 남편에 대한 감정이나 태도는 동생이나 조카에 대한 그것과 마찬가지로 사랑이나 봉사라기보다 보육의 책임을 지닌 보모의 애정 정도라 해야 할 것이다. 남편의 옷을 꾸며 주고 서울로 보내는 것이 그나마 안타까운 일이다.

다지마 야스히데田島泰秀 군의 저서 『온돌야화溫突夜話』[69] 속에

68) 시지(試紙). 과거 시험에 사용하던 종이.
69) 조선총독부 학무국에서 근무하던 다지마 야스히데(田島泰秀, 1893~?년)가 1923년 발간한 조선 재담집.

「남편을 내던진 아내」라는 이야기가 있는데, 이와 같은 분위기를 잘 드러내고 있다.

어느 고을에 사는 사람이 아직 어린 아들을 훨씬 연상의 색시에게 장가를 들게 했다. 어느 날 저녁 무렵 아들이 색시에게,

"빨리 밥상을 차려라."

라고 하자, 연상의 아내는 크게 화를 내며,

"원 참, 건방지네 이 꼬맹이, 차리라니 누구에게 명령이야?"

하고 양 다리를 잡아 지붕 위로 내던졌다. 때마침 밭일을 마치고 돌아온 어머니의 모습을 보고, 나가떨어진 까닭에 지붕 위를 덮은 호박 덩굴에 걸려 자칫하면 넘어질 것을 아슬아슬하게 짚고 선 아들이 아무렇지도 않은 모습으로 아내를 돌아보며 말한다.

"색시야, 큰 호박을 딸까, 작은 호박을 딸까?"

또한 유교는 효도를 중시한다. 마지막에 인용한 ⒀번 노래의 결구結句에도 드러나 있으나, 다른 예를 들어 본다.

(8) 동무들아 동무들아.
이곳에 모래성 쌓아,
청기와 높은 집 지어,
흰 진주로 기둥 하고,
호박琥珀으로 들보 하고,
청옥靑玉으로 도리[70] 하고,
황금으로 벽 바르고,

수정으로 문을 달아,
부모형제 모셔다가,
재미있게 살고 지고.
천년만년 살고 지고.

(9) 진주晋州 단성丹城 얽은 독에,
찹쌀 빚어 단감주야.
딸 길러서 날 준 장모,
이 술 한 잔 잡수시오.
이 술 한 잔 잡수시면,
늙도 젊도 안 하시오.
꽃을 새긴 유리잔에,
나위 남산 거남주야.

(3) 최상의 이상理想

선비는 과거科擧라는 난관을 돌파하여 영예로운 자리에 서는 것을 더없는 영광으로 여기는데, 이것도 유교의 가르침이다. 입신양명立身揚名은 효의 마무리라는 말에 기인한다. (7), (8), (13)의 노래가 가장 명확하게 이를 이야기한다.

(10) 황금 닭이 알 낳았다.

70) 서까래를 받치기 위하여 기둥 위에 건너지르는 나무.

품어 보고 쥐어 보고,
그냥 두나 저 뱃사공.
사내아이 태어나면,
과거 급제 시켜야지.

고래로 영웅이나 성군은 알에서 태어난다는 전설이 많고, 경상도는 한반도에서 유력한 지역이므로 이렇게 말하는 것이다.

이상 열거한 사례는 지나치게 잿빛 분위기를 띤다. 그러나 조선색朝鮮色이 뚜렷한 것을 바란다는 주문도 있고, 더불어 대다수가 이와 같은 것이니 별 수 없다. 독자는 필시 어깨가 뻐근하지 않을까 사료되는데, 마지막으로 자연을 노래한 것을 인용한다. 이는 고금동서에 통하는 바, 비교적 상쾌하고 명랑한 것이다.

(11) 하늘에도 반짝반짝. 산에도 반짝반짝.
강물에도 반짝반짝. 강물에도 반짝반짝.
금모래를 뿌렸는가.
달님 뜨면 흩어지고,
구름 뜨면 몸 감추고,
날이 새면 간데없네.
금모래는 어데 갔나.

(12) 달아 달아 초승달아.
어디 갔다 이제 왔나.
새각시의 눈썹 같고, 늙은이의 허리 같네.

달아 달아 초승달아, 어서어서 자라나서,
거울 같은 네 얼굴로,
우리 동무 비쳐주렴.

(13) 달아 달아 밝은 달아.
이태백이 놀던 달아.
저기 저기 저 달 속에,
계수나무 박혔으니,
옥도끼로 찍어내고,
금도끼로 다듬어서,
초가삼간 집을 짓고,
양친 부모 모셔다가,
천년만년 살고 지고.

민요에 나타난 조선 민족성의 일단一端

• 이광수李光洙 •

민요에 나타난 조선 민족성의 일단一端

호소이 하지메細井肇[71] 씨는 대원군大院君의 복수를 예로 들어 조선 민족의 잔인성殘忍性에 대하여 실증하려 했다. 물론 대원군의 행동에는 잔인성도 내재할 것이다. 어떤 사람에게든 잔인성의 맹아萌芽가 존재하듯, 어느 민족에게든 잔인성은 존재할 것이다. 그러나 호소이 하지메 씨가 대원군의 생애에서 잔인했던 부분을 들어 그것이 주목해야 할 조선 민족성의 중요한 특색의 하나인 양 단정한 것은 조선 민족성에 대한 무지無智가 아니라면 근거 없는 비방이라고 말하지 않을 수 없다.

'호양부쟁好讓不爭'이라고 한인漢人이 평한 것처럼, 조선인만큼 잔인성이 결여된 민족은 아마도 유례가 드물 것이라 생각한다. 일단 조선인에게는 '구토仇討(원수 갚음, 복수, 앙갚음)'라는 성어成語도 없으며,

71) 호소이 하지메(細井肇, 1886~1934년). 도쿄(東京) 출신. 신문기자, 평론가. 1907년 조선으로 건너가 우치다 료헤이(內田良平, 1874~1937) 등의 한일 병합 운동을 지원하고, 이후 조선 민족 연구에 진력했다. 저서로 『조선문화사론(朝鮮文化史論)』 『조선 문제의 귀추(朝鮮問題の歸趨)』 『여왕 민비(女王閔妃)』 『일본의 결의(日本の決意)』 등이 있다.

원수 갚음에 관한 전설이나 문학도 거의 없다고 해도 좋을 정도로 그 수가 적다. '부모의 적 주군의 원수'라 해야 할 상황에서조차도 피를 흘리는 경우는 그다지 없는 것이다. 그야 궁정 내부라든가 정당 간의 알력 투쟁에 있어서는 호소이 씨의 지적대로 잔인하다고 인정해야 할 사건이 없지는 않지만, 민간의 경우 피를 흘리는 앙갚음 따위는 하층계급에서나 극히 드물게 보이는 바였다. 도리어 그들은 원수를 용서하고, 원수의 어려움을 구하는 것을 자랑스럽게 여겨 미담으로 삼아 왔을 정도이다. 이는 고대에 한한 것이 아니다. 오늘날에 있어서도 조선인의 범죄에 너덧 명을 살해하는 것과 같은 범죄는 거의 없다. 강도살인죄가 매우 적은 것은 경찰이나 재판소의 통계를 보더라도 분명한 사실이다.

여담으로 흘러간 듯하지만 민요에 대해서도 그러하다. 자신을 버리고 떠난 연인을 원망하며,

> 나를 버리고
> 가시는 님은
> 십 리도 못 가서
> 발병난다.

라는 것이 가장 원한에 사무친 표현이며, 그렇지 않으면,

울며 잡은 소매 떨치고 가지 마소.
초원장제迢遠長堤에 해 다 저물었네.
객창에 잔등殘燈 돋우고 새워 보면 알리라.[72]

라는 정도가 고작이다.

다음으로 학정虐政에 고통을 겪으며 정부를 원망하는 내용은 상당히 다양하지만 그 역시,

을축 사월
갑자일에
경복궁을
이룩하세.[73]

정도의 것으로, 갑자, 을축이라 해야 할 것을 을축, 갑자로 거꾸로 읊어 경복궁 조영이 정치의 본말을 어겼다는 점을 풍자한 수준이다.

또한 병인년 이양선異樣船의 난[74] 이래 외국인 침입에 대한 적개

72) 광해군 · 인조 때의 문신 이명한(李明漢, 1595~1645년)의 시조
73) 경복궁 타령의 첫머리. 을축 사월 갑자일은 1865년 4월, 경복궁 역사가 개시된 날이다.
74) 병인양요(丙寅洋擾)를 의미한다. 1866년 대원군의 천주교도 학살 · 탄압에 대항하여 프랑스 함대가 강화도에 침범한 사건.

심이 드러났다고 해야 할 민요가 나타났지만 그 대표적인 것은 아마도,

양놈 귀신들
내가 맡는다
대원이 대감은
염려 마시오.

이런 노래나,

함경도 원산이
살기는 좋아도
왜놈의 등쌀에
못살겠네.

이런 노래나,

귀야 귀야 담방귀야
동래 울산 담방귀야
너의 국國이 어떻길래
대한제국 왜 나왔나
은을 주러 왔느냐
금을 주러 왔느냐
은도 없고 금도 없고

담방귀 씨를 가지고 왔네.[75)]

이러한 노래들이다. 담방귀(담배)란 물론 일본인에 대한 풍자로, 일본인은 우리들에게 도움이 되는 것을 가져오지 않는다, 그저 '담방귀 씨앗을 가지고 왔다'고 풍자하는 것이 고작이다. 즉 미워해야 할 상황인데 슬며시 웃음을 내비치는 것이다.

이렇게 웃음을 내비치는 데에 조선인의 특색이 있다. 조선어에는 '그냥 웃고 끝내라'는 말이 있다. 슬프거나 괴로울 때에 하는 말이지만, 분개했을 때, 원수를 대할 때에도 사용된다. 그들은 정말로 껄껄 웃으며 칼을 지닌 원수에게 등을 돌리고 유유히 떠나가며, 이러한 태도는 조선인이 우러러보는 자세라 한다. 이는 최하층민 사이에서도 일상적으로 보이는 현상이다.

다음으로 조선 민족의 특성 중 하나는 낙천적이라는 점이다. 그들은 비탄에 빠지거나 실망하는 것을 부녀자나 하는 짓으로 여기며, 이를 부끄럽게 생각한다. 그러므로 조선에는 진정한 의미의 비극적 문학이나 가요가 없다. 심청전이든 춘향전이든, 비극일지라도 늘 '웃고 끝내는' 것을 잊지 않는다.

75) 담배는 조선 후기 국내 소비 및 청(淸)에 대한 수출 수요로 인하여 농가의 주요 생계 수단 중 하나였다. 그러나 제국주의 열강으로부터 불평등조약을 강요당하고 담배 수출이 중단된 이후 조선은 결과적으로 일본 및 미국산 담배의 소비 시장으로 전락하고 말았으며, 이러한 상황에서 타격을 입은 농민들의 외산 담배에 대한 불만이 이 「담방귀 타령」을 통하여 드러나고 있다.

천년을 살겠나
만년을 살더란 말이냐
죽음에 들어서 노소老少 있나.

여기까지는 꽤나 비애의 가락을 띠고 있으나, 그들은 바로,

살아생전에
마음대로
노세.

라고 덧붙이는 것이다.

'죽은 나무에 꽃이 핀다'라는 속담이 있다. 죽은 나무에 꽃이 피어날 리가 없으나, 어떠한 경우에도 실망하지 않을 것을 이른 말이다.

현재에도 유행하는 민요 중 가장 비애의 분위기가 짙다고 평가되는 것은 남도의 「육자배기」[76]와 중부 지방의 「흥타령」, 서도의 「수심가愁心歌」이지만, 그 가락은 비애를 띠고 있다 하더라도 가사는 여전히 낙천적이다.

저 건너 갈미봉(필자 주 : 산 이름)에
비가 몰려 들어온다

76) 원문에는 '륙자박이'로 한글 표기되어 있다.

우장雨裝을 두르고 김을 매러 갈거나.

라는 가사가 육자배기의 대표적인 것이며,

천안삼거리 홍
능수야 버들은 홍
제멋에 겨워서 홍
축 늘어졌구나 홍

이라는 가사가 홍타령의 본체이다.

노자 노자
젊어만 노자
나이 많아 백수白鬚가 되면
못 노나니
젊어 청춘에
마음대로 놀자꾸나.

이것이 수심가의 대표적 가사이다.

근래 데카당 시인들이 서양식의 절망이나 비애를 받아들였으나 낙천적인 조선의 심정에는 그다지 공명하는 바가 없는 듯하며, 시인 자신도 조선인인 이상 철저히 절망이나 슬픔에 탐닉하지 못하는 모양이다. 민족성이란 완고한 것이다.

조선의 민요

달아 달아,
이태백이 놀던 달아
우리 님이 놀던 달아.
창밖이 어른어른커늘
님만 여겨 펄떡 뛰어 뚝 나서보니
님은 아니 오고
으스름 달빛에 열구름 날 속였구나.
뜰의 소국小菊도 지금이 한창
동자꽃도 지금이 한창.

조선 민요의 특질

• 난바 센타로難波專太郎 •

• 필자의 부언 •

나는 대저의 일에는 변명을 하고 싶지 않다. 왜냐하면 변명은 대부분 실패의 뒤치다꺼리 역에 지나지 않기 때문이다. 하지만 괴로워도 이 졸문에 대해서는 지극 간단히 변명을 허락해 주었으면 한다. 조선 민요에 관하여 써 달라는 이치야마 씨로부터의 의뢰를 받고 그렇게 약속한 것은 1개월 이상 이전의 일이었는데, 쓰려고 생각한 것에 대해 남몰래 복안을 짜내던 중 뜻밖에도 내지內地에 있는 매형이 위독하다는 급보를 접하고, 가족 모두 슬픔과 근심을 품고 황급히 길을 떠나야 했다. 그것이 지난달 23일의 일이었는데, 그 이후 이상하게도 여태껏 위독한 상태가 지속되고 있다. 그 때문에 이리저리 마음 쓸 일들이 많아서 약속한 논문에 대해서도 전혀 전념할 수 없었다. 그래서 만약 이런 졸문이라도 읽어 주시는 분이 있다면 이것은 조선 민요 연구의 어느 일부분에 속하는 잡박한 개론, 혹은 비망록 정도로 이해하고 읽어주셨으면 한다. 또한 이 졸문의 제목이 처음 이치야마 씨와 약속한 것과 서로 다른 점도 아울러 관대히 보아 주시기를 부탁하는 바이다.

조선 민요의 특질

민요란 어떤 것인지 엄밀히 말하자면 다양한 논의도 나올 것이며 파헤칠 여지도 있겠지만, 편의상 두 개의 정의를 차용하기로 한다. 그 하나는 노구치 우조野口雨情 씨의 정의이다. 노구치 씨는 민요를 '민족 생활의 정서를 전하는 유일한 향토시이며, 흙의 자연시이다'라고 했다. 노구치 씨는 굳이 '유일한'이라고 단언하고 있는데, 민족 생활의 정서를 전하는 것은 민요 이외에 있을지도 모른다. 설령 있다고 한들 민요 그 자체의 존재에 아무런 관계도 있을 리 없으므로 나는 이 세 글자가 사족에 불과하다고 생각한다. 그리고 '흙의 자연시이다'라고 했는데 '흙'이란 무엇을 의미하는 것인가? '농민'에 관해 말하는 것인가? 가요의 대조를 '농업'이나 산천의 자연에 두어야 한다는 뜻인가? 극히 명료함이 결여되어 있을 뿐만 아니라 철저하지 못하다.

이에 비하여 전설 연구가인 후지사와 모리히코藤澤衛彦[77] 씨의

77) 후지사와 모리히코(藤澤衛彦, 1885~1967년). 도쿄 출신. 메이지 대학(明治大學) 문과 졸업. 1914년 일본전설학회를 창립하여 일본 전설과 가요에 관한 총서를 간행.

정의는 민요의 내용을 거의 완전하게 드러내고 있는 듯하다. 즉 '민요란 민족이라는 일단의 사상 감정을 같이 하는 사람들 사이에 발효된 순진한 정서의 표현인 바 민중의 가요이며, 그것은 또한 그 시대에 어울리는 말과 가요로 묶인 시형詩形과 그 향토의 풍상風尙에 어울리는 율동과 선율로써 노래된 곡조 위에 자연히 구축된 것이며, 언제나 그 시대 사람들 마음의 다수의 공명을 야기하고 그들의 정서에 통절히 접촉하여 그들의 문학이 되고, 그들의 음악이 된 것이다'라는 것이다. 이 말을 이대로 민요의 정의로 할 것인가에 대하여 이 자리에서 즉답할 수 없는 노릇이나, 대체로 찬성한다. 표현 그대로 민요는 사상 및 감정을 같이 하는 한 민족 사이에 발효된 것이며, 그 향토의 풍상에 어울리는 율동과 선율로써 노래된 곡조 위에 자연히 구축된 것이어야 한다.

이렇게 민요가 그 사회 및 민족과 밀접한 관계에 있으면 있을수록 민요 연구에 있어 우선 그 시대와 사회를 연구해야 하는 것임은 말할 나위도 없이 자명한 이치이다. 더욱이 민요 발생상 가장 필요한 사회심리, 사회의 예술적 착각성, 이러한 것도 연구함과 동시에 환경 특수적으로 가지고 있는 시미詩味 혹은 향기에 감응할 정도의 감수성도 갖추어져야 하는 것이다. ……논지가 다소 벗어났는데, 예술에 있어서의 '향토'라는 것을 중대시해야 한다는 것은 나의 지론이다. 이렇게 말하면 이 말이 너무도 평범하다는 것에 일소를 던

1920년대에도 일본동화학회, 동화작가협회, 일본풍속연구회 등을 설립. 1930년대에 메이지 대학 교수가 되어 풍속사학과 전설학을 담당.

질지도 모르겠다. 그러나 현재 예술에 있어서의 계급 유무에 관해 이설이 제각각인 우리 문단의 현상을 생각해 보면 예술에 있어서의 향토라는 것을 어떻게 보고 있는가 대략 추측 가능하다. 이 졸문이 민요에 관한 것인 까닭에 노구치 우조 씨를 지금 한 번 더 인용하게 되는데, 노구치 우조 씨는 속가나 유행가는 민요가 아니라고 하면서 향토라는 것을 명료하게 인식하고 있다. 그러나 예술상의 '향토'라는 것은 단순히 횡적인 문제인 것만이 아니다. 종적인 것도 마찬가지로 인정해야 한다. 여기에 노구치 우조 씨의 큰 모순이 있는 것은 아닐까? 만약 종적인 것도 인정한다면 당연히 속가, 유행가도 민요가 아니라고는 말할 수 없다. 왜냐하면 두말할 나위도 없는 일이지만, 속가, 유행가라고 하더라도 사회력을 얻어 방방곡곡에서 불리는 이상 그들의 정서에 통절히 접하는 무언가가 있기 때문이며, 그 향토에 어울리는 율동과 선율을 지니고 있기 때문이다.

이야기를 처음으로 되돌리겠지만, 앞에서 말한 것처럼 민요란 사회와 밀접한 관계에 있는 만큼 민요를 안다는 것은 그 민족의 정열을 보고 순진한 외침을 듣는 것이자, 나아가 외면적으로는 경제조직, 제도, 풍속, 정치 상태를 아는 것이 되고, 내면적으로는 그 민족의 윤리관, 종교관은 말할 것도 없거니와 취미, 기호까지 아울러 아는 것이다.

조선의 민요를 접해보고 무엇보다 먼저 느낀 것은 그들이 아무런 꾸밈없이 솔직하게 절실한 순정을 표현하고 있는 점이었다. 눈물겨울 만큼 정직하게 그 의욕을 노래하는 점이었다. 예를 들면 연모의 정을 노래한 것으로서는,

산중의 귀물은 머루,
인간의 귀물은 정든 님이로다.
아롱 아롱 아라리요 아리롱 디여로
노다 가세.

열라는
콩팥은 왜 아니 열고,
아주까리 동백은
왜 여는가.
아롱 아롱 아라리요 아리롱 디여로
노다 가세.

아주까리 동백아,
열지 마라,
산골에 큰애기 떼난봉난다.

필자 주 : 동백 열매에서 취한 기름은 우리나라(=일본)의 동백유와 마찬가지로 부녀자 사이에 귀히 여겨졌다.

이 얼마나 순진하고 꾸밈없는 외침인가. 자유롭게 아무런 거리낌 없이 또한 여분의 눈물을 구하거나 편들어 달랠 사람도 없이 연

모의 번민을 고백하고 있지 않은가. '아주까리 동백아 열리지 마라'라는 구절에는 한 걸음의 흔들림도 없는 절실함을 느끼게 된다.

이것은 민요가 아니라 동요이며……동요도 그 발생과 성장과 사회적 생사에 있어서는 민요와 마찬가지이므로 예로 든 것이나…….

너희 집에 갔더니
고기를 구워 놓고
나에게는 안 주더라
우리 집에 오더라도
수수경단 안 줄란다.

이것은 소녀가 부르는 노래이다. 이 동요의 가치에 관해서는 잠시 제쳐두고 너무도 솔직하지 않은가. 아이들 생활이 생생해서 애처롭지 않은가. '우리 집에 오더라도 수수경단 안 줄란다'라는 욕심 많은 정이, 네가 주지 않으니 나도 주지 않는다는 복수심이, 불쾌하게 느껴지지도 않으며 얄밉지도 않지 않은가. 모든 것이 전인격적으로 이루어질 때 꺼림칙함, 불쾌함, 불만은 제거되고 오로지 우리는 그 순일한 진정에 감동을 받는 것이다.

많은 민요론자들은 일본 시가사詩歌史를 통해 가장 신선한 생활감을 노래한 시대로서 만요 시대萬葉時代[78]와 무로마치 말기室町末期[79]라는 두 시대를 거론하는데, 나도 거기에 아무런 이견은

78) 일본 최고(最古)의 가집 『만요슈(萬葉集)』에 수록된 노래가 창작된 시기라는 의미. 대략 7세기에서 8세기 중반까지를 이른다.

없지만,

연모의 바람 옷자락에 얽히는 바람에 소매가 무겁구나 연모의 바람 무거운 게로구나

戀風が來ては袂にかひもとれて喃、袖の重さよ、戀風の重いものかな[80]

그대를 생각하면 먼 아노阿濃[81]의 물결에서 왔는데 나를 떨치다니 이게 무슨 일인가

和御寮思へば阿濃の波より來たものを、俺振ることはこりや何事[82]

일부러 오겠다고 말씀하셔도 진실을 생각하면 수치심도 남의 눈도 속마음도 떠올리지 못할 것들뿐, 하지만 그대는 그저 더해가는 꽃이 있는 까닭에

わざと來んとはおしやれども、しんじつ思へば恥も人目もおもわくも、おもひ出されぬものぢやものしかしながら君はただ增す花のあるゆゑ

와 같은 민요를 읽을 때 누구인들 헤이안 시대平安時代,[83] 혹은 도쿠가와 시대德川時代[84]의 향락 기분, 유희 본능에서 나온 한가한 사

79) 무로마치 시대(室町時代)를 일반적으로 1336년부터 1573년까지로 간주하므로, 말기란 16세기 중반 이후를 일컬음.

80) 16세기 초에 성립한 가요집 『간긴슈(閑吟集)』에 수록된 노래.

81) 미에 현(三重縣) 쓰 시(津市)의 옛 이름으로 무역항으로 번성했던 곳.

82) 가요집 『간긴슈(閑吟集)』에 수록된 노래로 원래 '파도(波)'가 아니라 '나루(津)'라 되어 있으며, 원문의 '安濃'에 '아소'라는 발음은 오식으로 보임.

83) 헤이안쿄(平安京, 지금의 교토(京都))를 도성으로 정한 794년부터 가마쿠라 막부(鎌倉幕府)가 성립되기까지의 약 400년간.

84) 도쿠가와 막부(德川幕府)의 지배하의 1603년부터 1867년까지를 가리킨다. 에도 시

람의 유희 같은 노래라고 보는 자가 있을까? 생생한 현실생활을 우리 혼을 춤추게 하기에 충분한 생명의 발랄함을 드러내고 있지 않은가? 이 무로마치 말기가 지닌 소박함과 솔직함, 절실한 실감이 조선 민요에는 있는 것이다.

이것을 가령 만요 시대, 무로마치 말기를 제외한 일본 시가사의 과반을 차지하는 다른 시대의 작품과 비교해 보면 좋을 것이다. 말할 필요도 없이 그 둘 사이의 간격이 쉽사리 느껴질 것이다. 그러나

배웅을 하겠다며
해변까지 나갔지만
눈물이 나서
"안녕"을
말하지 못했네.

라는 식의 일본 민요 중의 절창 에치고越後[85] 진쿠甚句[86]라든가

새들도 안 다니는 하치조가시마 섬八丈ヶ島[87]으로
보내지는 이내 몸은 싫지 않지만

대(江戶時代)라고도 한다.

85) 지금의 니가타 현(新潟縣) 대부분의 지역을 일컫는 옛 명칭.

86) 일본 민요의 하나로 대부분 7·7·7·5의 네 구 형식이며 곡조는 지방마다 다름.

87) 하치조지마(八丈島)라고도 하며 이즈 제도(伊豆諸島)의 섬 중 하나로 행정상으로는 도쿄 도(東京都)에 속함.

뒤에 남은 처자식이
어찌 세월을 보낼는지.

와 같은 아름답게 정돈된 곡조는 완만하게 옮겨가는 곡절의 변화에 의해 끝없는 애조가 가슴에 다가오며 이별의 슬픔과 은애恩愛의 정, 결국 듣는 자로 하여금 눈물을 머금게 하는 듯한 오이와케부시追分節[88] 등이 많은 일본 민요 중에 없지는 않지만, 대체로 경조부박輕佻浮薄한 것이다. 예를 들면

자면서도 깨서도
잊을 수 없는 그대
애타 죽지 않음은
별난 일이네.

'별난 일이네'는 너무도 연애를 모욕하고 있다. 배를 북 삼아 두드리면서 이렇게 흥겨워할 정도의 사랑이라면 '애타 죽지 않음'이 당연하다. 또한

산 속 나무의 수 비자나무의 수
일곱 리 물가의 자갈돌의 수

88) 일본 민요 전형의 하나로 신슈(信州) 오이와케(追分), 즉 지금의 나가노 현(長野縣) 가루이자와(輕井澤)의 숙소에서 마부의 노래에 샤미센(三味線) 반주가 더해져 주연 때의 노래가 되어 퍼진 것으로 목소리를 완만하게 늘이고 선율은 애조를 띤 것이 특징.

모란 밭의 꽃의 수
너에게 반한 횟수
헤아릴 수 없네.

'너에게 반한 횟수 헤아릴 수 없을' 수도 있지만, 그 정도라면 잊고 있던 일들 또한 헤아릴 수 없을 터이니 이런 식으로 반한 거라면, 등산이라도 해서 목이 말랐을 때 잠깐 바위틈에서 솟는 맑은 물을 마시고 조금 많이 머금었다 싶을 때 반 정도 뱉어내는 것이나 마찬가지인 셈이므로, 누가 그 상대가 되었다고 해도 그리 기뻐하지 않을 것이 뻔하다.

이러한 노래들은 너무도 비속한 데다 지나치게 흥겹다. 그리고 말장난과 향락, 심심풀이 유희의 기분에 가득하다. 더구나 이러한 민요가 일본 민요의 과반수를 차지하고 있는 것이다. 이것을 앞에서 인용한 조선 민요와 비교해서 생각하며 맛볼 때, 둘 사이의 간격이 상당히 먼 것을 알 수 있으리라. 이 김에 또한 한두 조선 민요를 첨부해 보기로 한다.

보고도 못 먹는 것은
그림의 떡이네
정이 깊어졌는데도 함께할 수 없는 것은
남의 여인이네
생각하니 한숨만 나오고
아아, 더 살기도 싫구나.

이것은 연모의 정을 노래한 것인데, 또한 형제의 정을 노래한 것으로서는

> 우리 형제가 죽으면
> 앞산에도 묻지 말고
> 뒷산에도 묻지 말고
> 산을 넘어 저기 저
> 가지 밭에 묻어 주오
> 가지가 둘 열리면
> 우리 형제라 생각해 주오.

이러한 민요들은 모두 애처롭고 무구하며 순결한 바람을 담고 있지 않은가? 아무런 흥정도, 변죽을 울리는 태도도 없다. 세상을 우습게 보고 있지도 않으며 자기 생활을 잊고 있지도 않고 장난감 취급하지도 않는다. '도도이쓰都々逸[89]는 촌스러워도 살림 변통은 잘 하지, 오늘 아침에도 전당포에서 칭찬 받았네'[90]는 도도이쓰 중에 멋진 것이라 여겨진다고 하는데, 이것과 그것은 너무도 피의 고동과 진폭의 차가 크다.

일본의 민요가 섬세하고 우미하며 전아典雅한 것에 대해, 조선 민요는 소박하고 솔직하며 자연적이고 야생적이다. 전자가 어디까

---

89) 남녀의 정을 주제로 하는 속곡(俗曲)의 하나로 19세기 중반 전후로 크게 유행한 노래로 7・7・7・5조로 주로 창작됨.

90) 원문은 '都々逸は野暮でもやり繰りは上手今朝も七つ屋で譽められた'이며 덴포(天保, 1830~1844년) 연간에 지어져 유명한 도도이쓰.

지나 기교적이며 감상적인, 그리고 꽃구경 기분 같은 것임에 비해, 후자는 어디까지나 무기교적이며 간소하고, 또한 처녀다운 수줍음을 잊지 않았다. 일본 민요가 샤미센三味線[91] 도래 이후 글자 수에 제한을 받고, 7 · 7 · 7 · 5의 형식은 결국 파괴할 수 없을 만큼 고정되며, 그저 샤미센에 이렇게 하라는 표면적 곡조에만 마음을 빼앗기는 사이 어느 샌가 소극적인, 온실에서 자란 듯한 화초처럼 생명의 약동을 잃었음에 비해, 조선 민요는 발랄한 감정과 신선한 생활감을 유지해온 것이다. 거듭 말하는 것은 장황하게 여겨지겠지만, 이 소박함과 솔직함, 야생적인 무기교, 그리고 생명적 감격과 절실한 진정, 생활적 실감이 조선 민요의 한 특질이 아닐까?

—1926년 12월 7일

조선 동요

날아라 뛰어라
멀리 있는 사람에게 잘 들리게
가까이 있는 사람에게도 잘 보이게
붕붕 우는 모기도 같이 날자
와라 와라 이리로 와라
어른이라고 해서 애쓰지 말고

---

91) 일본의 현악기로 삼현(三弦)이라고도 함. 네 판자를 합친 통에 지판指板을 달고 그 위에 세 줄의 현을 걸친 것으로, 동피(胴皮)에 고양이나 개의 가죽을 씀. 일본 고전 예능 대부분에서 사용됨.

조선의 민요

• 이마무라 라엔今村螺炎 •

조선의 민요

민요는 이요俚謠[92]의 형태가 다듬어져 보편화한 것이다.

이요는 어른들의 동요이다.

동요는 순박한 자연의 감정을 기교 없이 있는 그대로 발로한 것으로 시의 원형적인 것이다.

오래 전 원시인에게도 미의식이 존재했다는 것은 구석기시대 사람이 물상의 조각을 더구나 예술미 있는 것을 남긴 점에서도 추정할 수 있다.

미의식이 존재했다면 이제 육성의 율동, 신체의 율동에 일종의 마음가짐, 기분을 맛보았을 것이라는 점도 오류 없는 추측일 수 있다. 그렇기 때문에 무용과 노래는 인간의 발생과 동시에 생긴 것으로 어느 나라 사람이든 무용, 동요, 이요, 민요를 갖지 않는 것이 없는 이유이다.

조선에서도 옛날 그 옛날부터 민족 생활과 동시에 민요가 존재

92) 궁정이나 도시의 노래와 대비된 지방의 노래라는 의미. 속요나 민요를 지칭하는 단어로도 사용된다.

한 것은 어쩌면 의심이 필요치 않을 것이다. 특히 저 신라시대 사람들의 기분이 느긋하고 자유롭게 빛나던 시대에는 일본의 기키記紀, 내지는 『만요슈』 등의 안에 있는 듯한 화려한 노래, 민요가 다수 불리고 당시의 사회생활에 예술적 광택을 부여했음에 틀림없다.

상층 사회의 시로서는 고구려 유리왕의 「황조가」, 신라 진덕여왕의 「태평송」이 한문이었기 때문에 오늘날까지 전해지고 있지만, 민요는 속요였기 때문에 천시하고 기록으로 남기려고 하지 않았으며, 또한 한문으로는 써서 표현할 수 없었기 때문에 남아 있지 않다.

황조가(이것은 연애 때문에 물에 빠져 죽은 여인을 뱃사공의 아내가 노래한 것)[93]

펄펄 나는 저 꾀꼬리 암수 서로 정답구나 외로워라 이 내 몸은 뉘와 함께 돌아갈꼬

翩翩黃鳥 雌雄相依 念我之獨 誰其與歸

태평송(이것은 당나라 천자의 즉위를 축하하여 바친 것)

대당大唐 큰 업業을 열었으니 높디높은 황제의 운이 창성하도다

大唐開洪業 巍巍皇猷昌

융의로 천하를 통일하니 전쟁 그치고 백왕을 이어받아 문치를

93) 이러한 내용은 「공무도하가(公無渡河歌)」에 해당하는 것으로, 필자의 착각으로 추정된다.

닦았도다

止戈戎衣定 修文繼百王

하늘을 본받음에 기후가 순조롭고 만물을 다스림에 저마다 빛나도다

統天崇雨施 理物體含章

지극한 인仁은 일월과 화합하고 시운時運을 어루만져 태평으로 나아가네

深仁諧日月 撫運邁時康

깃발들은 어찌 저리 빛나며 징과 북소리 어찌 그리 우렁찬지

幡旗何赫赫 鉦鼓何鍠鍠

명을 어기는 외방 오랑캐는 칼날에 엎어져 천앙을 받으리라

外夷違命者 剪覆被天殃

순후한 풍속 곳곳에 두루 퍼지니 먼 곳 가까운 곳에서 다투어 상서祥瑞를 아뢰도다

淳風凝顯遍 遐邇競呈祥

사철이 옥촉과 잘 조화를 이루고 일월은 만방을 두루 도네

四時和玉燭 七曜巡萬方

산악의 정기 어진 재상 내리시고 황제는 충신을 등용시키도다

維嶽降宰輔 維帝任忠良

삼황오제三皇五帝 한 덕을 이루니 우리 당唐 황가의 앞날 밝을지어다

五三成一德 昭我唐家皇

이 정도로 문예적 가치가 있는 것이 상층에 있었던 점으로 보아, 민간에도 좋은 속요, 더구나 조금도 지나支那에 물들지 않은 조선

고대색이 드러난 것이 존재했을 것은 확실하지만, 그것이 잦은 전쟁이나 인종의 뒤섞임, 언어의 분란 등에 의해 망가지고 그 전통의 맥조차 끊어진 것은 애석해 할 일이다.

나는 조선 민요 대부분을 잘 모르지만, 그저 약간 알고 있는 좁은 범위에서 그 특질이라고 할 만한 점을 서술해 보기로 한다. 여기에서 미리 말해 둘 것은 이하에 기재하는 민요, 또는 정가正歌,[94] 잡가雜歌의 가사는 그저 의미만을 기재한 것으로 그 가사가 가지고 있는 정조라는 것은 조금도 드러나지 못 했다는 점이다.

(1)

대저 조선은 모든 점에서 정돈停頓된 나라이자 창조가 결핍된 나라이다. 민요에서도 일본처럼 유행을 좇고 시간이 흐름에 따라 전국에 바람처럼 퍼져간 일은 없는 듯하다. 「아라랑」 가락은 비교적 새롭게 제작된 것으로 그 수도 가장 많은 듯한데, 이 가사와 곡조에 가장 조선색과 민족 심리가 잘 배어 있다고 여겨진다. (제3항 참조)

(2)

동요 중에는 자연을 응시한 것이 꽤 있지만 민요 쪽에는 몹시 적

94) 노래로서의 정악(正樂)을 말하며 가곡, 가사, 시조가 이에 속한다.

다. 이것은 아이들이 나면서부터 지녀 온 자연에 대한 아름다운 감각을 처지와 환경이 죽이는 것이 아닐까? 바꿔 말하면 미의식을 육성하는 것이 결핍된 사회적 원인에 의한 것은 아닐까? 또한 자연에 혜택을 누리지 못하는, 오히려 자연에 학대받고 있다는 것도 영향을 끼친다고 여겨진다.

정가正歌 쪽에는 자연을 감상한 것이 상당히 있지만, 그것들은 상류사회의 지나 문학에 의해 키워진 사상이다.

> 산머리에는 흰 구름 일고 물에는 갈매기 나네, 자연에 있으며 풍류를 즐기고 평생 속진의 일을 잊으며 더불어 유유자적하세.

> 추강秋江에 달은 밝다, 일엽편주 떠 있어 어부가 장대 저으니 잠자던 갈매기는 놀라 꿈에서 깨네, 저들도 사람의 흥을 알까, 유유히 오고 가누나.

> 추산에 석양을 띠고 강심江心에 비추네, 장대 하나를 어깨에 매고 작은 배를 띄우니 하늘은 나에게 청흥淸興을 더해 주고자, 교교皎皎한 명월을 보내주누나.

이러한 정가들은 속가이지만 어떠한 장소에서 노래해도 지장이 없을 것으로 여겨지는 것이며, 유명한 학자가 지은 것도 많다. (산요山陽[95])가 하우타端歌[96])를 짓고 구사카 겐즈이久坂玄瑞[97])나 다카스

95) 라이 산요(賴山陽, 1780~1832년). 에도(江戶) 후기의 유학자, 역사가, 한시인, 서예

기 신사쿠高杉晋作98)가 도도이쓰를 지었듯이) 그러나 그만큼 조선의 진실을 떠나 지나의 냄새가 짙은 점이 있다.

(3)

민요에는 하늘을 탓하지 않고 사람을 저주하지 않으며 운명에 안주하는 사상, 태연자약하며 답답하지 않고 차분한, 낙천적인 미점 등이 발로된다. 그러나 앞길의 광명이 없는 어쩔 수 없는 체념, 찰나의 쾌락주의 같은 것들도 더불어 농후하게 드러나 있다. 따라서 천진한 열정을 분출하고 활기가 넘쳐나는 강력한 것이 거의 없다. 과격한 반항의 기분인 것도 없다. 이러한 분위기는 특히 아라랑 가락에서 자주 드러난다. 그 절절하고 구슬픈 비조悲調에는 빠져들 듯한 무언가가 있다.

담배 노래의 의미 및 적요摘要

담바구야 담바구야(담배야 담배야) 동래 울산에 상륙하여 우리나라에 온 담바구야, 너는 왜 사철 온난한 좋은 나라를 버리고 우리나라로 왔느냐, 새들 따라 놀러 왔지, 그렇다면 돈을 잔뜩 주

가. 막부(幕府) 말기의 역사관에 큰 영향을 끼친 『일본외사(日本外史)』를 저술함.

96) 에도 후기에 크게 유행한 통속적 소가곡, 유행가요류의 총칭.

97) 구사카 겐즈이(久坂玄瑞, 1840~1864년). 에도 말기의 조슈(長州) 번사(藩士). 존왕양이(尊王攘夷)론의 중심인물.

98) 다카스기 신사쿠(高杉晋作, 1839~1867년). 에도 말기의 조슈 번사로 메이지 유신(明治維新)의 운동의 주역이었으나 요절함.

겠구나, 빨리 지갑을 열어 금은보화 내놓아라, 너 같은 게으름뱅이에게는 돈을 주면 금방 다 쓸 테니 씨를 남겨서 너희에게 즐거움을 주겠다 (중략) 심고 돌보아 베고 따고 말려서, 그것을 잘게 썰어 긴 담뱃대에 눌러 담고, 한 대 피우면 오색의 구름은 목 언저리에서 춤을 추고, 또 한 대를 먹고 나니 청룡 황룡이 꿈틀거린다.

▍권주가 초抄

불로초를 가지고 만든 술은 만년 술잔에 가득 담겼다, 술잔을 들 때에 남산의 장수를 기원하면 만수무강할 것이다, (중략) 인생 한번 가면 다시 오지 않으리 (중략) 그대에게 권하는 또 한 잔의 술, 서쪽 양관陽關을 나서니 옛사람은 없네, 권할 때 드시오 (중략) 애석해 하지 말게 상두주床頭酒를 살 돈, 천금을 다 써버려도 다시 돌아온다네…….

▍정가正歌

청산도 자연의 모습이네, 녹수도 자연의 모습이네, 이 산수 자연 사이에 생을 누리는 인간도 또한 자연의 모습이네, 나도 이 자연에 태어난 몸이므로 늙어가는 것도 또한 자연이네.

▍잡가雜歌

들어라 소년들아, 어제 청춘 오늘 백발, 어찌 아니 가련한가, 장대章臺의 미색도 그 선연嬋娟을 자랑 말아라, 서산에 지는 해를 뉘라 금지하며, 창해로 흐르는 물 다시 오기 어려워라.

술에 취해 둥글게 앉으니 온갖 시름 떠나가려 하네, 잔을 들고 따라라, 떠나가는 시름의 작별인사로.

파도바람 거친 데에 놀라 선장은 배를 팔고 말을 사 마부가 되었지만, 아흔아홉 굽이진 산속 험한 길은, 물보다 더욱 어렵더라. 다시 말을 팔고 밭을 갈려나.

▌아라랑 타령

사람 한 번 죽으면 두 번 다시 꽃이 피는 일 없고, 아라랑 아라랑 아라리요, 아라랑 부르며 놀고 지고.

세월이 흐르는 것이 빠르기도 하구나, 작년 봄은 두 번 다시 오지 않고…………

동무야 원래부터 남이지만 어찌 이리 무정할까…………

사람 세상은 둘도 셋도 없네, 그런 이내 몸은 오직 하나, 허무한 꿈같은 세상에 사람으로 태어난 몸을 가지고 평생 슬픈 일들만…………

놀고 싶구나, 한겨울 찬 하늘에 풀솜을 바라지만, 입에 풀칠하기 바빠 여의치 않구나…………

(4)

신앙심 즉 종교심을 노래한 것이 적다. 원시 종교 외에 종교다운 종교를……현재에 있어……가지고 있지 않은 까닭에 열렬한 순교 의식이 생길 리 없는 것은 당연하지만, 따라서 신비색이 전무하다. 노래는 아니지만 노장사상에서 생겨난 도교 관계의 말에는 지금의 구성파構成派 시를 보는 듯한, 이해할 수 없는 것이 있다.

> 백룡금포白龍金浦 천마종송天馬從送 가련국애可憐國哀 함루양양含淚洋洋 시하섭상是何燮喪 지황몰의地皇沒矣 점세뢰대占歲雷大 세칭풍두世稱豐豆 오초지풍吳楚之風 마죽어육麻竹魚肉

이런 식의 것이다.

(5)

연애를 노래한 것도 역시 얼마 되지 않는다. 있기야 있지만 진정 개인 생명의 초점을 언급하지는 않는다. 그런 노래 가사에 드러난 바를 일본의 연애 정조 의식을 가지고 해석하면 다소의 오차를 낳게 된다. 외설스러운 노래는 연애 노래의 조악한 산물이지만, 거기에도 과감하고 철저한 맛을 띤 것이 없다. 찰나적 향락 기분의 표현이다.

▌사랑 노래의 의미 및 적요

창밖 삼척 가랑비 내릴 때, 두 사람의 마음은 둘이 아네, 새로운 정분이 아직 합해지지 않고 하늘이 점차 밝아지네, 다시 비단 채색하고 후의 약속을 물으리.

신농씨神農氏 백초를 맛본 이후 천백의 병들은 낫게 되었지만 그대를 사랑하는 병에는 백약도 효과 없네. 그 주인이여, 당신 때문에 얻은 병이오, 빨리 나를 구해 주시오.

놉시다, 잡시다, 자고서야 진정한 즐거움이 있지.
망나니구나 망나니야 남의 귀한 딸을 저런 저런 아이고 아이고 어쩐다.
새벽녘 하늘을 나는 기러기야, 마음이 있다면 딸의 편지를 전해 주거라.
남자가 숨어들 때다, 인왕산 호랑이가 안 나왔으면.

(6)

그 음이 전부 비애의 곡조를 띠며 쾌활하며 밝은 맛이 부족하다.

현재 남아 있는 조선의 이요는 고려 말엽 이후의 것이라고 생각된다. 대저 문화는 생활의 여유에서 태어나는 것이지만, 신라 이래 외난과 내분으로 평안한 날이 없었고, 백성들이 그 삶을 편히 하지 못한 상황에서 향토 문화의 하나인 민요 예술이 생장할 도리가 없었으며, 정말 차분히 노래를 부르고 있을 수 없었을지도 모른다.

이상은 나의 약간의 지식에 의한 감상을 서술한 것에 불과하다. 진정 노래를 알려면 그에 부수하는 음악과 분리하여 생각할 수는 없다. 또한 그 나라의 말이 가지는, 붓으로는 나타낼 수 없는 특수한 맛이라는 것을 알아야 한다. 그런 것을 차치하고 가요를 말하는 것은 외람되다. 그 외람된 일을 감행한 과오를 사죄해 둔다.

조선 동요

기러기야 기러기야
앞에 가는 놈은 대장
뒤에 가는 놈은 부하
맨 뒤에 가는 놈은 도둑!

청상민요青孀民謠 소고小考 [번역문]

• 이은상李殷相 •

청상민요靑孀民謠 소고小考 [번역문][99)]

서언緖言

우리 민족이 소유한 전래민요 중 어느 것이든 실제로 읊는 것이 가능한 노래를 들을 때, 우리는 그 순박한 가사와 단순한 가락 속에서도 때때로 우리 선조의 생활 모습을 엿볼 수 있고, 어떤 곡으로부터는 당시의 자연을 상상할 수도 있으며, 동시에 역사를 사랑하는 마음, 이 국토國土를 향한 경건한 마음, 경우에 따라서는 민족을 사랑하는 열렬한 사상마저 품게 되는 일이 적지 않다.

문학의 문학을 시詩라 하고 시의 시를 민요라 함은 우리가 예로부터 알고 있음이요, 어떠한 형식, 어떠한 사상을 가진 시라도 민요라 하는 것은 불가능하겠지만, 이를 기조로 발전된 이상 민요에

99) 원문은 필자가 1926년 11월 『동광(東光)』 제1권 제7호에 기고한 글을 일본어로 번역하여 재발표한 것이며, 본문의 번역에 앞서 발표된 국문 자료를 참고했음을 밝힌다. 해당 자료는 권말 부록으로 첨부되어 있다.

우아한 문학적 가치가 있음은 분명하다고 생각한다.

따라서 시를 즐기는 자가 민요를 모른다고 하면 그것은 시의 껍질밖에 모르는 사람에 지나지 않는다. 시의 진미眞味를 맛보고 싶다면 우리는 반드시 민요의 동리洞里를 찾아 그것을 듣고 그 민족의 민요와 친숙해져야 할 것이다.

우리는 'Cosmopolitan'이라는 말을 곧잘 듣지만, 이 말은 자신의 민족, 자신의 국토, 자신의 역사를 떠나서는 실제로 완전히 존재할 수 없는 것이라고 나는 믿고 있다.

톨스토이가 러시아를 사랑하고 휘트먼이 미국을 사랑한 것을 누가 부정할 수 있으랴. 비에른손[100]이 노르웨이를 살리고 레싱[101]이 독일을 위하여 헌신했음을 누가 긍정치 않으랴.

서구의 성인 소크라테스는 그리스의 앞날을 우려했고, 동양의 성인 공자孔子는 노魯를 염려했으며, 그리스도는 이스라엘 사람들을 위하여 울지 않았던가.

그러나 그들이 만일 자신의 국민, 자신의 국토, 자신의 국사國史와 함께하지 않았던들 어찌 'Cosmopolitan'의 실제를 우리에게 보여줄 수 있었을 것인가.

---

100) 비에른스티에르네 비에른손(Bjornstjerne Bjornson, 1832~1910년). 노르웨이의 극작가, 소설가, 시인. 초기에는 북유럽의 전설과 자신의 유년기 생활을 소재로 한 『행운아』 등의 소설과 희곡을 썼으며 후기에는 사회주의적 사실주의 경향을 띠며 『파산』과 같은 작품을 집필했다. 1903년 노벨문학상을 수상했다.

101) 고트홀트 에프라임 레싱(Gotthold Ephraim Lessing, 1729~1781년). 독일의 극작가, 비평가. 독일 고전 희극의 창시자이자 18세기 독일 근대 시민정신의 기수로 평가된다. 주요 저서로 『라오콘』 『미나 폰 바른헬름』 등이 있다.

모든 예술의 수위首位를 향토예술鄕土藝術에 맡긴다면 향토예술의 수위가 민요에 있다는 것도 의심하지 않을 것이다. 그리고 예술의 길을 한 발짝 한 발짝 밟으며 'Cosmopolitan'을 논하는 사람으로서는 한층 이 민요를 소중히 취급해야 할 것이다.

'문예시장文藝市場'이라는 문구가 생긴 이후로 나는 늘 이렇게 생각한다. — 모든 예술은 오곡五穀과 같다. 들에서 자라 시장에서 팔리는 것이다 — 라고. '향토에서 예술을 키워 시장에서 판매한다', 우습게 여길 일이 아니다. 우리는 이것을 부인할 수 없는 사실임을 파악해야 한다. 여기에 서론을 장황하게 늘어놓을 필요는 없으나, 민요란 향토예술의 으뜸이라는 것과, 어떠한 문학을 주장하는 사람이든 항상 이 민요를 존중해야 한다는 것을 알아 두어야 할 것이다.

훗날 우리에게 없어서는 안 될 이들 전래민요집 또는 전래민요론이 완성될 것은 의심할 바 없는 일이며, 다만 필자는 이 지면에서 청상민요靑孀民謠의 대표작, 「탄가嘆歌」 및 「십이월가十二月歌」 두 편에 대하여 생각해 보고자 한다.

1. 탄가嘆歌

민요의 문학적 가치라는 점에서 어떠한 미에 그 표준을 두겠느냐고 묻는다면, 나는 민요 내지 시가詩歌가 발생한 그 정서에 이를 두어야 한다고 대답하고자 한다. 왜냐하면 문학적이라는 말을 넓은 의미에서 정서적情緒的이라고 해석할 수 있다면, 그 정서 여하를 논함에 따라 그 문학적 가치를 결정할 수 있다고 생각하기 때문이다. 그러므로 청상민요 중 「탄가」 혹은 「십이월가」의 문학적 가치를 논하고자 한다면 먼저 그 탄가와 십이월가가 발생한 정서에 대하여 논해야 할 것이며, 나머지는 두 번째, 세 번째 문제에 지나지 않는다.

그러나 고구考究의 편의상 그 정서와 형식을 아울러 소고小考하려 하며, 이로써 자연히 그 문학적 가치를 파악할 수 있게 되기를 바란다.

비녀 팔고 달비[102] 팔아
약이라고 지어다가
약탕관을 걸어 노코
숨 가는 줄 몰랏구나.

탄가 전편全篇은 이와 같은 4·4조 기준의 4행시로 되어 있다. 제1절에는 극심한 물질적 고통을 받고 있는 가정의 모습이 잘 드러난다. 남편의 병 때문에 자기 자신이 항상 애용하던 장신구까지도 팔아야 하는 것이다. 그러나 약도 천운天運을 당할 수 없어 마침내 사랑하는 남편은 죽고 말았음을 슬퍼하며—.

102) 부녀자의 머리를 땋아서 위로 둥글게 틀어 얹은 머리.

호천망극昊天罔極[103] 한다 한들
님의 혼백 알 수 있나
션수박에 칼을 찔러
멋업시도 여읫구나.

아무리 슬퍼해도 이미 죽고 만 님의 혼백魂魄은 홀로 쓸쓸히 남겨진 자신을 몰라주는 것처럼, 덜 익은 수박을 자르듯 오래지 못한 사랑에 악운惡運이 이르러 자신에게는 오로지 고통과 고독만이 남았음을 말하고 있다.

누엇슨들 잠이 오나
안젓슨들 님이 오나
잠도 님도 안이 오니
어이하고 사잔 말고.

이 부분은 현재 자신의 적막과 고통을, 그리고 아무런 희망도 없이 살아가야 하는 슬픔을 홀로 남겨진 아내가 노래하는 것이다. 이 얼마나 애상哀傷에 찬 여인의 노래인가.

석산에 피는 풀은
해마다 피것마는

103) 은혜가 넓고 큰 하늘과 같이 다함이 없음을 이르는 말. 주로 유교식 제사에서 축문(祝文)에 쓰이는 말.

가신 님 어이하여
풀가티 못 피는고.

산에 아름다운 꽃이 피는 계절이 되었다. 그러나 자신의 가슴은 더더욱 슬퍼만 간다. 그 감정이 자연의 보조補助에 따라 한없는 효과를 담고 있다. 이 일절은 실로 전편 중 가장 우리들의 감정을 이끄는 부분이다.

무정한 우리 님은
쏫 가튼 나를 두고
어이하여 안 오신고
무슨 탓에 안 오신고.

이 절의 경우 앞의 2행은 전절의 3·4조에 그 정서의 연결을 꾀하고, 뒤의 2행은 후절의 4·4조와 연결함과 동시에 마지막에 '안 오신고'를 반복하여 애조哀調를 보다 강하게 나타낸 것이다.

들판까에 황혼이니
날 저물어 못 오신가
멀리 뵈는 저 노픈 봉
산이 노파 못 오신가.

산머리에 흰 눈이니
눈에 막혀 못 오신가

물이 기퍼 못 오신가
어이 이리 못 오신가.

이 두 절에 나타난 것은 전절에 사용된 '안 오신고'의 연장이다. 가신 님이 못 오시는 이유를 여러 가지로 생각하며 고민하는, 그 고통이다.

로중路中에서 부모 만나
부모 봉양 하심인가
애기장 무덤 만나
삼백초三百草 약을 짓나.
(일본어 역자 주 : 삼백초 풀을 뜯는다는 것은 죽은 자식을 살리고자 약초를 뜯는다는 의미)

여기에서는 부모에 대한 윤리관념 내지 도덕관념을 엿볼 수 있으며, 삼백초 약을 구하여 아이의 묘를 헐고 인생을 구하려는 인도심人道心 내지 비참한 요절에 대한 동정심을 볼 수 있다.

채금터 기픈 골에
금 캐러 가섯는가
오색 돌 고히 갈아
장사로 가섯는가.

이 일절은 자신들의 생활난에서 태어난 노래다. 금을 캐서 자기

네들의 현실 생활을 풍족케 하려는가, 혹은 오색의 돌을 곱게 갈아서 그것을 팔아 전생의 빈궁을 면할 만큼 돈을 벌러 가서 아직 돌아오지 않으시는가 하고, 현실 생활의 곤란함을 나타냄과 동시에 돌아오지 않는 님을 생각하고 있는 것이다.

칠년七年 대한 가물음에
은하수銀河水쎄 비시는가
산천山川까에 비쌀 보고
갈모 씨를 구하시나.

어대 가고 못 오신가
가서 다시 아프신가
칼을 쓰고 옥 속에서
허물 업시 우시는가.

이 일이야 어인 일고
어인 일로 못 오신고
바람 부는 저문 날에
혼백만이 슬피 우네.

점차 노래의 진행을 따라 청상(일본어 역자 주 : 젊은 미망인)의 슬픈 한이 참을 길 없는 울음과 함께 터져 나오려 하는 과정이 완연히 드러난다.

노피 운다 바람이야
노파 웬일이냐
동지섯달 기픈 밤아
기퍼 무삼 탓이냐.

4·4, 2·4, 4·4, 2·5조의 난조亂調를 이룬다. 여기에서 거센 바람과 심야의 배경을 묘사하여 애통한 난조를 예시豫示하고 있다.

오소 웨 안 오시오
이 밤에 오소
기픈 송림 속에
누어 웨 말이 업소.

2·1·4, 3·2, 2·4, 2·1·4조로 전절보다 한층 더한 난조이다.

길이 캄캄하여
사경四更 지낫단덜
혼이야 웨 못 오겟소
이 밤에 오소.

2·4, 2·4, 3·1·4, 3·2조로 전절과 마찬가지로 난조를 이룬다. 가신 님의 영靈을 향하여 호소하는, 그 서글픈 심정에 눈물짓지 않을 수 없다.

바람에 쓸어진 나무
비 온다고 닐어나며
하늘이 불러 가신 님이
내 운다고 다시 오랴.

이 절은 3・5, 4・4, 4・5, 4・4조로 전절의 난조를 다시 거두어 본래의 박자인 4・4조에 접근하고 있다. 급격한 비통을 자위自慰하는 노래다. 조용히 자신을 내성內省하며 모든 고민을 포기하려 하는 전환轉換의 일절이다.

산골에서 흐른 물이
다시 올 길 바이업고[104)]
서쪽 산에 지는 해가
지고 시퍼 제가 지나.

초로草露 가튼 우리 인생
아니 죽고 어이 하리
죽어 오지 안는 일을
뉘라 무삼 탓잡으리.

이 부분은 고요히 생사관生死觀 위에 서서 오로지 스스로를 위로하고 있는 것이다.

104) 바이없다. 어찌할 도리나 방법이 전혀 없다는 뜻.

님아 님아 편히 가소
운장 넘어 편히 가소
골육을랑 걱정 말고
혼자나마 편히 가소.

이 일절에 의하여 청상의 노래는 마무리되나, 그것이 자위의 노래로 끝나지 않고 지금은 없는 사랑하는 님을 위하여 그 영의 안식을 바라고 있는 모습을 보면 우리들은 깊은 동정과 더불어 이 노래에 한층 높은 가치를 부여하지 않을 수 없다.

2. 십이월가十二月歌

전항前項의 「탄가」와 더불어 청상민요의 2대 쌍벽이라 할, 이 「십이월가」란 어떤 곡일까. 각 절을 따라 소고해 보려 하지만, 이 민요는 청상과부靑春寡婦의 1년 12개월의 한탄恨嘆을 모아 하나의 노래로 만든 것이라는 사실을 먼저 기록해 둔다.

특히 이 십이월가 속에는 「사친가思親歌」의 가사와 유사한 것이 그대로 씌어 있음을 발견할 수 있다. 어느 것이 먼저요 어느 것이 나중인가 하는 문제에 대하여 증명할 방법은 없으나, 이 가요歌謠의 내용 및 외형으로 보아 동시대의 작품으로 간주하는 것이 가장 타당하다고 생각한다. 작자가 동일인이거나, 아니면 그 중 하나를 모방한 것이라 여겨진다. 가사의 대부분이 유사한 이 두 민요를 서로 비교 연구할 때, 그 성립 시대의 전후를 구분할 수 없음에도 불구하고 자매민요姉妹民謠 혹은 형제민요兄弟民謠라 명명하는 데 이의를 제기할 수 없을 것이다. 그러므로 내가 지금 이 양 민요의 역사적 고찰을 시도할 필요는 없으며, 또한 그 지방적 고찰도 그리 필요한 문제라고는 생각지 않는다. 이에 나는 이 두 민요를 자매민요라고 부언해 두겠다.

어떠한 민요이든 민속 내지 민성民性을 내재하지 않는 것이 없지만 특히 이 십이월가에서는 민속에 대하여 상세히 알 수 있다.

정월正月이라 십오일에
새해로다 새해로다
찬란한 오색 옷을
가추가추 갈아닙고
쎼를 지어 노니는
정월이라 새해로다
산 우에 노피 올라
망월望月하는 소년들아
우리 님은 어대 가고
상원上元[105]인 줄 모르신고.

이 노래는 이와 같이 4・4조 10행시로 1절을 이루고 있다. 정월 대보름에 달을 바라보는 풍습을 알 수 있으며, 경사스러운 날을 맞

105) 음력 정월 대보름을 가리키는 한자어.

아도 근심과 탄식을 금치 못하며 원통히 가신 님을 추억하는 모습이 잘 드러나 있다.

> 그달 그믐 겨우 보내
> 이월이라 한식寒食일에
> 원근 산에 봄이 드니
> 불탄 풀이 속닙 나고
> 집집마다 찬밥이니
> 개자추에 넉시로다
> 적막한 이 봄날에
> 말달리는 소년들아
> 우리 님은 어대 가고
> 청명淸明[106]인 줄 모르신고.

이 이월의 청명절淸明節은 소위 이십사절기 중 하나로 춘분春分 후, 양력으로는 4월 5일경이다. 그리고 청명 다음날을 한식일寒食日이라 한다. 개자추介子推의 이야기가 그 근원이 된 날이다. 지나支那의 시에 '말 위에서 한식을 맞이했으니, 길 가는 중에 봄이 저무네馬上逢寒食途中屬暮春'[107]이란 것이 있거니와, 이 부분의 '말달리는 소년들아'라는 어구는 여기서 유래한 듯하다. 그리고 2월에는 한식을 지키는 것이 하나의 민속이었음을 부정할 수 없다. 이러한 때를 통

106) 24절기의 하나, 춘분(春分)과 곡우(穀雨) 사이로, 양력 4월 5, 6일 무렵에 해당.
107) 송지문(宋之問, 656~712년)의 시 「도중한식途中寒食」에서 인용한 문구.

하여 또한 가신 님을 추억한 것이다.

그달 그믐 다 지나고
삼월이라 삼짇날108)에
연자燕子는 날아들어
옛집을 차자오고
호접胡蝶도 분분하여
옛 비츨 자랑하네
봄ㅅ바람 야외ㅅ길로
노니는 소년들아
우리 님은 어대 가고
답청절踏青節109)인 줄 모르신고.

확실한 만춘晩春이다. 춘풍을 따라 푸릇푸릇 어린 풀이 우거진 야외로 나가는 소년들을 바라보며 가신 님을 생각하고 있는 것이다. 또한 이와 더불어 이 달을 대표하는 날은 삼짇날이라는 것을 우리들은 알 수 있다.

그달 그믐 겨우 보내
사월이라 초파일初八日에
삼각산 제일봉에

108) 삼짇날. 음력 3월 초사흗날.
109) 답청(踏青)이란 봄에 푸르게 돋아난 풀을 밟으며 산책하는 것. 또는 그 산책. 답청절(踏青節)은 삼짇날의 별칭.

봉황이 안자 춤을 추고
한강수 기픈 물에
어옹漁翁의 노래가 처량할 제
장안만호長安萬戶 집집마다
관등觀燈[110]하는 소년들아
우리 님은 어대 가고
관등절觀燈節[111]을 모르신고.

이 관등절觀燈節이란 불교에서 유래한 풍속으로 음력 8일 석가釋迦의 탄신일에 집집마다 등을 밝혀 기리는 것이다. '등불 하나, 등불 둘, 등불 셋 넷, 등불 다섯 여섯 일곱 여덟 아홉 열, 시간 흘러 마침내 천만 등불 이루고, 오경 종소리가 사람들에 떨어지네一燈、二燈、三四燈、五六七八九十燈、須更變作千萬燈、五更鐘聲落人間'이란 글이 있거니와 관등절의 장관은 말할 나위도 없이 성대하다.

그달 그믐 다 지나고
오월이라 단오端午일에
나물 먹고 물 마시고
팔을 베고 누엇스니
녀름 구름이 구름이요
자규ㅅ새 울음이 울음일세

---

110) 음력 4월 초파일이나 절의 주요 행사 때에 등대를 세우고 온갖 등을 달아 불을 밝히는 일.
111) 음력 4월 초파일의 별칭.

송백양류松柏楊柳 긴긴 남게
노피 쓰는 소년들아
우리 님은 어대 가고
추천절鞦韆節[112]을 모르신고.

제2행부터 제6행에 이르는 적막감이 제7행, 제8행과 어우러져 묘미를 느끼게 한다.

그달 그믐 겨우 보내
유월이라 류두일流頭日[113]에
반가울손 순풍順風이야
치마옷깃 훌날리니
바람마다 한숨이요
한숨마다 노래일세
김매고 방아 찌코
목욕하는 소년들아
우리 님은 어대 가고
류두절流頭節을 모르신고.

6월 유두일의 풍경을 노래하며, 순풍을 묘사하여 추억의 정을 서술한 것이다.

112) 그네 뛰는 명절이라는 뜻으로, 단오절의 별칭.
113) 유두일(流頭日). 음력 6월 보름. 동쪽으로 흐르는 물에 머리를 감고, 수단(水團) 등을 만들어 먹었다.

그달 그믐 다 지나고
칠월이라 칠석七夕날에
아미산월峨眉山月 반륜추半輪秋114)는
리적선李謫仙115)의 청흥淸興이요
견우직녀 바라보고
눈물짓는 나이로다
추수공장秋水共長 천일색天一色116)에
죽장망혜竹杖芒鞋117) 소년들아
우리 님은 어대 가고
추오절秋梧節인 줄 모르신고.

'아미산월반륜추峨嵋山月半輪秋는 이적선李謫仙 즉, 태백太白의 청흥淸興'이라고 한 것은 지나의 시문詩文과 관계가 깊은 조선임을 웅변하고 있다고 생각한다. 또한 이 주선酒仙의 글을 통하여 가을철의 흥을 나타내려 한 자취가 보인다. 칠월칠석날 밤 은하수에 다리를 놓아 한 해에 단 한 차례 만난다는 견우, 직녀의 전설을 생각하며 홀로 눈물짓는 모습이다. 여기서 '가을 강물은 너른 하늘과 한 색이로구나秋水共長天一色'이라는 왕발王勃의 문장을 빌려 가을의 흥을 한층 더하고, 죽장망혜竹杖芒鞋로 천리 저편 길을 나서는 가을의 청

114) 이백(李白, 701~762년)의 시 「아미산월가(峨眉山月歌)」에서 인용한 문구로, '아미산(峨眉山)의 달은 반만 둥글어 가을인데'라는 의미.
115) 이적선(李謫仙). 시선(詩仙) 이백의 별칭.
116) 왕발(王勃, 647~674년)의 시 「등왕각서(滕王閣序)」에서 인용한 문구.
117) 대나무 지팡이와 짚신이라는 뜻으로, 길을 떠날 때의 간편한 차림을 이르는 말.

사清士118)들을 상상하며 백낙천白樂天의 시 '가을비에 오동잎이 떨어지던 그 날을秋雨梧桐落葉時………'119)에서 인용한 추오절秋梧節도 모르시는 죽은 남편을 그리고 있는 것이다.

그달 그믐 겨우 보내
팔월이라 추석秋夕날에
백곡百穀이 풍등豐登하니
즐거울손 추성인데
일국루一掬淚에 옷깃 젓는
이내 신세 뉘가 알리
찬바람 절서 쌀아
벌초 가는 소년들아
우리 님은 어대 가고
추석절秋夕節을 모르신고.

백곡이 결실을 맺는 8월의 저녁, 눈물로 소매를 적시지 않을 수 없는 고독한 정회情懷를 노래한 것으로, 선친先親의 산영山塋에 벌초하러 가는 젊은이들을 바라보며 죽은 남편을 생각하는 과부의 심정이 잘 나타나 있다.

그달 그믐 다 지나고
구월이라 중구일重九日120)에

118) 청렴하고 결백한 선비.
119) 백낙천(白樂天, 772~846년)의 시 「장한가(長恨歌)」에서 인용한 문구.

천봉千峯이 다시 노파
구름인 듯 둘렀는데
만학에 단풍드니
꽃이 핀 듯 반가워라
지이산智異山 천황봉에
등산하는 소년들아
우리 님은 어대 가고
중구일을 모르신고.

천봉이 모두 가을빛을 띤 9월 무렵이 되면 지리산의 가을을 만끽하려는 수많은 젊은이들을 볼 수 있다. 이 젊은이들을 보며 수심에 젖는 과부의 심정이 이 부분에도 드러나고 있다.

그달 그믐 겨우 보내
시월이라 천마일天馬日에
공산에는 기럭이요
독숙공방獨宿空房 이내 몸가
저리 궁천 노픈 달아
혼자 밝아 무삼하며
등잔ㅅ불 쓰고 안자
풍월 읊는 소년들아
우리 님은 어대 가고
천마일을 모르신고.

120) 음력 9월 9일 중양절(重陽節)의 별칭.

'공천空天에 밝은 달은 시월의 자랑일세'라는 「농부가農夫歌」의 일절을 떠올리게 한다. 찬바람 돌고 기러기 소리가 멀리서 들리는 듯 고요한 애사哀詞다.

> 그달 그믐 다 지나고
> 동지ㅅ달 동짓冬至날에
> 왕상王祥이라 맹종孟宗보다
> 효자라 이름터나
> 가신 부모 쫄아가서
> 남은 효성 바치는가
> 혼자 안자 술을 들고
> 설음 진정 하는 제에
> 어대서 글소리는
> 남의 애를 다시 슨노.

앞부분과 그 맺음말이 다른 것은 지나치게 단조로워지는 것을 피하려 했기 때문이라 여겨진다. 이것은 하나의 견해로서 공감할 수 있는 것이다.

왕상王祥의 「찬 얼음 속 물고기寒氷鮮魚」,[121] 맹종孟宗의 「눈 위의 죽순雪上竹筍」[122]은 천하에 이름이 높은 효행에 대한 이야기어니와,

121) 진(晋)의 효자 왕상(王祥)의 고사에서 유래한 말. 왕상은 어려서 어머니를 여의고 어질지 못한 계모 아래서 자랐다. 어느 날 계모가 추운 겨울에 생선이 먹고 싶다고 하여 그가 옷을 벗고 강 위에 누워 얼음을 녹여 고기를 잡으려고 하자 잉어 두 마리가 튀어 나왔다는 이야기.

122) 삼국시대 오(吳)의 효자 맹종(孟宗)의 고사에서 유래한 말. 한겨울에 죽순을 먹고

그보다도 효자라고 부모에게 칭찬을 받던 자신의 남편은 돌아가신 부모의 뒤를 따라 못 다한 효를 바치러 갔는가. 그렇게 생각하며 그저 아프기만 한 자신의 마음을 위로하고자 젓가락을 들었으나 이웃 젊은이가 글 읽는 소리를 들으니 또다시 단장斷腸의 슬픔이 밀려온다는 의미이다.

그달 그믐 겨우 보내
섯달이라 제석除夕날에
설한풍 모라치는
캄캄타 한밤이야
어이 혼자 사잔 말가
혼자 어이 사잔 말가
돌아오는 구십춘광九十春光123)
눌과 함께 마지려오
슬프도다 이내 정절貞節
노피 노피 지키리라.

이미 봄을 맞이하려 하고 있다. 그러나 자신은 가신 님을 그리며 언제까지나 정절을 다하겠다는 맹세를 세우며, 과부가 지닌 여생의 슬픔을 노래하고 있는 것이다.

싶다는 병든 노모에 바치기 위하여 대발에서 울면서 애원하니 눈물이 떨어진 자리에서 죽순이 솟아났다는 이야기.

123) 석 달 동안의 화창한 봄날.

여백餘白

나는 이상으로 민요의 소고를 시도했으나, 조선의 민요는 대다수가 4·4조로 이루어져 있음을 알 수 있다. 동시에 그 말의 의미에 따라서 평平·애哀·락樂·격激 등 온갖 가락으로 구분되는 특색을 볼 수 있으며, 음절音節 수효에 따라서도 그 가락이 구분될 수 있다.

조선의 민요 내지 조선 시가의 리듬은 서구의 그것과는 달리 음의 고저高低에는 별 관계가 없이 음절의 장단長短과 관련된 경우가 많다. 그뿐 아니라 우리의 시가는 두운頭韻, 요운腰韻, 미운尾韻에 따라 음향적 효과를 얻지 못하며, 반복이나 동양적인 대구對句로 평범하게 연쇄적으로 음향적 효과를 얻게 된다는 것을 알 수 있다.[124)]

* 권말 297면에 본문의 한국어 원문 영인이 수록되어 있음.

124) 원문, 즉 일본어 번역문에는 '(전략)……음의 고저에는 큰 관계가 없고, 음절의 장단에 관련된 것도 없는 것이다. 우리의 시가는 두운, 요운, 미운 등에 따라 운을 붙임으로써 음향적 효과를 얻을 수 있게 되었다는 것을 볼 수 있다'라고 오역되어 있다. 본서에서는 해석 전의 한국어 문장을 참고하여 그 내용을 수정한다.

화전민의 생활과 가요

• 미치히사 료道久良 •

화전민의 생활과 가요

1

어떤 민족이 소유한 민요의 가치는, 그 민요 자체가 지닌 예술적 가치와 더불어 어느 정도까지 그 민족성과 일치하는가 하는 점에 의해 결정되어야 한다. 그러나 어떤 민족에 있어 그들 민요의 예술적 가치는 그 민족과 다른 문화를 소유한 우리가 보는 경우의 예술적 가치와는 자연히 달라야 한다. 그 까닭에 어떤 민족의 민요를 진실로 맛볼 수 있는 자는 해당 민족을 제외하면 어떤 특수한 사람들에 의해서만 이루어지는 것이라고 생각한다. 즉 그 민족의 민족성, 생활상태, 기타 온갖 그 민족에 대한 지식과 그들의 문화를 제대로 이해할 수 있는 사람들에 의해서만 이루어지는 것이다.

이러한 점에서 말하자면 조선의 민족성은 대단히 특수한 것이며, 그 연구에는 충분한 준비가 이루어져야 한다. 이에 관해서는 많은 사람들의 연구가 있겠지만, 이제부터 내가 언급하고자 하는 화전민은 현재 조선의 민족 중에서도 다시 하나의 구획을 지정해야 할 것이라고 생각한다. 즉 일반적인 조선의 민족성을 떠나 특수한 환경과, 그로 인하여 초래되는 특수한 민족성 안에서 생활하는 사람들이다. 이러한 경우 우리는 이들 소수자들이 지닌 가요를 연구함에 있어서도 그 특수한 민족성과 가요의 관계에 관해서 충분히 깊은 고찰을 해야 한다. 이 점에서 화전민의 민요는 그 예술적 가치를 도외시할 경우라도 충분히 가치가 있는 것이라고 생각한다.

2

나는 우선 그들 화전민의 민요를 연구하기 위한 준비 작업으로서 그들의 일상생활 상태를 연구하려고 한다. 그리고 또한 그 생활 상태, 더 엄밀히 말하면 환경이 형태를 만드는 그 거주민의 민족성을 연구하고자 한다.

화전민이란 어떠한 사람들인가? 나는 우선 그것을 설명하기 전에 화전민 그 자체에 대한 정의를 내리려 한다.

> 화전민이라는 것은 일정한 정주지가 없이 필요에 따라 삼림을 소각하고 거기에 식용작물을 재배하며, 그것만으로 생활하는 유경민遊耕民들이다.

나의 정의는 불완전하지만 그들 생활상의 윤곽 정도는 알 수 있을 것이다. 다시 말해 그들에게는 일정한 정주지가 없고 항상 비옥한 삼림 지방을 따라 이동한다는 점에서 몽골의 초원에서 볼 수 있는 유목민과 대단히 닮았다. 다만 다른 것은 유목민들이 생계의 기초를 목축으로 하는 것에 반해 화전민들은 경작으로 한다는 점이다. 또한 시간적으로 본다면 유목민들이 일정한 토지에 머무르는 기간은 일정 토지의 목초의 소멸(이용상의)에 의해 제한되는 것이어서 극히 짧은 기간임에 비해, 화전민들은 소각 삼림지의 지력의 소멸(경작상 충분한 가치를 거론할 수 없을 정도의)에 의해 제한되는 것이라 수 년 내지 십수 년의 비교적 장기간이라는 점이다. 이러한 생활 상태를 더 자세히 말하자면, 그들은 어느 한 지방에서 그 토지의 생산력이 쇠퇴하면 새롭고 비옥한 삼림 지방으로 이행하여 원시의 삼림에 불을 놓고 그 탄 자리에 감자, 귀리, 조 등의 씨를 뿌린다.

다른 한편으로는 나무껍질, 혹은 스스로 마를 경작해 의복의 재료로 삼는 점이다. 가옥은 대부분 산 남쪽 면의 따뜻한 장소에 스스로 경작하는 화전의 중앙 또는 그에 인접하여 많은 통나무와 흙으로 만든 극히 간단한 것인데, 그들은 이것을 일정 기간의 주거로 삼는다. 그러나 그것도 몇 년 가지 않아 그 토지의 지력이 쇠퇴하면 새로운 비옥한 토지를 골라 그곳으로 옮긴다. 그 때문에 그들에게는 아무런 사회적 고통도 없다. 만약 사회적 고통이 있다고 하면 그것은 기후 때문에 작물이 몹시도 흉작을 거두는 일일 것이다. 그러나 그들은 우리가 요구하는 것과 비슷한 수준의 풍작을 요구하는 것이 아니다. 그저 일 년 간의 가족들 식량만 부족하지 않으면 아무런 괴로움도 겪지 않는다.

이러한 환경 하에서 생활하는 그들에게는, 조선의 민족이 지닌 민족적 고통 역시 아무런 고통이 되지 않는다. 그러한 괴로움이 있다는 것조차 모르는 사람들이다. 나는 조선 민족성의 특징을 수천 년 동안 그들에게 얽힌 민족적 고민에 뿌리내린 부분에서 찾을 수 있다고 생각한다. 만약 내 견해가 옳다면, 이미 말한 것처럼 화전민은 민족적 입장에서 이른바 조선 민족과의 사이에 하나의 구획을 설정해도 무리가 없다고 생각한다.

3

이미 화전민의 생활에 관해 간단히 언급했으므로 이제부터 그들의 가요에 관해 연구하고자 한다. 그 전제로서 우선 그들의 민요가 어떠한 문화 위에 구축된 것인지를 연구해 보고자 한다. 그러나 오늘날 화전민의 민요도 현재의 물질문명의 영향을 다소간이나마 받고 있지 않다고는 단언할 수 없다. 이것은 원시 민족 연구자가 자신의 연구 분야에서 곤란하게 여기는 점과 같다고 할 수 있는데, 이 연구자들은 그런 이유로 원시민족의 연구를 단념할 수 없다고 말한다. 왜냐하면 이들 불완전한 재료 속에서도 충분히 엄밀하게 고찰함으로써 올바르고 필요한 결과를 얻을 수 없다고 하지 못할 것이기 때문이다. 나의 연구도 마찬가지 의미에서 가치 있는 결과를 얻을지 못 얻을지는 알 수 없는 문제이나, 가능한 한 깊은 고찰을 통해 진행하고자 한다.

여기에서 우리가 주의해야 할 점은 조선 내의 화전민은 인종학 위에서 연구되고 있다는 점이다. 원시 민족과는 큰 간격이 있다. 그러나 여기에서 말하는 원시 민족의 개념은 많은 학자들에 의해 대단히 많이 이용되고 있지만, 각각 그 견해를 달리하고 있으며 일정한 것이라고 할 수도 없다. 내 말도 마찬가지로 애매하지 않을 수 없지만, 다음과 같이 말할 수는 있다. 즉 우리는 원시 민족의 연구자들에 의해 똑같이 원시 민족이라고 불리는 오스트레일리아인, 칼라하리 사막을 표랑하는 부시맨 등의 생계 형식(문화 정도)을 각종 서적 등을 통해 알고 있지만, 이러한 야만인들의 문화 정도와 화전민의 문화 정도를 비교함으로써 똑같은 문화 정도에 차이가 있는 것이 아님을 앎과 동시에, 그들을 원시 민족이라 부르는 것이 부적당한 것도 알아차리게 될 것이다. 왜냐하면 그들은 앞에서 말한 것처럼 야만인들에 비하면 그리 원시적인 생계 형식을 갖지 않기 때문이다.

그러나 우리는 여기에 중간 민족으로서의 하나의 생계 형식을 발견할 수 있다. 이와 같은 생계 형식 안에 둘러싸인 그들의 예술은 또한 중간 민족으로서의 하나의 특장을 지니고 있어야 한다. 그 때문에 우리가 그들의 민요를 연구하는 것은 중간 민족으로서 그 특장 있는 민족성을 더욱 깊이 연구하는 것과, 또 한편으로는 우리가 이미 알고 있는 그 민족성의 본질과 어느 정도까지 서로 조화하고 있는가 하는 것을 연구하면 되는 것이다. 즉 그들의 민요에 의해 보다 깊이 그들의 민족성을 앎과 동시에, 나아가 반대로 그 민족성과 어느 정도까지 일치하고 있는가 하는 것을 연구해야 한다.

4

놀고 가오
자고 가오
저 달이 둥글어질 때까지.

이것은 그냥 화전민 민요의 의미만을 일본어로 번역한 것이므로 그 진의를 전달할 수는 없겠지만, 그럼에도 원시 민족의 서광을 잃지 않은 인간의 서정적 감정과 접촉할 수 있을 것이다. 여기에서 우리 민족이 옛날에 가지고 있던 맹아 시대의 문예와 상통하는 서정적 리듬을 접할 수 있지 않은가? 이 단순하고 솔직한 서정미는 맹아 시대의 문예에서만 볼 수 있는 하나의 특장이 아닐까?

나가자
나가자
빨리 나가자
빨리 빨리
마누라가 음식 차려놓고 기다린다네.

우리는 이 민요로 인해 그들 생활의 어느 단면을 엿볼 수 있을 것이다. 그것은 아내에 대한 애정과 혹은 이 애정에 기본마저 되었을지도 모를 식욕에 관하여 무언가를 암시하고 있지 않은가 하는 점이다. 무엇보다 원시적인 민족의 시에서 사랑의 노래를 발견하기란 거의 불가능하다고 하지만, 더 높은 문화를 가지는 화전민에 대해 우리는 그들의 아내에 대한 사랑을 그렇게 낮게 볼 수만도 없지만, 여전히 그들 생활에서 식욕은 대단히 높은 위치에 있는 것을 용이하게 알 수 있다. '빨리 돌아가자, 빨리 돌아가자'라고 노래하는 그들을 지배하는 맛있는 음식을 상상함으로써 아직 원시 민족으로부터 멀리 떨어지지 않은 그들의 내부 생활을 엿볼 수 있다. 하지만 여기에서 여전히 문화에 대한 진화의 도정에 있는 민족의 특수한 서정적 감정과 접할 수 있는 것이다.

꽃 따러 가세
뒷산으로
꽃 따러 가세
손을 마주잡고
꽃 따러 가세.

나는 이 노래를 보고 '아아, 예쁜 나비'라며 손을 뻗는 어린 소녀를 떠올린다. 실제로 화전민의 어떤 민요는 그것과도 비교할 수 있을 만큼 단순하다. 만약 어린 아이가 '예쁜 나비, 예쁜 나비'라며 반복하면 그것은 가장 단순한 동요가 된다고 할 수 있을 것이다.

이와 같은 정도로 화전민의 민요 중 어떤 것은 민요로서는 가장 단순한 형태를 갖추고 있다. 그러나 이 단순함이 우리에게 부여하는 감격은 그것을 맛볼 수 있는 자에게만 주어지는 것이다.

지금까지 쓰면서 나는 이제 그들 화전민의 민요에 관해서는 많이 논할 필요가 없어졌다. 진실로 그 민족을 이해한 자는 곧바로 그 민요도 이해할 수 있을 것이다. 그리고 더 깊이, 그 민족의 민족성도 이해할 수 있을 것이다. 내가 지금부터 각 가사에 관해 설명하려고 하는 것은 나의 불완전한 일본어를 다소나마 보완하고 싶기 때문임에 다름 아니다.

> 십오야 보름달은 눈 위에서 놀고
> 하얀 꽃 같은 소녀는 우리 집에서 논다.

산과 들판은 드디어 봄이 되었고 어느 저녁이다. 어쩌면 사월 중순이리라. 조선의 북부 산들에는 아직 하얗게 작년 눈이 남아 있다. 이런 조용한 저녁에 거칠고 투박한, 그러나 순정을 가진 젊은이들이 노래하는 것을 듣고 누구인들 그에 감동하지 않을 수가 있을까? 이야말로 화전을 만드는 젊은이들에게만 주어진 서정시의 세계인 것이다.

> 강가가 좋아서 빨래하러 갔는데
> 귀여운 까닭에

돌을 베개 삼아 자고 왔다네.

아마 봄이 끝날 무렵이리라. 느긋한 강가의 큰 돌에 쪼그리고 앉아 옷 빨래를 하고 있는 아가씨를 마음속에 그려 보자. 그 애인과의 속삭임을…………….

꽃처럼 웃는 듯이 곁눈질하는 것이 참을 수 없이 귀여워.

이것을 앞의 노래와 비교해 보자. 더 현실적인 모습을 여기에서 관찰할 수 있을 것이다. 꿈같은 생활, 그것은 그들의 일상생활임과 동시에 이런 현실적 생활의 단면 역시 그들 생활의 반면인 것이다. 어떤 때는 꿈속에서 생활하고 또 한편으로는 자기 힘을 믿는다. 그것이 그들의 생활이다. 그것은 어쩌면 원시의 인간들이 별을 보고 빌며 짐승에 대해 분노했던 그 자취를, 그들 생활에서도 지니고 있는 것이리라.

너를 보려고
깊은 한밤중에 찾아왔지만
거미줄에 걸려서
너 있는 곳으로 갈 수가 없네.

원시, 원시다. 이야말로 원시의 유물이라고 나는 말하고 싶다. 이렇게 소박한 민요는 화전민의 민요 중에서도 많지 않을 것이다. 이것도 또한 그들의 민족성 안에 남겨진 하나의 반면인 것이다.

5

나는 이상 몇 가지 민요를 예로 들었다. 다만 거기에 간단한 말들을 부가한 것에 불과하다. 하지만 우리는 이 몇몇 민요(그들 민요 중의 작은 부분이기는 하지만)를 맛봄으로써 다소나마 그들의 생활 단면을 볼 수가 있다. 우리는 이러한 단편들을 통해 또한 더 높은 문화를 향해 나아가는 그들의 생활과, 그 속에 흐르는 서정미를 이해할 수 있을 것이다. 그리고 그것은 늘 단순한 말에 의해 표현되는 것임도 알게 될 것이다. 이처럼 아무것에도 얽매이지 않고 느긋하게 탄생한 단순한 그들의 민요야말로 바로 그들, 이른바 화전민의 민족성을 말하는 것이다. 또한 우리가 이미 연구한 것처럼 그들의 환경이 형태를 만들고 민족의 노래로서 특수한 존재 위치를 갖는 것이다. 우리는 이 점에서 화전민의 민요가 이른바 조선 민족의 민요와 본질적으로 그 출발점을 달리하며, 또한 서로 대립할 수 있는 존재 위치를 차지한다는 것을 수긍할 수 있으리라.

—함경남도의 화전민 지방으로 출장을 다녀와서(1926년 12월 15일)

조선의 민요에 관한 잡기

• 이치야마 모리오市山盛雄 •

조선의 민요에 관한 잡기

이번 호에 모인 제씨들의 연구에 의해 조선 민요에 관한 고찰은 거의 전부 마무리된 셈이므로 내 글은 정말 사족에 불과할 것이나, 약간의 단편적인 말들을 더하고자 한다.

문헌에 나타나는 역사적 사실의 대부분은 귀족 사회의 글이므로, 진정 민족의 특이성을 언급하고자 할 때는 민간의 구비전승을 찾아보아야 한다. 특히 향토 예술을 맛보는 데에 있어 민족의 적나라한 꾸밈없는 목소리인 민요에 관한 연구는 더 일찍부터 착수하는 사람이 있어야 했다. 나도 조선 민요에 흥미를 가지고 이 연구호를 편집 기획하면서 상당히 고생하며 문헌을 섭렵했지만, 겨우 최근이 되어서야 무라타 시게마로村田懋麿[125] 씨가 『조선의 생활과 문화朝鮮の生活と文化』에서 민요로 고찰한 민족정신을 약간 기술한 것, 이은상 씨가 『동광東光』에서 「청상민요 소고」(이 책에 일본어 번역문이 있음),

125) 생몰년 및 인물에 대한 상세 정보는 알 수 없으나, 1924년『조선의 생활과 문화(朝鮮の生活と文化)』, 1934년『만선식물자휘(滿鮮植物字彙)』, 1936년에는『만선동물통감(滿鮮動物通鑑)』, 1941년에는『나의 지나관(僕の支那觀)』등을 저술하는 등 조선과 만주 지역의 동식물·생활·문화를 연구했다.

이광수 씨가 『조선문단朝鮮文壇』에서 「민요 소고」, 『개벽開闢』에서 2회 남짓 여러 지방 민요의 주석, 이 밖에 프랑스어로 작성한 글이 있다는 말을 들었는데, 아직 보지 못했다. 손진태孫晋泰[126] 씨가 시조, 속요에 관한 고찰을 『단카 잡지短歌雜誌』, 『동양東洋』, 『신민新民』 등에 소개할 정도이며, 일본인 조선인 모두 민요 연구 발표자들은 거의 없다.

총독부 학무국의 이와사岩佐 편집과장을 방문하여 자료를 요청했지만, 총독부에서는 머지않아 조선 민요집 간행을 계획하고 있어서 편집 중에 외부로 유출되는 것을 바라지 않는 듯했고, 또한 편집 임무를 담당한 가토 간카쿠加藤灌覺[127] 씨에게 접견 연구물의 일부 발표를 부탁했으나, 나중에 보기 좋게 거절당하여 총독부 쪽은 완전히 기대할 수 없게 되었다. 최소한 민요집이 완성된 후였다면 이 민요호의 특집에는 조금이라도 도움이 되었을 것이라 생각하지만, 갑작스럽게 기획한 것이어서 민요의 수집에조차 여간 아닌 고심을 했다.

최남선 씨는 경성에서 거의 조선 전역의 민요 수집이 가능하다고 하시지만 사실은 용이하지 않은 일이다. 같은 가락의 민요조차

126) 손진태(孫晋泰, 1900~?년). 민속학자, 국사학자. 호는 남창(南倉). 부산 출신으로 1927년 일본 와세다 대학(早稻田大學) 문학부 졸업. 1932년 송석하, 정인섭 등과 더불어 조선민속학회 창설. 1933년 연희전문학교 강사, 1934년 보성전문학교 강사를 거쳐 1945년 서울대학교 교수 등을 역임. 한국 전쟁 시 납북.

127) 가토 간카쿠(加藤灌覺, 1870~?년). 나고야(名古屋) 출신으로 도쿄(東京) 독일협회학교와 도쿄제국대학에서 공부하고 1910년에 한국 연구를 목적으로 본격 도한하여 총독부 촉탁으로 조선 역사, 말, 고적, 관습을 조사 연구했다.

각지에 따라 가사가 다른 것이 많다. 그리고 제각기 특징을 지니고 있다. 예를 들어 아라랑 노래만 해도 강원도 부근에서는

> 아라랑 아라리요, 아라랑 얼씨구 아라리요, 아라랑 고개다 정거장 짓고 정든 님 오기만 기다린다.

이 가사로 시작되며, 그 가락은 느릿하며 애조로 흐느끼는 듯하다. 경기도 등지에서는

> 아라랑 아라리요 아라랑 얼씨구 아라리요 아라랑 노래는 누가 꺼냈나 백척 계곡의 선달(관위)인 내가 꺼냈네.

곡조는 완급이 급박하게 노래한다. 이처럼 근접한 지역이더라도 이미 가사나 가락이 거의 다르다. 특히 비속한 가사가 많은 민요에 대해서는 군자들이 입에 담는 것을 수치로 여기는 습관이 있으므로 쉽게 알려주지 않는다. 또한 수집 후에도 그것을 번역하는 것이 큰 문제이다. 나는 언문諺文을 몰라서 다른 사람이 번역해 주었다. 노래하는 것을 들으면 실로 좋지만 아무래도 일본어로는 그 분위기가 살지 않는 듯하다. 마감 직전이 되어 조선 전역의 보통학교에 각지의 민요를 부탁했으나 거의 모이지 않았다.

『만요슈萬葉集』가 이미 당나라 시의 영향을 받은 것처럼 조선의

가요에도 다분히 외래사상이 섞여 있다. 보수성을 띤 지방적 민요에는 순 토착민족의 적나라한 개별적 민족성을 파악할 수 있을 터이나, 고려 시대 부근의 민요를 보더라도 역시 지나 문화의 영향이 다분히 나타나고 있다. 또한 서양 문화의 간섭을 받은 것도 상당히 오랜 일이다. (어느 시대부터 조선의 민간에 유행했는지는 불분명하지만) 수수께끼에

아침에는 네 다리로 걷고
낮에는 두 다리로 걷고
밤에는 세 다리로 걷는 것은 무엇인가?
(필자 주 : 유년, 장년, 노년의 인생을 빗댄 것)

라는 것이 있다. 이것은 세상에서 가장 오래되었다고 전해지는 스핑크스의 전설에 나타난 수수께끼

네 다리로 걷고
두 다리로도 또 세 다리로도 걷고
하지만 그 다리의
수가 많아질수록 약한 것은 무엇인가?

라는 것과 거의 다르지 않다. 어쨌든 가요의 근원이라 해야 할 수수께끼에서조차 이미 과반이 외래사상과 교섭을 가졌다는 것을 보면 진정한 개별 민족의 목소리를 얻기란 도리어 곤란하다. 오히려

변이성이 있는 시대적 민요, 즉 사변 때마다 일어나는 민족의 목소리에 반도 사람들의 본질적 시가가 드러난다고도 생각할 수 있다. 따라서 조선 민요를 시대적으로 연구해가면 상당히 흥미로운 자료를 얻을 수 있을 것이라 생각하지만, 지금 단계에서 내가 직접 착수할 수 있을 것 같지는 않다.

민요사에 따르면 맥도웰[128]은 민요상에 보이는 민요의 특이성에 관하여 하나의 전통형식론을 세우고 있다. 즉 1. 동양성(오리엔탈리즘) 원시 민요 2. 반복형 원시 민요 3. 소국蘇國(스코틀랜드)체 원시 민요 4. 스페인 포르투갈풍 민요 5. 시베리아체 6. 독일 민요라는 여섯 종류의 형태로 나눌 수가 있다고 한다. 조선에는 고구려 시대에 불교가 전래되고 이어서 유교, 도교의 감화를 받았으며, 태고사를 보든 지형을 보든 원시 민족은 지나 대륙에서 남하한 것임은 이론의 여지도 없으므로, 조선의 민요는 물론 맥도웰이 말하는 동양성 원시 민요의 한 형식일 것이겠으나, 원래 민요의 원시성이란 인류 공통의 것이므로 엄밀하게 이를 구별할 수는 없다. 다만 비교적 시대가 경과하면서 감정의 표현 형식에 따라 민족적 구별이 이루어지는 정도이리라.

128) 원문에는 'アグドウエル(악도웰)'이라 표기되어 있으나 미국의 낭만주의 음악 작곡가이자 대학 교수였던 에드워드 맥도웰(Edward Alexander MacDowell, 1860~1908년)을 가리키는 것으로 보임.

민족적 정신 또는 민족성이라는 것을 고찰하는 면에서 말하자면, 가장 노골적인 본능으로 드러난 한탄을 보는 것이 재미있다. 예를 들자면

얼굴이 희고 발이 작은
열 일고여덟의 어린 소녀야.

지나인들은 여자를 보고 이렇게 노래하면서 좋아한다.

열 일고여덟은 장대에 말린 가는 천, 잡기에도 사랑스럽고, 끌어당기기에도 사랑스럽네, 실보다 가는 허리를 안으니 이—, 하아, 몹시도 더욱 사랑스럽네.

내지의 젊은 남자들은 이렇게 노래한다.

너도 혼자, 나도 혼자, 아아 그렇지, 둘이서 두 집을 짓고, 저 여인을 안고, 아아 그렇지, 좋구나.

조선인들은 이렇게 노래한다. 이렇게 나열하면 관점의 차이에 따라 민족의 특이성을 고찰할 수 있을 것이다.

조선의 오랜 가요에서 민요와는 다른 것 중에 귀족사회의 산물로서 시조(時調, 詩調라고도 한다)라는 것이 있다. 그러나 시조 중에도 완

전히 민요 형식을 정리한 것이 있고, 자연적으로 민중의 마음에 파고든 민요로 화한 것도 있을 것이므로, 엄밀한 의미에서는 시조도 민요의 일종이어야 한다. 또한 시조 작자가 써서 민요조가 된 것도 상당수 있다. 예를 들어

저 쪽에 좋은 곳 찾아
거기에 한 채 집을 짓고
밭 갈고 논 갈아
오곡 씨를 뿌리고 우물을 파고
박 덩굴을 지붕에 놓고
된장에는 더덕 절여
구월에 추수를 마치고 나서
닭을 잡아 막걸리로
가까운 이웃사람 불러
즐겁게 같이 놀자꾸나.

이것은 시조의 맛을 띤 속요인데, 역시 일종의 민요라 할 수 있다. 옛날 학생들이 빈번히 부른 것인 만큼 조선의 풍속 사상이 잘 드러나 있다.

석탄 백탄을
태울 때는
연기도 김도
펄펄 나는데

이내 가슴
탈 때에는
연기도 김도
아니 나네.

이것은 경성 문밖에서 병합 당시 노래된 것으로 시사를 풍자한 새로운 사람들이 지은 민요일 것이다. 그리고 전 조선으로 널리 퍼져갔다.

나도 재수가 없어
남은 손 빌려
곱게 묶은 머리 상투를
갑오 을미 동학 때에
군대에 들어가
싹둑 잘렸네
철포 짊어지고
배낭 메고
고갯길 비틀비틀
넘어갈 때에
부모 형제 보고 싶네.

여기에는 시조의 냄새는 없고 시대적인 특징이 있는 민요로 문화를 저주한, 짙은 애수를 불러일으키는 민족의 목소리, 인간 본연의 외침이 느껴진다. 시대적인 민요 연구 자료로서는 놓칠 수 없는 것이다.

새야 새야 파랑새야
녹두밭에
앉지 마라
녹두꽃이 떨어지면
청포 장수
울고 간다.

이것은 경남 지방의 것인데, 약간씩 가사가 다르며 조선 전체에서 노래되는 유명한 노래로 거의 동요에 가깝다. 청포 장수는 두부와 같은 먹거리를 파는 상인을 말한다.

하늘 나는 저 기러기
잠깐 서서 들어 주렴
네가 서울 가거들랑
내 부탁 좀 들어 주렴
달 든 규방 외로움에
님께 애타 이내 목숨
길지 않다 말해 주렴
"나도 님 만나러 가는
급한 길이라
전할 수 있을는지."

이것은 고려 시대의 것으로 하늘을 나는 기러기에게 나의 애절한 바람을 들어 달라고 부탁하니 기러기가 자기도 애인을 만나러 가는 길이라며 거절하는 부분에서, 인간에 대한 일종의 빈정거림을 드러낸 시대의 민족성 일단이 드러나 있다.

이상에서 거론한 것은 꼭 시조에서 변조된 것이라고는 단언할 수 없지만 적어도 감정을 기교화하는 점에 있어서 일면의 민요가 상상될 것이다. 이야기를 하는 김에 더 적어 두자면 민요에는 의식 때 부르는 가요도 언급해야 한다. 일례를 들면 장례식 때 관을 옮기며 선창으로 박자를 맞추어 노래하는 가사에

북망산이
멀다더니
대문 밖이
북망일세.

이러한 것에는 도리어 재미있는 점도 발견된다. 어학에 능한 사람들은 조금만 주의를 기울이면 몇 개나 모을 수 있어서 흥미로운 자료를 얻을 수 있을 것이다.

시조는 민요와 마찬가지로 조선의 가요사에서도, 문학사에서도, 가장 주의해야 할 것이다. 대저 민요는 하층민의 시가이며 시조는 귀족 사회의 시가인 것이다. 이노우에井上 씨가 말씀하시기를 민요

가 있다면 관요官謠도 있어야 한다고 했는데, 시조는 그 관요에 해당하는 것이다.

이 시조에 관해서는 손진태 씨의 설을 편의상 빌기로 한다. 시조 중 가장 오래된 것으로 여겨지는 것은 서기 3세기 경, 조선 역사로 말하자면 고구려(기원전 3세기 경~668년)의 고국천왕 때의 국상國相이었던 을파소乙巴素 작이라고 한다. 노래로서는 대단한 것도 아니지만, 시조를 논할 경우 한 번은 문제시해야 할 내용이다. 왜냐하면 을파소 이후는 7세기의 백제(1세기 경~663년) 말기의 성충成忠에 이르기까지 — 작자 불명인 것은 별도로 치고 시조는 어떤 사람에 의해서도 거의 읊어지지 않았기 때문이다. 성충의 작품은 백제 말기의 분위기가 다분히 드러나 있으며 대부분의 사람들은 그것을 인정하고 있다. 성충의 뒤에도 12세기 초기까지는 특별히 작자가 분명한 작품은 전해지지 않으나, 그 작자가 불분명한 노래 — 옛 작품일수록 작자를 알기 어렵다 — 중에서 우리는 고려 시대(918~1392년)의 것을 많이 발견할 수 있다. 시조는 일본의 『만요슈』 또는 『고킨슈古今集』[129]에 해당하는 것으로 이 기원은 어디에 있었는가를 말할 때, 종래에는 대부분의 사람들이 지나의 감화에 의해 생긴 것이라고 암암리에 인식하고 있었던 듯하다. 시조를 전체적으로 보면 대체로 7·7조의 음률을 가지며 앞에서 기록한 것처럼 작풍, 또는 태도가 당나라 시의 감화를 크게 받고 있기 때문일 것이다. 그러나 그것은

129) 정식 명칭은 『고킨와카슈(古今和歌集)』로 일본 최초의 칙찬勅撰 와카집. 905년 다이고 천황(醍醐天皇)의 명으로 편찬되었으며 약 1110수의 와카가 수록되어 있다. 20권.

비과학적인 사고라 할 수 있는데, 물론 지나에는 오랜 옛날부터 7·7조의 음률이 있었다. 칠언고시, 칠언절구, 칠언배율, 칠언율시 등과 같은 예이다. 그러나 7·7조는 오로지 지나인에 의해서만 발견되는 박자는 아니라고 본다.

여기에서 우리는 조선 고유의 민요, 옛 축사祝詞는 물론 동요, 속요 등도 조사해야 할 필요를 느끼게 된다. 옛 축사와 동요는 가장 단조로워서 대부분은 4·4조이다. 4·4조가 긴 것은 8·8조가 된다. 민요, 속요는 4·4조, 5·5조, 6·6조, 7·7조, 8·8조 등이 보통이며 예외적으로는 4·5조, 5·7조와 같은 것도 있다, 그러고 보면 조선 시조의 형식 가락은 어쩌면 완전히 조선 고유의 민요 위에 그 기초가 있는 것은 아닐까? 그리고 시조는 귀족 문학 또는 지식계급의 문학이었다고 해야 할 정도의 것도 아닌 듯한데, 어쨌든 민요보다는 말하자면 품위가 있고 비속하지 않다. 따라서 시조는 농민들에 의해 노래된 것이 아니라 다소 학문을 한 이른바 교양이 있다고 일컬어지는 유한계급이나 귀족, 관리, 유음가인, 기생, 관녀, 학자, 국왕 등에 의해 노래되었다.

이러한 점에서 보면 시조는 민요의 자연적 발달이 아니라 분명히 어떤 계획하에 의식적으로 만들어진 것임에 틀림없다. 그 선구자들은 재래의 가요가 너무 단순하고 비속한 것에 질려 새로운 시가로 그들의 생을 적시고자 이 새로운 형식과 새로운 내용을 지닌 시조를 창시한 것이리라 생각한다. 시조를 수록한 오래된 책들에 『청구영언靑丘永言』『가곡원류歌曲源流』『남훈태평가南薰太平歌』『대동악부大東樂府』『여창유취女唱類聚』 등이 있는데 원본은 쉽게 입수하기 어렵다.

시조는 고전적 시가로 일본의 단카短歌에 가장 근접한 것이다. 현재 문단에서는 의고擬古 시인들에 의해 연구열이 오르고 있다. 시조 작가로서는 역사가의 태두 최남선 씨가 있다. 최남선 씨는 이십 년 정도 전부터 시조의 신론 혁명을 기획하시고 최근에 자작 시조집인 『백팔번뇌百八煩惱』를 출판하여 반도 출판계의 인기를 뜨겁게 받고 있다. 대여섯 해 전에 등암燈岩이라는 사람이 선정한 『가투원본 시조백수歌鬪原本時調百首』라는 것이 발행되었다. 기생이 접대하는 자리에 흥을 돋우는 노래로도 시조는 반드시 두세 수 불리는데, 이 책에 의해 '우타가루타歌ガルタ'130)와 같은 유희용으로 이용하게 되었다. 시조는 지나 문학의 영향을 받아 현저하게 기교적으로 변했다. 하지만 조선의 민요를 논할 경우 역시 시조까지 언급하지 않으면 안 된다. 시조의 지식이 없으면 민요의 진가는 파악할 수 없기 때문이다.

이상 본고는 편집으로 한창 분주할 때 붓을 든 것이라 산만한 도그마dogma로 끝나 버리게 되었지만, 조금이라도 조선 민요 연구의 힌트가 될 수 있다면 내 뜻은 이룬 셈이다.

—1926년 12월 12일 집필

130) 햐쿠닌잇슈(百人一首) 등의 와카(和歌) 지식을 토대로 겨루는 가루타(カルタ; 카드놀이).

조선의 향토와 민요

• 시미즈 헤이조清水兵三 •

조선의 향토와 민요

조선 민족의 순진한 감정을 허식도 기교도 없이, 그저 마음에서 우러나오는 대로, 남녀의 구별 없이 불렀던 노랫말이 소위 '조선의 민요'라고 생각합니다. 대륙의 시형詩形을 인용하거나 지나支那의 풍격風格을 모방한 '시조時調·詩調'는 이미 훌륭한 문학을 이루는 것이며, 이를 민요로 취급하기에는 아무래도 문자의 중개에 기대어 그 의미를 이해해야 한다는 문제가 있다고 여겨집니다. 민요는 무학자無學者의 입으로도 창작 가능한 산물이며, 본래 귀로 듣고 음미하는 것이므로 이를 문자를 통하여 비판하려 하거나 머리를 굴려 그 의미를 파악해야 할 대상이 아닐 것입니다. 우리나라[131]의 와카和歌나 하이카이俳諧, 조선의 시조 속에는 그 문자가 표현하는 의미를 감상하거나 그 구절의 배열이 나타내는 형상을 상완賞玩할 것도 있겠지만, 민요는 역시 낭영朗詠에 의한 그 음악적 선율이 가장 사람의 마음을 끌어당기는 것입니다. 민요에서 존중해야 할 부분은

131) 이하 본문의 '우리나라' 및 '국어', '국가' 등은 모두 일본, 일본어, 일본 국가를 지칭한다.

수사修辭가 아니라 음조音調의 생명이라 생각합니다. 따라서 아무리 조야한 언어일지라도, 아무리 무의미한 문구일지라도, 아무리 황당한 전설일지라도, 일단 야인野人의 목청을 통하여 야성미 넘치는 노래가 되어 나오게 되면 가사의 의미라든가 수사라든가 이론 따위는 아무런 권위도 발휘할 수 없고, 오로지 천연 그대로의 음성, 자연 그대로의 울림, 무구한 가락이 우리 귀 깊숙이 강한 감동을 남깁니다. 물론 지나치게 조잡한 문구나 형식은 인구에 회자되는 사이에 자연히 갈고 닦이기 마련이라 듣는 사람으로 하여금 무심코 영탄케 하고, 저도 모르게 손발이 들썩이게 되는 경지에까지 이끌리게 되나, 본래 민요는 윤색潤色이나 격조格調 등—예를 들면 시나 창가唱歌 등에 비하여 실로 초연하고 극히 대중적인 노래이자 참 민족적인 예술품이므로 이를 문자로 묘사한다는 것은 매우 곤란한 일입니다. 하물며 이것을 국어國語로 번역함에 있어 선구였던 어떤 사람은 축음기 레코드를 통하여 조선 민요를 음미하고자 시도했으나, 그 방법은 실패로 끝났습니다. 주지의 사실이지만 우리가 사용하는 축음기에는 다수의 결함이 있어 국가國歌조차도 완벽히 청취할 수 없습니다. 어떤 사람은 기생妓生의 입술로 자아내는 묘한 음색을 통하여 조선 민요를 감상해 보려 했습니다. 그러나 이미 너무나도 많은 기교와 수식이 붙어 있어, 본래의 민요가 토로하는 바와 동떨어져 있다는 사실이 판명되었습니다. 기생이란 예로부터 우아한 몸가짐이 최고의 교양이라 명심하는 바였으므로 이전이라면 민요 따위에는 관심을 두는 것조차도 긍정할 수 없었을 것입니다. 그녀들은 지나의 사상이나 지나의 학문을 도입한 시조를 암송하는 것에 전념했으며, 역으로 조선 고유의 시취詩趣를 담고 있는 민요는 당시의 전부야인田夫野人[132]의 입으로부터 콧노래 섞여 불렸던 정도에 지나지 않습니다.

기생 교육서라 일컬어지는 『남훈태평가南薰太平歌』[133] 중에 다음과 같은 노래가 있습니다.

태산泰山이 높다 하되 하늘 아래 뫼이로다
오르고 또 오르면 못 오를 리 없건마는
사람이 제 아니 오르고 뫼만 높다 하나니.

이는 이치이자 교훈으로, 민요에는 이치도 교훈도 요구되지 않습니다. 세태의 변천에 따라 왕왕 민요를 빌어 세상을 풍자하는 일도 있지만, 이는 민요 본래의 사명도 아니거니와 민요 고유의 특징도 아닙니다. 민요는 어디까지나 자연 그대로여야 합니다. 마찬가지로 『남훈태평가』 속에 다음과 같은 연가戀歌가 있습니다.

신농씨神農氏 상백초嘗白草하사 일만 병을 다 고치되

132) 농부와 촌사람. 교양이 없고 천하고 상스러운 사람을 이르는 말.
133) 조선 시대 말기에 성립된 가곡집. 정확한 저자와 연대는 불명이나 순조(純祖)에서 철종(哲宗) 연간에 간행된 것으로 추측된다. 시조(時調) · 잡가(雜歌) · 가사(歌辭)로 분류되며 시조편에 224수, 잡가편에 「소춘향가(小春香歌)」 「매화가(梅花歌)」 「백구사(白鷗詞)」의 3수, 가사편에 「춘면곡(春眠曲)」 「상사별곡(相思別曲)」 「처사가(處士歌)」 「어부사(漁父詞)」의 4수가 실려 있다. 1책.

님 그려 상사병에 백약이 무효로다
저 님아 널노 난 병이니 날 살려 주렴.

상사병에 신농씨를 언급하는 부분은 성병性病에 걸린 현대인이 606호[134]를 운운하는 것처럼 운치가 떨어집니다. 사대사상事大思想에 얽매인 당시의 학자들이 지나의 전통을 존중하여 한자를 토대로 노래의 작의作意를 응축했다는 것이 분명하게 파악됩니다. 민요의 작자라면 이러한 기교를 부리지 않고

뜰에 노니는 나비에 홀려 육도삼략六韜三略 전부 잊었노라

라고 지극히 산뜻하게 마무리를 지을 것입니다. 아름다운 여인에게 마음을 앗겨 모처럼 익힌 병학兵學의 진수를 모조리 잊었다는 의미입니다. 그러나 시조 중에서도 비교적 조선 민족의 예술적 기품을 드러내며 그들 본래의 면목을 나타내고 있는 아름다운 노래가 있으니, 그것을 두셋 예로 들어 보겠습니다.

발운갑[135]이라 하늘로 날며 두더지라 땅을 파고들랴
금종달이 철망에 걸려 풀떡풀떡 푸드덕인들 난다 긴다제 어디로 갈까

134) 살바르산(salvarsan) 606호. 독일의 과학자 파울 에를리히(Paul Ehrlich, 1854~1915년)가 발견한 매독에 대한 화학요법제로, 606번에 걸친 실험 끝에 완성되었다고 하여 붙은 명칭.
135) 바람개비를 의미한다.

오늘은 내 손에 잡혔으니 풀떡여 본들 어떠리.

어젯밤도 혼자 곱송그려 새우잠 자고
지난밤도 혼자 곱송그려 새우잠 잤네
어인 놈의 팔자가 주야장상晝夜長常 곱송그려 새우잠만 자노
오늘은 그리던 님 만나 발을 펴 벌리고 찬찬 휘감아 잘까 하노라.

가슴에 구멍을 둥실하게 뚫고 왼새끼를 눈길게 느슬느슬 비비 꼬아
그 구멍에 그 새끼 넣어 두고 두 놈이 마주 서서 흘근흘근 흘나드릴 제면
나는 죽는대도 그는 아무쪼록 내 견뎌내려니와 하려나
님 떠나 살라 하면 그는 그리 못하리라.

(이상 『가곡선歌曲選』136)에서 발췌)

민요의 작자는 이런 경우 다음과 같이 노래합니다.

어찌 잊으랴, 몸은 떨어져도 산에 오랑캐꽃 피는 동안은 떠올릴거나, 저 보리밭, 나와 네가 만났던 일을.

지금까지 연가만을 예로 들었으나, 사실 가요歌謠의 진면목은 인간의 정情을 그린 노래에 있다고 생각합니다. 자연을 노래한 것이나 전설을 노래한 것도 좋기야 좋지만, 마음과 마음의 교섭을 노래

136) 1913년 6월 신문관(新文館)에서 출판된 최남선(崔南善)의 시조집(時調集).

한 것만큼 인간을 끌어당기는 노래는 없을 터 — 연애, 번민, 애증, 원망, 질투, 생사 — 특히 조선과 같이 괴로운 사랑이나 슬픈 사랑의 나라에서는 피가 스미는 듯한 연가 속에 애별리고愛別離苦의 정을 상세히 표현하고 있는 듯 생각됩니다.

'시조'를 수집한 책으로 『가곡선』이라는 소책자가 있습니다. 이것은 『청구영언靑丘永言』 『대동악부大東樂府』 『가곡원류歌曲源流』 『남훈태평가』 『여창유취女唱類聚』 등등 일국 일대의 풍요風謠를 수집한 가집에서 발췌한 것으로, 음부音符별로 수록되어 있습니다. 그 설명에 의하면 가요의 악조樂調에는 (一)평조平調 (二)우조羽調 (三)계면조界面調가 있어, (一)은 웅심화평雄深和平[137], 황종일동黃鐘一動, 만물개춘萬物開春이라고 하여 지극히 평화로운 가락이고, (二)는 청장격려淸壯激勵[138], 옥두당파玉斗撞破, 쇄설장명碎屑鏘鳴이라 하여 상당히 상쾌한 곡이며, (三)은 애원처창哀怨悽悵[139], 충혼침강忠魂沈江, 여한만초餘恨滿楚라 하여 매우 비애에 찬 성색聲色입니다.

민요는 이미 기술한 대로 자유분방하고 거친 그대로, 다듬지 않은 그대로이며, 원시적인, 목가적인, 향토적 색채가 농후한 것이므로 이를 시조와 같이 하나 하나 음부나 곡조로 분류하기가 곤란합니다. 최남선崔南善 씨의 말을 빌어 설명하자면 웅혼하고 위압적인 영남嶺南풍(경상), 온화하고 여유로운 호남湖南풍(전라), 청화淸和하고

137) 평조(平調)의 악상(樂想)을 표현한 문구. 웅숭깊고 화평(和平)한 느낌의 음악.
138) 우조(羽調)의 악상을 표현한 문구. 높고 장하고 씩씩하다는 뜻으로 높은 조 음악의 느낌.
139) 계면조(界面調)의 악상을 표현한 문구. 목이 메듯 슬프고 처량한 느낌의 음악.

한아閑雅하며 궁정적인 분위기의 경성京城풍, 애처롭고 상심한 느낌을 숨길 수 없는 서도西道풍(평안)으로 지방에 따라 분류하는 것이 가장 적절할 것입니다.

▍경성 지방의 민요

제비가
유산가
경산타령
방아타령
간지타령
노래가락
놀량[140]
경사거리
아리랑
홍타령
제석거리
무당덕담
농부가

---

140) 원문에는 '눌령'으로 한글 표기되어 있다.

남부 지방의 민요

성주풀이
육자배기
개구리타령
새타령
권주가
담바귀타령

서부 지방의 민요

난봉가
수심가
영변가
배따라기
개타령
앞산타령
뒷산타령

북부 지방의 민요

베틀가

조선의 민요 중 수심가愁心歌의 가락만큼 필자의 심정을 끌어당긴 것이 없습니다. 지금으로부터 약 15년 전, 평안남도 안주安州에서 청천강淸川江을 따라 나아가고, 몇 번이고 굽어지는 아흔아홉 굽이의 산길을 지나 강계江界에 이르러, 거기서 아득령牙得嶺[141]을 넘어 함경남도에 도착한 적이 있습니다. 말 등에서 흔들리며 긴 여행을 해야 했던 사람들의 추억이 조선의 산야에 남아 있듯이, 나는 내 마부가 야취野趣 서린 음성을 한껏 뽑아 낭랑히 수심가를 부르며 말을 몰던 당시의 일을 지금도 잊을 수 없습니다. '노자, 노자' 라는 그 목소리와 울림에 응하는 저 산하山河! 나의 추억은 한없이 그 다음 그 다음으로 옮겨 갑니다.

▌수심가愁心歌[142]

노자 노자 젊어만 노자,[143] 나이 많아 백수白鬚가 되면 못 노나니.

인생 한번 돌아가면 만수장림萬樹長林의 운무雲霧로다, 청춘 홍안을 아끼지 말고 마음대로 노자.

인생이 살면 천년만년에 오백년을 살까, 일주백년 못 사는 세상에 아니 놀고 무엇 하리.

노다 가려무나 잠들다 가려무나, 저 달이 지도록 노다만 가려무나.

---

141) 평안북도 강계군 공북면(公北面)과 함경남도 장진군 장진면(長津面) 경계에 있는 고개. 해발고도 1479m로 낭림산맥(狼林山脈) 북부에 해당하는 고지.

142) 원문에는 '슈심가'라는 한글 표기가 병기되어 있다.

143) 원문에는 '노쟈, 노쟈, 젊으니, 노쟈'라는 한글 표기가 병기되어 있다.

세월이 여류如流하야 돌아간 봄은 다시 오는데, 님은 한 번 가면 다시 올 줄 왜 모르누, 고대타 못하여 죽는 것은 이 사람뿐이로다, 일후장차 과로차로 날 보고 가려무나.

우리 두 사람이 만날 적에 산을 두고 맹세하고 물을 두고 증참證參되어 증참맹신은 여기 있건마는 오늘날 이별이 웬 말인고.

우리네 두 사람이 연분은 아니오, 원수로구나. 만나기 어렵고 이별이 종종 잦아서 못 살겠네. 님으로 우연히 병난 몸이 수화사지水火死地[144]를 헤아린단 말인가, 자나 깨나 님 생각나서 불망이로구나.

님의 집을 격장隔墻[145]에 두고 보지 못하니 심 불안하고 사정치 못하니 나 죽겠구나, 보면 이 내 맘성 좋고 아니 보면 그리워나 못 살겠네.

님아 님아 우지 마라, 네 눈에서 눈물이 나면 내 눈에 피가 난다, 한 번 이별 후에 다시 상봉할 날 있으리라, 이별하고 가는 심사 좀 여북할까.

죽어 영이별은 남에게도 있건마는 살아서 생이별은 우리 두 남녀뿐이로다, 차마 진정 나 못 살겠네.

---

144) 물이나 불 속처럼 죽을 자리.
145) 담 하나를 사이에 두고 이웃함.

자규子規야 울지 마라 울려거든 너 혼자 울지 낭군의 잠든 날 깨우니 원수로구나.

수심가와 더불어 애송되는 것은 영변가寧邊歌입니다. 이것은 융희隆熙 이전, 그리 머지않은 시대에 창작되었다고 알려져 있지만 지금은 서부 지방의 민요로 자리를 잡았습니다.

▌영변가寧邊歌[146]

영변에 약산동대藥山東臺야, 너 부디 평안히 잘 있거라, 나도 명년 양춘은 가절佳節이로다, 또다시 보자.

오동梧桐에 복판이로구나, 거문고로다, 둥당실 슬기둥 소리가 저절로 난다.

달아 달아 밝으신 달아, 님의 동창에 비치신 달아, 부디 평안히 너 잘 있거라.

영평永平 바다 조수潮水 밀 듯 하건만 시부모媤父母 원당자元當者 그립고 그리워 내 못 따르겠구나.

이어서 필자가 재미있다고 생각하는 것은 아리랑[147]입니다. 이

146) 원문에는 '령변가'라는 한글 표기가 병기되어 있다.
147) 원문에는 'アラランの唄(아라랑 노래)'라고 표기되어 있다.

것은 극히 새로운 시대의 민요라 전해지고 있습니다. 지금으로부터 60년 전, 이조李朝 말기의 호걸 대원군大院君이 경복궁 부흥을 계획하고 조선 팔도에 명하여 수많은 인부를 징발했습니다. 이때 사방에서 부름에 응한 각 도道의 백성들은 각각 고향의 노래를 부르며 그 노고를 다스렸다고 합니다. 훗날 이태왕李太王[148]은 이들 민요를 각별히 애호하셨다고 하며, 어느새 이러한 향가鄕歌로부터 새로운 민요가 산출되기에 이르렀던 것입니다.

아리랑 속에는 시대에 대한 반감이나 원한의 정을 담아낸 것과 매우 저속하고 조야한, 굳이 열정劣情을 도발하는 듯한 것도 있지만, 민중가民衆歌로서, 노동가勞動歌로서, 또한 선전용 노래로서 이만큼 민간에 깊게 뿌리내린 것은 유례가 없습니다.

▌아리랑

아리랑 고개다 집을 짓고, 정든 님 오기만 고대한다, 아리랑 아리랑 아라리요, 아리랑 띄워라 노다 가세.

아주까리 동백아 열지 마라, 산골에 큰애기 떼난봉난다(필자주 : 아주까리와 동백 열매로 머릿기름을 만들어 마을 처녀들이 그것을 발라 고와지면 뚜쟁이가 이 처녀들을 사 간다는 말), 열라는 콩팥은 왜 아니 열고, 아주까리 동백은 왜 여는가.

148) 일본은 1910년 대한제국을 강제 합병한 후 고종(高宗)을 이태왕(李太王), 순종(純宗)을 이왕(李王)이라 칭했다.

산중의 귀물은 머루나 다래, 인간의 귀물은 정든 님이로다.

산에서 붉은 것은 으름이요, 동리서 붉은 것은 처녀의 빰이로다.

놀아보고 싶네, 한겨울 찬 하늘에 풀솜을 바라지만, 입에 풀칠하기 바빠 여의치 않구나.

세월도 덧없도다, 돌아간 봄이 다시 온다.

아이고 지고 통곡을 말아라, 죽었던 낭군이 살아를 올까.

나는 가네 나는 가네, 인제 가면 언제나 오나, 오마는 한이나 일러를 주오.

만경창파 거기 둥둥 떠가는 배야 거기 좀 닺 주어라, 말 물어보자.

문경새재 박달나무, 홍두깨 방망이로 다 나간다.

나는 좋아 나는 좋아, 정든 친구가 나는 좋아.

친구가 남이언마는, 어이 그리 유정有情한가. 시집간 사흘째에 아기 울음은 웬일인가.

또한 경성 지방의 대표적 민요라 하면 타령(잡가)이라 하겠습니다.

그 중에서도 흥타령이 가장 유명합니다.

▌흥타령

아이고대고 흐응, 성화가 났구나 흥,[149] 천안삼거리 능수버들은 제멋에 지쳐서 휘늘어졌구나.

은하작교가 딱 무너졌으니, 건너갈 길이 망연하구나.

우리 님 동창에 저 달이 비치면, 상사불견相思不見에 잠 못 자리라.

저 달아 보느냐, 본대로 일러라 사생결단을 너 따라 하련다.

세우동풍細雨東風이 바람인 줄 알았더니, 님의 한숨에 눈물이로다.

옥구옥화玉鉤玉花가 정든 님 보내고 수심장탄에 잠 못 자리라.

서부 지방의 대표적 민요가 수심가라면 남부 지방의 대표적 민요는 육자배기입니다. 이것은 상당히 오랜 역사를 지닌 민요로, 고대 민족의 생활사를 연구하는 사람에게는 간과할 수 없는 곡입니다.

149) 원문에는 '아이고대고 홍-응, 셩화가 낫고나 홍'이라는 한글 표기가 병기되어 있다.

▌육자배기150)

저 건너 갈미봉(필자 주 : 봉우리 이름)에 비가 몰려 들어온다, 우장雨裝을 두르고 김을 매러 갈거나.

천년을 살겠나, 만년을 살더란 말이냐, 죽음에 들어서 노소老少 있나, 살아생전에 마음대로 노세.

벽사창碧紗窓이 열리거늘 님이온가 나서 보니, 님은 정녕 아니오고 하늘에서 봉황이 내려와서 춤만 춘다.

저 건너 연당 앞에 백년 언약초를 심었더니 백년 언약초는 아니 나고 금년 이별 화초 피어 만발했네.

황혼黃昏으로 기약期約 두고 오경五更 잔등殘燈이 다 진盡토록 대월서상하창待月西箱下窓 열치고 바라보니, 아마도 불장화영拂墻花影이 날 속인다.

무릉武陵에 홍도화紅桃花는 세우동풍에 눈물을 머금고, 동정호洞庭湖 비치는 월색月色 그믐이 되면 무광無光이라, 내 심중 깊고 깊은 회포를 뉘가 알리, 만리장공萬里長空에 흑운黑雲이 흩어지고 월색은 만정한데 님이 저리 다정多情하면 이별한다고 잊을쏘냐, 이별 맞아 지은 맹세 태산같이 믿고 믿었더니, 태산이 허망이 무너질 줄 뉘가 알겠나, 안타깝다 만덕이(필자 주 : 여성의 이름) 이 추

150) 원문에는 '륙자박이'라는 한글 표기가 병기되어 있다.

운 날 홑옷 맨발로 물을 긷네, 밭을 팔아 비단장수 부르랴, 쌀을 팔아 신 사주랴, 옷도 신도 다 싫으나, 시집가고 싶어라 낭군이 그리워라, 오마고 했던 약속 진실로 듣고, 고개를 넘었으나 약속하게도, 온다는 님은 그림자도 없이, 저 바다 위 흰 돛만 날 속인다.

민요 중에서 잡가(타령)보다도 다소 우아하고 시조에도 준하는 것에 가사歌詞[151)]라는 것이 있습니다. 가사에는 한자가 다수 사용되어 있지만 바르고 소박한 민요 형태를 전하고 있다고 생각합니다. 가령 「황계사黃鷄詞」라든가 「상사별곡相思別曲」과 같은 것은 그 중에서도 빼어난 것이라 하겠습니다.

황계사黃鷄詞

일조一朝 낭군郎君 이별 후에 소식조차 돈절頓絶하야, 어허야 아주 좋을시고,[152)] 어찌 어찌 못 오던고, 춘수春水가 만사택滿四澤하니 물이 깊어 못 오던가, 하운夏雲이 다기봉多奇峰하니 산이 높아 못 오던가.

병풍屛風에 그린 황계黃鷄 두 나래를 둥덩치며, 사경四更 일점一點에 날 새라고 꼬끼요 울거든 오려시나, 너는 죽어 황하수黃河水 되고, 나는 죽어 돛대선 되어, 밤이나 낮이나 낮이나 밤이나 바람 불고 물결치는 대로 어하 둥덩실 떠서 놀자.

---

151) 원문에는 'ノレ(노래)'라는 표기가 병기되어 있다.
152) 원문에는 '어허야 아조 조흘시고'로 한글 표기되어 있다.

상사별곡相思別曲

인간 이별 만사 중에 독숙공방獨宿空房 더욱 섧다, 상사불견 이 내 진정 어느 누가 짐작하리, 이렁저렁 허튼 근심 다 풀쳐 두어 두고, 자나 깨나 깨나 자나, 님 못 보아 가슴 답답.

어린 양자樣子 고운 소리 눈에 암암 귀에 쟁쟁, 보고 지고 님의 얼굴 듣고 지고 님의 말씀.

비나이다 비나이다 하느님께 비나이다, 진정으로 비는 것은, 님을 보기 비나이다.

전생前生 차생此生 무슨 죄로 우리 둘이 생겨나서, 잊지 말자 처음 맹세 죽지 말자 백년기약, 천금같이 맺었더니 세상일에 마가 많다.

산은 첩첩하여 고개 되고 물은 흘러 소가 된다, 근원 흘러 물이 되어 깊고 깊고 다시 깊고, 사랑 모여 뫼가 되어 높고 높고 다시 높아, 무너질 줄 모르거든 끊어질 줄 제 뉘 알리.

지나의 역사나 풍물을 노래한 것에 다음과 같은 가사가 있습니다.

수양산가 首陽山歌
소상팔경 瀟湘八景
공명가 孔明歌
봉황곡 鳳凰曲
관산융마 關山戎馬
적벽가 赤壁歌
양양가 襄陽歌
소군탄 昭君歎
초한가 楚漢歌

조선의 풍경을 노래한 것으로는

사시풍경가 四時風景歌
화류가 花柳歌
유산가 遊山歌
유선가 遊船歌
춘면곡 春眠曲
석춘사 惜春詞
평양추풍감별곡 平壤秋風感別曲
자운곡 紫雲曲

인간사를 노래한 것으로

처사가 處士歌
노처녀가 老處女歌
규수상사곡 閨秀相思曲
과부가 寡婦歌
사친가 思親歌
사미인곡 思美人曲
어부사 漁夫詞
농부가 農夫歌
원부곡 怨夫曲
춘향가 春香歌
이팔청춘가 二八青春歌
몽유가 夢遊歌
회심곡 回心曲
진정록 陳情錄
탄금가 彈琴歌
단장사 斷腸詞
방물가 方物歌

등이 있습니다. 여기에는 좌창坐唱[153]과 입창立唱[154]이 있고, 또 거문고와 장구, 창가와 삼박자를 맞추어 부르는 것도 있습니다.

▌과부가寡婦歌

인생이 생겨날 제 남자로 생겨나서, 글 배워 성공하고 활 쏘아 급제하여, 기린각麒麟閣[155] 일편석一片石에 제일공신 그려 내며, 부모님께 영화 뵈고 자손에게 현달하여, 장부의 쾌한 이름 후세에 전할 것을.

전생의 무슨 죄로 이내 몸 여자 되어, 우리 부모 날 길러서 무슨 영화 보려 하고, 깊으나 깊은 방의 천금같이 넣어 두고, 외인거래 전폐하니 친척도 희소하다.

세월이 여류如流하여 십오 세 잠깐이라, 백년가약 정할 적에 오며 가며 매파로다, 예장禮狀[156] 본 지 보름 만에 벌써 신랑 온단 말인가, 화촉이 다 진盡한 후 금리에 동침하니, 건곤지정乾坤之情[157]이 비할 데 전혀 없다, 금리에서 맹세할 제 백년 살자 굳은

---

153) 한국의 전통 성악곡 가운데 앉아서 부르는 노래의 총칭. 주로 독창으로 부르는데, 민요에 비하여 긴 가사를 노래한다.

154) 한 사람이 장구를 메고 소리를 메기면 소고를 쥔 너덧 사람이 일렬로 늘어서 전진 또는 후퇴하며 춤을 추면서 제창으로 소리를 받는 음악. 서서 부른다고 하여 붙은 명칭이다.

155) 중국 전한(前漢) 때 장안(長安)에 세워진 누각. 무제(武帝)가 기린(麒麟)을 얻었을 때 세운 것으로, 훗날 선제(宣帝)가 나라에 큰 공을 세운 곽광(霍光, ?~기원전 68년) 외 공신 11인의 초상을 여기에 건 것으로 유명하다.

156) 혼인할 때에 신랑 집에서 예단과 함께 신부 집으로 보내는 편지.

157) 하늘과 땅의 정. 즉 남녀 사이의 정.

언약, 생즉동주生則同住하고 사즉동혈死則同穴이라.

인간에 일이 많고 조물이 시샘하여, 일조一朝에 우리 낭군 우연히 득병得病하여, 백약百藥이 무효하여 일분 효험 전혀 없다, 가련한 이내 몸에 흉복통 일어난다, 화타華佗가 갱생하고 편작扁鵲이 살아난들, 일조에 우리 낭군 죽을 명을 살릴쏜가, 출가한 지 보름 만에 청춘 홍안 과부로다, 만사에 뜻이 없고 일신에 병이 된다. 철없는 아이들아 시절 노래[158] 하지 마라.

정월이라 망일望日[159] 날에 뉘와 같이 완월玩月할고, 이월이라 한식寒食날에 뉘과 함께 간산看山[160]하리, 삼월이라 삼짇날에 답청踏青할 이 전혀 없다, 사월이라 팔일 날에 관등觀燈할 이 전혀 없고, 오월이라 단옷날에 씨름 구경 뉘와 하리, 유월이라 유두流頭날에 유두놀이 뉘와 하리, 칠월이라 칠석날에 견우직녀 보려 하고, 원앙침 돋우어 베고 오작교 꿈을 꾸니, 창 앞에 앵두화는 지저귀는 잡조 소리, 홀연한 상사몽은 맹랑코 허사로다, 팔월이라 추석날에 어느 낭군 제사하리, 구월이라 구일 날[161]에 국화 구경 뉘와 할까, 이달 그믐 다 지나고 시월이 오는도다, 나뭇가지 여위기는 잎 떨어진 탓이건만, 이내 몸 여위기는 낭군 없는 탓이로다, 오동짓달[162] 긴긴밤에 어이하면 잠을 들고, 넓으나 넓은 방에 홀로 못자 원수로다, 남의 집 소년들은 섣달 그믐날에 오며

158) 시절가(時節歌). 시절을 읊은 속요(俗謠).
159) 망일(望日)은 보름. 즉 정월 망일은 음력 정월 대보름을 가리킨다.
160) 성묘(省墓). 조상의 산소를 찾아 돌보는 것.
161) 음력 9월 9일 중양절(重陽節).
162) 음력 11월을 다르게 이르는 말.

가며 벗을 불러 신구환세新舊換歲[163] 인사로다, 우리 낭군 어데 가고 세배할 줄 왜 모르노.

벼슬로 외방外方 갔나 타향에 흥리興利[164] 갔나, 거년 가고 금년 오니 생각하면 목이 멘다.

남 잘 자는 긴긴밤에 무슨 일로 못 자는고.

슬프고 가련하다 이내 팔자 어이할고, 손꼽아 헤아리니 오실 날이 망연하다, 돌아오는 구십춘광九十春光 뉘와 함께 맞이하리.

▌농부가農夫歌

사해창생四海蒼生 농부들아 일생신고一生辛苦 한恨치 마라, 사농공상士農工商 생긴 후에 귀중할손 농사로다, 만민지행색이오 천하지대본이라, 교민화식敎民火食[165]하온 후에 농사밖에 또 있는가.

임림총총 백성들아, 작야昨夜에 불던 바람, 적설積雪이 다 녹았다, 우리 농부 재내여라, 춘분 시절 이때로다, 뒷동산에 살구꽃은 가지가지 봄빛이오, 앞 못에 창포 잎은 층층이 움돋는다.

앞 남산에 비가 온다, 누역사립 갖추어라, 밤이 오면 잠깐 쉬고, 잠을 깨면 일이로다, 녹양방초 저문 날에 석양풍이 건듯 불어, 호미 메고 입장구에 이 또한 낙이로다.

---

163) 새해와 묵은해가 바뀜.

164) 재물을 불리어 이익을 늘리는 것.

165) 고대 중국의 황제 중 하나인 수인씨(燧人氏)가 불을 만들어 음식을 익혀 먹는 법을 인간에게 알려 주었다는 전설.

시문柴門에 개 짖는다, 너는 무삼 나를 미워, 꽝꽝 짖는 네 소리에 사람의 정신을 놀래는도다.

농부가農夫歌에 이어 격양가擊壤歌, 즉 모내기노래입니다.

▌격양가擊壤歌

어화 우리 농부들아 천하대본 농사로다, 밥 먹고 배부르고 술 마시고 취하려면 노래라도 부르세나, 이 노래는 어떠하오.

서마지기 방석배미, 산골 논으로는 제법 크다, 한일자로 늘어서서 입구자로 심어보세.
일락서산 해는 지고, 정성들여 잘 심어보세.

추절秋節에는 대풍 들면 나라님께 상납하고, 부모 봉양하고 어린 처자 배 채워보세, 함포고복含哺鼓腹 백성들은 처처에 격양가라.

여봐라 농부들아 뉘 덕인지 네 아느냐, 밥 먹어도 하늘 은덕 옷 입어도 하늘 은덕, 술 마셔도 하늘 은덕, 편케 잠도 하늘 은덕.

농부가와 모내기노래에 이어 새쫓기노래와 맷돌질노래를 첨부합니다.

▌새쫓기노래(메나리[166])

웃녘 새야 아랫녘 새야, 전주全州 고부古府 파랑새야, 쪼아 먹고 쪼아 먹고 푸성귀 절임, 비에 젖은 족제비가 부엌 찬장 뛰어들어, 우적우적 뜯었지만 씹히지 않네, 어야 놀랐나 저 새야, 등뒤로 날아드네, 잽싸게 달아났네.

▌망질노래

둘러주소 둘러주소, 일심하여 둘러주소, 먹이길랑 잘 먹이게, 일심하여 둘러주소, 연안延安 배천白川 숙석매 둘러주소 둘러주소, 이보시오 형님네, 어서 어서 일심하여, 둘러주소 둘러주소.

담 넘어 갈 적에 우는 닭은 남산에 족제비나 꼭 물어가게, 날보고 짖는 저 개는 남산에 호랑이 꼭 물어가게, 참으로 뜬세상 야속하구나.

민요에서 미문美文적 가치를 추구하려는 시도가 무의미하다는 것은 기술한 대로입니다. 그러나 조선 민요에서 자연을 읊은 곡 중에는 수많은 미사여구를 사용하여 한 편의 한시漢詩를 읽는 듯한 것도 있습니다. 개인적으로 이 방면에는 그다지 흥미를 가지고 있지 않지만 참고삼아 유산가遊山歌의 일부를 발췌합니다.

---

166) 경상도, 전라도, 충청도 지방에 전해 오는 농부가의 하나. 노랫말은 지방마다 조금씩 다르나 슬프고 처량한 음조를 띤다.

▌유산가遊山歌[167)]

화란춘성花爛春城하고 만화방창萬化方暢이라, 때 좋다 벗님네야, 산천경개를 구경 가세.

죽장망혜단표자竹杖芒鞋單瓢子로 천리강산千里江山 들어를 가니,

만산홍록滿山紅綠들은 일년일도一年一度 다시 피어, 춘색春色을 자랑노라.

색색이 붉었는데, 창송취죽蒼松翠竹은 창창울울蒼蒼鬱鬱하고, 기화요초난만중奇花瑤草爛熳中에 꽃 속에 잠든 나비 자취 없어 날아 든다,

유상앵비柳上鶯飛는 편편금片片金이오, 화간접무花間蝶舞는 분분홍紛紛雪이라, 삼춘가절三春佳節이 좋을시고………(하략)

▌제비가[168)]

광풍狂風의 낙엽처럼, 벽허碧虛[169)] 둥둥 떠 나간다, 일락서산日落西山에 해 뚝 떨어지고 월출동령月出東嶺에 달이 솟네, 만리장천萬里長天에 울고 가는 저 기러기 제비를 후리려 나간다………우여라 저 제비야, 너 어디로 향하느냐, 백운白雲을 박차고 흑운黑雲을 무릅쓰고, 반공중半空中에 높이 떠서 위여라 하고서 저 제비

---

167) 원문에는 '류산가'라는 한글 표기가 병기되어 있다.
168) 원문에는 '졔비가'라는 한글 표기가 병기되어 있다.
169) 푸른 하늘. 원문에는 '碧海'로 표기되어 있다.

너 어디로 향하느냐 내 집으로 훨훨 돌아를 오소, 양류상楊柳上에 앉은 꾀꼬리 제비만 여겨 후린다, 네 어디로 행하느냐.

▌권주가勸酒歌[170]

불로초不老草로 술을 빚어 만년배萬年盃에 가득 부어, 잡으신 잔마다 비나이다 남산수南山壽를, 이 잔 곧 잡으시면 만수무강萬壽無疆 하오리다, 잡으시오 잡으시오 이 술 한 잔 잡으시오, 이 술이 술이 아니라, 한무제漢武帝 승로반承露盤[171]의 이슬 받은 술이오니 이 술 한 잔 잡으시면 천년만년 사오리다.

인생 한 번 돌아가면 다시 오기 어려워라, 권할 적에 잡으시오, 권군갱진일배주勸君更進一盃酒하니 서출양관무고인西出陽關無故人[172]을, 권할 적에 잡으시오.

첫째 잔은 장수주長壽酒요, 둘째 잔은 부귀주富貴酒요, 셋째 잔은 생남주生男酒니 잡고 연해 잡으시오.

막석상두고주전莫惜床頭沽酒錢[173]하라, 천금산진환복래千金散盡還復來[174]이니 내 잡아 권한 잔을 사양 말고 잡으시오.

---

170) 원문에는 '권쥬가'라는 한글 표기가 병기되어 있다.

171) 한 무제가 장생불사의 감로수를 받기 위하여 만들었다는 건장궁(建章宮)의 구리 쟁반.

172) 왕유(王維, 701~761년)의 시 「송원이사안서(送元二使安西)」에서 인용한 문구로, '그대에게 다시 한 잔 술을 권하노라, 서쪽의 양관(陽關) 땅으로 나가면 벗이 없으니'라는 의미.

173) 잠삼(岑參, 715~770년)의 시 「촉규화(蜀葵花)」에서 인용한 문구로, '상머리에서 술 사는 돈을 아끼지 말라'라는 의미.

174) 이백(李白)의 시 「장진주(將進酒)」에서 인용한 문구로, '천금을 다 쓰고 나면 다시 돌아온다'라는 의미.

이어서 시조의 골계적 취향에 대하여 약간 언급하고자 합니다.

필자는 가학자歌學者가 아닌지라 시조의 변천에 대하여 설명할 수는 없으나, 이하와 같은 지적 정도는 가능하리라 생각합니다.

즉 조선 시조란 현재 우리들이 경청하는 것과 같은 비애에 찬 내용만이 아니라, 과거에는 의외로 골계적이고 우스꽝스런 해학과 재담을 내포한 유쾌한 분위기가 아니었을까 하는 점입니다.

무릇 우리 인간이 다른 동물과 가장 다른 특징 중 하나가 웃는 표정을 가지고 있다는 사실임을 삼척동자도 이미 알고 있습니다. 그러나 같은 웃음일지라도 그 방향성에 따라 미소가 되고, 쓴웃음이 되고, 미묘한 쓴웃음이 되고, 냉소가 되고, 홍소哄笑가 되고, 폭소가 되고, 실소가 되고, 득의만면한 웃음이 되고, 아부하는 웃음이 되고, 애교 섞인 웃음이 되는 것처럼, 설령 골계적인 것이라도 그 내용이 어떠한가에 따라 천진난만한 것, 감탄 섞인 것, 통쾌한 것, 감상적인 것, 비꼬는 것 등이 있습니다. 단 이것을 취미적 방향에서 관찰하자면 극히 천박하거나 저급한, 억지로 웃음을 유발하려는 저속한 언어유희나 해학은 소위 골계 취미라 할 수 없습니다. 어느 정도 고상하고 깊이가 있으며 상당히 복잡한 정서를 함유하고 있어야 한다는 것이 필요조건이라 생각합니다. 시조에는 이런 필요조건을 포함하고 있는 것이 상당히 많습니다.

먼저 천진난만하고 골계적인 시조라 하면, 거의 동요에 가깝다고 하겠습니다. 가령

이좌수李座首[175]는 검은 암소를 타고 김약정金約正[176]은 질장군 두루쳐 메고
손권농孫勸農[177] 조당장趙堂掌[178]은 취하여 뷔걸으며
장고長鼓 더더럭 무고巫鼓 둥둥 치는데 춤추는구나.

산간벽지 촌사람들의 순박한 모습이 손에 잡힐 듯 보이리라 생각되며, 이것이 다소 도회적인 공기를 띠고 있는 곳이라면 또 다른 풍취를 지니게 됩니다.

김약정金約正 자네는 점심을 차리고 노풍헌盧風憲[179]으란 주효酒肴 많이 장만하소
해금 비파 적笛 피리 장고 무고란 우당장禹堂掌이 다려오소
글 짓고 노래 부르고 풍류風流 실사實事일란 내 다 담당하옴세.

시골이라면 탁주濁酒로 천하태평을 노래하며 배를 두드리고 춤을 추겠지만, 도회지가 되면 아무래도 기호도 취향도 도도해지고 악기 종류도 복잡해집니다. 한쪽은 어디까지나 순수하다는 점에 골계적 취향을 느끼게 되며, 다른 쪽은 가지각색 잡다한 것을 한꺼번에 하려는 점이 골계적입니다.

175) 조선 시대 지방의 자치 기구였던 향청(鄕廳)의 우두머리.
176) 조선 시대 향약 조직의 임원. 수령이 향약을 실시할 때 보조적인 역할을 하였고 실무적인 면에서는 중추적인 위치에 있었다.
177) 조선 시대 지방의 방(坊)이나 면(面)에 속하여 농사를 장려하던 직책.
178) 조선 시대 서원의 유생 관련 사무를 담당하던 사람.
179) 조선 시대 유향소(留鄕所)에서 면(面)이나 리(里)의 일을 맡아보던 사람.

소경이 맹과니[180]를 두루쳐 업고 굽 떨어진 편격지[181] 맨발에 신고
외나무 썩은 다리로 막대 없이 앙감장감 건너가니
그 아래 돌부처 서 있다가 앙천대소仰天大笑 하더라.

이는 있을 수 없는 일에 대한 익살입니다. 즉 철두철미하게 거동擧動에 대한 골계로 일관하려는 점에 흥미를 품게 됩니다. 다수의 골계는 대개 이 부류에 속합니다. 따라서 이 종류의 골계는 끊임없는 변화로 넘치고 있습니다. 가령

중놈은 승僧년의 머리털 손에 츤츤 휘감아 쥐고 승년은 중놈의 상투를 풀쳐 잡고
이 외고 저 외다 작자공이쳤는데 뭇 소경놈들은 굿 보는구나
그 곁에 귀먹은 벙어리들은 외다 옳다 하더라.

이러한 것들은 기지와 재치가 엿보이는, 동작에 대한 골계입니다. 단순히 승려나 비구니, 벙어리나 맹인을 있는 그대로 묘사했더라면 아무런 흥미도 느껴지지 않았을 것이지만 이에 약간의 위트를 첨가하면 그 정경이 바로 살아납니다. 즉,

바독바독 뒤얽어진 놈아 제발 빌자 네게 냇가엘랑 서지 마라

180) 눈이 보이지 않는 사람. 맹인.
181) 굽이 없이 납작한 나막신.

눈 큰 준치, 허리 긴 갈치, 츤츤 가물치, 두루쳐 메기, 넓적한 가자미, 등 굽은 새우, 겨레 많은 곤쟁이 네 얼굴 보고서 그물만 여겨 풀풀 뛰어 다 달아났는데 열없이 생긴 오징어 둥개는구나
진실로 너 곧 와서 있으면 고기 못 잡아 대사大事로다.

두 번째로는 비통한 골계적 취향의 시조입니다. 소위 유머가 넘치는 것들입니다. 본인은 지극히 진지하지만 그 행동이나 성격이 한없이 골계적인 결과를 야기한다는 부분에서 재미를 느끼게 되는 것입니다. 이것은 즉 '뜻한 바와 달리……'라는 점에서 실로 동정해야 할 것이며, 왕왕 자포자기로 화하여 결국 절망적 결과 내지 의외의 대사건을 불러일으키거나 아예 염세적이고 은둔적인 생애를 보내게 되기도 합니다.

개를 여라믄이나 기르되 요 개 같이 얄미우리
미운 님 올 양이면 꼬리를 홰홰 치며 반겨 내닫고, 고운님 올 양이면 물으락 나으락 캉캉 짖어 도로 가게 하니
요죄오리 암캐 문 밖에 개장사 외지거든 찬찬 동여 주리라.

기르는 개에게 손을 물린 것이나 다름없다고 하겠습니다. 애정이 넘쳐서 미움이 더한 것입니다. 색정色情의 심부름꾼만큼 얻는 듯하면서 얻는 것 없는 역할도 없다는 점에 비통한 골계가 있습니다.

아흔아홉 곱 먹은 노장老丈이 탁주濁酒를 걸러 가득 담뿍 취케

먹고

납죽소라한 길로 이리로 비뚝 저리로 비뚝 비척비척 뷔걸어갈 제

웃지 마라 저 청춘 소년 아이놈들아 우리도 소년 적 마음이 어제런가 하노라.

세 살 버릇이 여든까지 간다고 하지만, 아무리 나이를 먹어도 젊은 시절의 마음은 쉽사리 사라지지 않는다는 것입니다. 단지 몸과 마음이 서로 어긋나게 된다는 점에 인생의 비애가 있으며, 비통한 골계가 있습니다.

한숨아 세細한숨아 네 어느 틈으로 잘 들어온다

고모장지, 세살장지, 열장지에 배목걸쇠 걸었는데 병풍이라 덜컥 접고 족자라 댁대굴 만다

네 어느 틈으로 잘 들어온다

아마도 너 온 날 밤이면 잠 못 이루어 하노라.

인생은 낡은 집과도 같은 것이라고 하겠습니다. 틈새가 가득하여 아무리 틀어막고 열 겹 스무 겹으로 둘러쳐도 메울 수 없습니다. 빈틈을 막기 위해 고심하니 잠을 이룰 수 없는 것입니다. 아예 그대로 내버려 두는 편이 훨씬 정직하고 안심할 수 있습니다.

풍파에 놀란 사공 배 팔아 말을 사니

구절양장九折羊腸이 물도곤 어려워라

이후란 배도 말도 말고 밭 갈기만 하리라.

인간은 어리석은 존재이고, 없는 지혜나 능력을 끌어내고자 하면 초조하게 안달하다가 필경 부질없는 고생으로 끝나기 마련입니다. 처음부터 그 사실을 알고 있다면 착수하지도 않겠지만 대부분의 사람들은 일단 실패를 경험치 않으면 이 세상에 태어난 보람이 없는 것처럼 여기고 있습니다.

> 재 위에 우뚝 서 있는 소나무 바람 불 제마다 흔들흔들
> 개울에 서 있는 버들은 무슨 일 좇아서 흔들흔들흔들흔들
> 님 그려 우는 눈물은 옳거니와 입하고 코는 어이 무슨 일 좇아서 후루룩 비쭉이는고.

사랑에 애태우며 눈물을 흘릴 때에도 자신의 바보스럽기 짝이 없는 표정을 객관화할 정도의 여유가 있는 자는 아마도 많지 않을 것입니다. 사랑은 주관적이고 맹목적으로 행동하기 쉬우니, 미리 이런 골계적 취향을 함양해 두면 실수가 줄어들 것입니다.

> 어젯밤도 혼자 곱송그려 새우잠 자고
> 지난밤도 혼자 곱송그려 새우잠 잤네
> 어인 놈의 팔자가 주야장상晝夜長常 곱송그려 새우잠만 자노
> 오늘은 그리던 님 만나 발을 펴 벌리고 찬찬 휘감아 잘까 하노라.

홀로 사는 비애는 오로지 규중의 쾌락을 공상하는 것으로 그 적요를 위로할 수 있었을 것입니다. 이를 골계적 쾌감이라 합니다.

침울해지기 쉬운 생활에 한 가닥 활로를 부여하는 것은 단지 골계적 취미의 추구에 한합니다.

세 번째로는 풍자적 골계 취향의 시조입니다.

우레같이 소리 나는 님을 번개같이 번뜩 만나
비같이 오락가락 구름같이 헤어지니
흉중에 바람 같은 한숨이 나서 안개 피듯 하여라.

허영虛榮을 동경하는 연애를 야유한 것입니다. 어느 시대이든 인생의 열락悅樂은 연애임과 더불어 어느 시대이든 인생의 과실은 허영입니다. 순진한 연애는 평화를 부를 것입니다. 그러나 허영으로 가득한 연애는 언제나 불순한 충동으로 번뇌하게 됩니다.

사랑 사랑 고고이 맺힌 사랑 온 바다를 두루 덮는 그물같이 맺힌 사랑
왕십리라 참외 넝쿨 수박 넝쿨 얽어지고 틀어져서 골골이 뻗어가는 사랑
아마도 이 님의 사랑은 끝 간 데를 몰라 하노라.

이렇듯 깊은 집념에 사로잡히면 대개의 인간은 왕생往生하고 말 것입니다.

님 그려 깊이 든 병을 무슨 약으로 고쳐내리

태상노군太上老君[182] 초혼단招魂丹과 서왕모西王母[183]의 천년반도千年蟠桃 낙가산洛迦山[184] 관세음觀世音의 감로수甘露水와 진원자眞元子[185]의 인삼과人蔘果와 삼산십주三山十洲[186] 불사약不死藥을 아모만 먹은들 하일소냐

아마도 그리던 님을 만날 양이면 양약良藥인가 하노라.

가장 간단한 치료법이 존재하며 가장 치료가 곤란한 병이 이것으로, 세간世間의 약속이라는 것이 사람의 생명마저도 좌우할 수 있기에 뜬세상입니다.

팔만대장八萬大藏 부처님께 비나이다

나와 님을 다시 보게 하오소서

여래보살如來菩薩 지장보살地藏菩薩 문수보살文殊菩薩 보현보살普賢菩薩

오백나한五百羅漢 팔만가람八萬伽藍 서방정토西方淨土 극락세계極樂世界

관음보살觀音菩薩 나무아미타불南無阿彌陀佛

---

182) 도교에서 노자(老子)를 높여 이르는 말. 도가(道家)의 개조(開祖)로 숭상된다.

183) 중국 대륙 서쪽 곤륜산(崑崙山)에 살고 있다는 도교 최고의 여신. 모든 신선들을 지배하는 신이다.

184) 보타락가산(寶陀洛伽山). 범어 'potalaka'의 음역이다. 관세음보살이 거주하는 산.

185) 만수산(萬壽山)의 오장관(五莊觀)에 사는 선인. 오장관에서 자라는 인삼과(人蔘果)는 3천 년 만에 한 번 꽃피고 3천 년 만에 열매를 맺고 다시 3천 년 만에 그 열매가 익는다고 한다.

186) 도교의 선인들이 거주하는 세계. 삼산은 봉래(蓬萊)・방장(方丈)・영주(瀛洲), 십주는 조주(祖洲)・영주(瀛洲)・현주(玄洲)・염주(炎洲)・장주(長洲)・원주(元洲)・유주(流洲)・생주(生洲)・봉린주(鳳麟洲)・취굴주(聚窟洲)이다.

후세後世에 환도還道[187] 상봉하여 방연芳緣을 잇게 되면 보살님 은혜를 사신보시捨身布施[188] 하오리다.

조선 동요

달팽아 달팽아
돈 한 닢 줄게 춤춰라
너 애비 장구 치고
너 에미 춤추고

187) 다시 태어남. 환생(還生).
188) 몸을 바쳐 부처님께 공양하는 것.

민요의 철학적 고찰에 기초한 조직 체계의 구성

• 다나카 하쓰오田中初夫 •

민요의 철학적 고찰에 기초한 조직 체계의 구성

제1장 서론

(1) 시詩 분야로서의 민요

우리 생활은 다양한 가치가 제시하는 각각의 체계 속에서 영위된다. 그 하나하나의 가치에 있어 우리는 어떻게 그 가치에 대하여 완전히 생활하고자 노력하고 있는가. 그 의미로서 우리는 시적인 가치를 생활 속에 도입한다. 우리 생활을 보다 완전케 하기 위하여 시는 그 존재를 주장한다. 시는 유전流傳하는 우리 생명의 한 단면이다. 이와 같은 의미에서 우리는 신체시新體詩를 가졌고, 자유시自由詩를 가졌고, 와카和歌, 하이쿠俳句, 민요 등등의 시가詩歌를 가졌다. 이들은 각각의 존재 이유에 있어, 영원한 형상의 유동流動에 있어 우리 생활과 교섭을 지속하고 있다.

우리는 우리 생명의 한 단면으로서 바라보는 시에 우리가 지닌 예술적 이념의 진전進展에 의거하여, 그 진전 여하에 따라 각종 표현에 대하여 시를 요구하고, 단카短歌를 요구하고, 민요를 요구하는 것이다. 이들은 '시'라는 한마디로 우리 생명에 깊은 빛을 던져 준다. 시의 세계를 보라. 찬란히 빛을 발하는 생명의 비약은 언어의 꽃으로 응축되어 시로 화한다. 우리들의 사상寫象[189] 세계는 그 표현 형식, 즉 시간적으로는 음률音律, 공간적으로는 언어言語의 형식에 따라 각종 시 종류를 찾아낼 것이다. 그때 원시적 사상 세계가 원시적 음률과 원시적 언어에 의하여 원시적 감정을 지닌 시로 발현될 것이며, 시의 원시적 형태로서 이를 민요라 칭한다. 또한 우리들은 원시적 사상 세계와 표현 형식이 우리 예술적 이념의 진전과 더불어 어떻게 변화해 가는가도 그 원시적 형태로 회귀함으로써 항상 회고할 수 있을 것이다. 이리하여 출현한 시를 나는 민요라 생각한다. 시에 있어서의 원시적 형태, 그것이 민요이다.

(2) 민요의 분류

민요를 분류하기에 앞서 입장을 둘로 나누어 고찰할 필요가 있다. 하나는 표현 형태상의 분류이며, 나머지 하나는 표현 주체의 주객관계主客關係에 의한 분류이다.

전자는 민요 분류에 자주 이용되며, 나는 이하와 같이 생각한다.

---

189) 지각(知覺) 또는 사고(思考)에 의하여 과거의 대상(對象)이 의식에 다시 나타나는 상태.

一. 이요俚謠(자연 민요)

二. 유행가

三. 동요

(一). 자연 동요 (二). 창작 동요

四. 창작 민요

이요는 유행화하지 않은 자연 그대로의 민요를 의미한다. 유행가는 시정市井에 유행하는 속요俗謠이다. 동요는 아동의 노래이며, 창작 민요는 현대 민요 시인이라 칭하는 사람들의 작품이다.

민요에 있어 속곡俗曲이라 불리는 분야는 포함하고 싶지 않다. 속곡까지 민요로 취급하는 것은 적당치 않다. 가령 가토부시河東節[190]라든가 잇추一中,[191] 오기에荻江[192] 등을 민요로 취급하는 것은 부적당하다. 조선에서도 시조時調라 불리는 가곡 비슷한 것이 있으나, 이왕가李王家[193]에 남겨진 아악雅樂에 대한 속악俗樂 비슷한 성악부聲樂部를 수반한다는 점에 있어서도 민요라 칭하기는 어렵다.

후자의 분류에 있어서는

---

190) 1717년 마스미 가토(十寸見河東, 1684~1725년)가 창시한 조루리(淨瑠璃)의 한 유파. 초기에는 가부키(歌舞伎)에도 출연하는 등 폭넓은 인기를 얻었으나 에도(江戶) 중기 이후 차차 무대와 멀어져 지식 계급이나 부유층이 애호하는 음악이 되었다.

191) 잇추부시(一中節). 17세기 교토(京都)의 미야코다유 잇추(都太夫一中, 1650~1724년)가 창시한 조루리(淨瑠璃)의 한 유파. 초기에는 가미가타(上方)에서 유행하여 이후 에도에서 번성했다.

192) 오기에부시(荻江節). 1768년 이후 오기에 로유(荻江露友, ?~1787년)가 시작한 유곽 내 접객 예능이었던 나가우타長唄가 독자적인 음악 형식을 확립하며 성립된 샤미센(三味線) 음악의 한 종류.

193) 국권 강탈 이후 일본이 조선의 왕족을 격하하여 이르던 말.

一. 서사叙事 민요

二. 서정抒情 민요

가 된다. 이는 시의 분류에서도 널리 이용되는 그것이다. 민요에서는 담가譚歌[194] 등을 제외하면 대부분이 서정 민요 쪽에 속한다. 서사 민요의 경우 우리나라에서는 그다지 발달을 보이지 않았다. 『만요슈萬葉集』에 수록된 우라시마 전설浦島傳說[195]의 가요歌謠, 마마노데코나眞間手兒奈[196]를 읊은 노래 등, 이후로는 「구설口說」 「온도音頭」[197] 「제문祭文」 등에 약간 남아 있는 것에 지나지 않는다. 조선의 경우 아마도 그 특수한 사회 사정으로 인하여 서사 민요의 발달이 외국의 그것에 비할 수 없는 것이리라. 「심청가沈淸歌」 「춘향가春香歌」 등의 훌륭한 작품을 가지고 있다.

194) 신화(神話) · 전설(傳說) · 역사(歷史) 등의 이야기를 바탕으로 하여 작곡된 가곡(歌曲).

195) 단고노쿠니(丹後國; 현재의 교토 부(京都府) 북부)의 어부 우라시마(浦島)가 생명을 구해준 거북의 안내로 용궁에 가서 환대를 받는다. 선물로 상자를 하나 받아 마을로 돌아오니 지상에서는 이미 300년의 시간이 흘러 있었고, 상자의 덮개를 열자 흰 연기와 함께 바로 노인이 되고 말았다는 전설.

196) 시모우사노쿠니(下總國; 현재의 치바 현(千葉縣) 북부 및 이바라키 현(千葉縣) 남부)에 살았다는 전설상의 여성. 『만요슈(萬葉集)』의 야마베노 아카히토(山部赤人) · 다카하시노 무시마로(高橋虫麻呂)의 노래에 의하면, 수많은 남성들의 구혼을 견디지 못하고 바다에 뛰어들어 자살했다고 한다.

197) 많은 수의 사람들이 노래에 맞추어 춤을 추는 것. 또는 그 춤이나 노래.

제2장 민요의 본질

(1) 민요에 나타난 관조적 세계

민요는 민중民衆의 노래이다. 그들의 예술 중 하나이다. 민중의 노래라는 것은 그것이 농민이든 어부이든 공장 노동자이든 한정될 필요는 없다. 이는 완벽히 모든 인간에게 개방된 예술이다. 소위 교양 있는 인사人士라도 타기唾棄해야 할 것이 아니며, 시인이라 칭하는 일부의 사람들이 독점하거나 멸시해야 할 대상도 아니다.

민요는 민중에게 있어 시적 내용이자, 동시에 그 형식 즉 표현이다.

시인은 그가 지닌 시적 관조觀照의 세계를 그 자신의 예술적 통일성 내에서 시도할 것이다. 그는 자신의 예술적 이념의 작용을 완전케 하기 위하여 움직이며, 자신의 관조적 세계를 예술품인 시로 승화시키는 것이다.

이를 민요에 적용하여 생각하자. 시적 관조가 없는 세계에서 시의 탄생이란 있을 수 없다. 내적으로 시적 흥분이 일어나지 않음은 물론, 외부로부터 주어졌다 하더라도 그것은 아예 무의미한 방관자에 지나지 않는 것이다. 시적 관조의 세계를 예상하지 않고 시 및 시인을 고찰하는 것은 불가능하다. 이는 민요에 대해서도 마찬가지이다. 민요는 기술한 바와 같이 시의 원형으로서의 형태를 가지고 있다.

시적 관조의 세계에 있어, 우리들은 자신의 예술적 이념을 통하여 지각표상知覺表象[198] 내지 순수사유純粹思惟[199]를 통일시킨다. 이렇게 통일된 세계, 그것이 관조적 세계이다. 우리 생명의 한 단면으로서 나타난 세계이다. 이 세계의 구성 요소로서의 지각표상 내지 순수사유 등의 소재가 우리 각자의 예술적 이념의 진전 정도에 따라 각각의 관조적 세계로 통일을 꾀하는 것이다. 이렇게 통일된 세계에서, 통일체로서의 예술적 이념은 우리의 개인적, 사회적 제한에 의한 교양, 취미, 기호 등에 의하여 그 진전 정도가 달라지게 된다.

이와 같이 나타난 시의 세계에서 그 진전도의 낮은 단계에 위치해야 할 것을 생각해 보자. 진전도 여하에 따라 각 시인이 지닌 관조적 세계가 달라지고, 그 표현 양식에서도 차이가 발생한다. 그러므로 전혀 진전도가 없는 시를 상정한다면, 그것은 어떠한 사람이 노래하든 완전히 동일한 수준의 정서를 부여하게 될 것이다. 관조적 세계에서 어떠한 소재를 얻든 그것은 동일한 세계를 구축하지 않으면 안 된다. 즉 각자의 주관에 의한 통일 양태樣態에 차이가 발생할 수는 있어도, 예술적인가 그렇지 않은가 운운하는 점에 있어, 시가 원시적인가 그렇지 않은가 하는 점에 있어, 그것은 전부 동일하다고 보아야 한다.

따라서 민요가 발생하는 경우, 관조적 세계는 그 예술적 이념의 진전성이 낮은 수준에 가까우면 가까울수록 수많은 사고의 공통점

---

198) 지각 작용의 결과로 얻어진 표상. 감각 기관을 통하여 들어온 정보가 지각된 결과로 머릿속에 그려진 심적 내용이다.

199) 대상의 형식적인 면에만 관계하는 사고의 선천적 한정 작용의 전체를 이르는 말. 곧 경험에 지배되지 않는 선천적인 사유를 이른다.

을 증가시켜 가게 된다. 원시에 근접함에 따라 그 단순한 형상에서, 본연적이고 야생적이며 노골적인 형상에서 보다 많은 수의 사람들이 지닌 각자의 관조적 세계에 접근하여 그 유사점을 늘려 나간다.

민요의 관조적 세계는 각 개개인의 고도의 진전에 따라 전개되는 세계가 아니다. 그것은 가장 원시적인 예술의 모태로서의 세계이다.

관조적 세계로부터 바라볼 경우 시와 민요 사이에 나타나는 차이란 양적인 것이며 질적인 것과는 무관하다.

민요의 관조적 세계에서는 시의 관조적 세계와 마찬가지로 단순한 소재가 아닌, 표현 양식의 필연성을 그 속에 포함하고 있다. 예술적 통일 속에서 표현을 예상하고 있다. 즉 관조적 세계에서는 가장 원시적인 의미에서 언어상의, 음률상의 표현을 내재한다. 음률에서의 반복성과 단순성, 언어에서의 단일 표현이나 속어 사용, 직서법直叙法 등이 이들 세계에서의 특징임과 동시에 관조적 소재에 대하여 가장 타당한 표현이다.

(2) 민요의 구성에 관한 두 방면

시적 관조의 세계는 상술한 바와 같이 시의 토양으로서의 세계이다. 그것은 예술적 이념의 진전성이 발전하는 단계의 각도角度가 어떠한가에 따라 그 성질이 달라진다. 그 각도가 낮은 위치에 가까울수록 공통적 요소가 늘어나며, 보다 원시적이고 보다 단순한 형상으로 통일된다. 즉, 민요가 된다. 민요에 있어서의 시적 관조는 이와 같으므로 각자가 시적 흥분에 자극될 경우 이 세계는 민요로 다시 태어난다. 관조적 세계는 우리 예술적 이념의 통일이며, 민요는 그 이념의 소산인 것이다.

우리가 시를 노래할 때에는 상술한 경로를 따라 시적 관조의 세계로부터 시라고 하는 예술적 가치재로의 진전을 취한다. 그러므로 민요에서는 그 진전에 있어, 즉 민요의 구성에 있어 또 하나의 중대한 방향이 있다는 사실에 주의하지 않으면 안 된다.

시인이 민요를 창작할 경우 앞에서 말한 대로 그 구성을 설명할 수 있다. 창작 민요의 경우가 바로 이와 같은 입장에 있다. 그러나 민요에서는 그와 같은 일면이 전부가 아니라 이미 창작된 민요를 재창再唱함으로써 스스로의 창작을 행한다는 일면이 있다는 것에 주의해야 한다. 즉 민요라 칭하는 하나의 가요를 택하여 스스로 이를 노래한다. 가령 「안동절安東節」을 택한다. 안동절을 창작한 사람은 따로 있다. 그것을 우리들은 노래하며 즐긴다. 「이팔청춘가二八青春歌」를 부른다. 그리고 스스로 즐긴다. 이 경우 「안동절」이나 「이팔청춘가」는 그가 노래하기 이전부터 존재하고 있다. 그리고 그는 노래함으로써 스스로 창작하고 있노라 생각한다. 단순히 창작작용의 재구성이라는 해석적 가창이 아닌, 이 가곡이 노래하는 사람에 대한 일종의 창작적 자극이 되고 있는 것이다.

이 경우 그의 관조적 세계는 지각표상 내지 순수사유로서의 재료를 통일하는 예술적 이념에 있어 그 자신의 것인 미적 가치 이외에 「안동절」이나 「이팔청춘가」 등의 가곡이 부가되어, 표현되는 과정에서 그 음률이나 언어 등의 형식으로 변환되는 것이다. 그의 예술적 이념의 진전도는 이들 가곡의 해석도와 동일한 수준이며, 재료는 이들 가곡이 부여하는 감정과 동일한 내용이다.

따라서 창작의 본질에 있어서의 미적 감각은 관조적 세계로부터 표현을 투영하여 가치재로서 구성될 때 기타 그 미적 감각에 적응되는 가곡으로써 표현으로 변환되고, 그 예술적 가치는 순연한 창작과 동일시하고자 한다.

이 경우 노래하는 자가 지닌 예술적 이념의 진전도는 영(0)이 아니라, 변환된 가곡이 지닌 진전도와 동등해진다.

민요는 창작되기보다는 주로 불리는 것이다. 특히 문학 내지 음악에 제한시켜 고찰할 경우 재창작이라는 의미를 품은 재료라 볼 수 있다.

민요가 불리는 상황을 대략 두 갈래로 분류하자면 노래하는 것과 노래되는 것이다. 후자에 관해서는 지금 고찰한 바 있다. 전자의 작자가 노래한 민요 즉 창작된 민요는 민요가 지닌 관조적 세계의 통일에 나타나는 뭇 사람에 대한 공통성에 의하여 창출된다. 그러므로 재창再唱하는 사람이라도 역시 그 민요에서 공통점을 찾아낼 수 있다. 기타 어떤 사람이든지 마찬가지로 공통점을 발견할 수 있기에 이는 지극히 보편적이다. 그가 노래하는 민요는 그 주위 사람들이 품고 있고 살고 있는 시적 관조의 세계 위에서 노래됨으로써 민요로서의 성질을 확실히 굳힐 수 있다.

민요가 창작의 중간적 매개체라는 점에 그 가치와 의의가 있다.

제3장 사회 현상으로서의 민요

(1) 민요와 민족 및 어족

민요의 관조에 공통점이 많고, 그 때문에 민요 성립의 가능성이 존재한다는 전술한 설명에 따른다면, 그 이론을 그대로 전개할 경우 민요에는 민족성이라는 것이 아무런 영향을 미치지 않게 된다. 그러나 실제에 있어 민요가 민족성과 깊은 교섭 관계를 가지고 있으며, 민족성과 분리되어 존재할 수 없는 것처럼 여겨지고 있는 까닭은 무엇일까.

민요의 관조적 세계에 있어 그 소재로서의 지각표상 내지 순수사유란 것은 민족성 여하에 따라 하등 변화를 나타내지 않는다. 구체적으로 말해 아름다운 꽃을 보고 아름답다고 느끼며 실연失戀을 겪고 비애에 젖는다는 것은 민족을 막론하고 모든 인간에게 공통되는 감정이며, 이 점에서 격차를 유발하는 것은 일단 없다고 해야 한다. 만일 여기에 민족성에 의한 차이가 발생한다고 하면 그것은 예술적 이념의 통일에 의하여 나타난 표현상의 문제이다. 표현에 사용하는 음률상의, 선율상의, 언어상의 차이로부터 발생하는 차이여야 한다.

그러므로 이 각각에 대하여 생각하건대, 음률은 시로서의 음률이며 각 민족에 공통적인 문학 요소이므로 이는 문제 삼지 않기로 하고, 첫 번째로 선율이다. 선율은 각 민족에 따라 음계音階에 대한 얼마간의 차이가 인정된다. 일본의 속곡 음계는 오음五音으로 성립되고, 음악가에 의하여 이나카부시田舍節200)라는 명칭이 붙어 그 선율 구성에 마찬가지로 오음을 사용하는 지나, 조선과는 전혀 다른 효과를 나타내고 있다. 조선에서도 오음을 기초로 한다는 점에서는 지나나 일본과 동일하다. 그러나 그 선율은 역시 독특한 효과를 지니고 있다. 인도印度에는 전설에 의하면 팔만八萬의 음계가 있었다고 전해지며, 그 중 하나는 여덟 개의 음으로 성립되어 있다. 각각의 민족이 소유한 민요 음악의 선율에는 모두 상이점이 존재한다. 언어에 있어서도 마찬가지로, 각 민족에 따라 전혀 다른 조직組織을 가진다. 가령 언어상 단어의 구성이 경악이라든가 환희와 같은 공통적 감정을 사음寫音201)적 방법에 의하여 개념화한 것이라 하더라도 이는 역시 독자적인 방향의 발달을 이루게 되는 것이다.

이렇게 생각할 경우 어느 한 민족이 노래한 민요는 그 근본 감정이라는 점에서 공통적일지라도, 이를 이해하기 위한 선율 및 언어에 있어 타민족과는 전혀 다른, 그 자신의 특이성을 지니게 된다. 나아가 그 언어의 특수한 표현상의 약속 등에 지배될 경우 한층 독특한 분위기가 심화된다.

이와 같은 의미에서 민요란, 특히 자연 이요에 관해서는 그 민요가 태어난 민족의 민족적 마음을 기반으로 고찰해야 한다. 조선 민

200) 일본 음악에서 반음(半音)을 포함하지 않는 오음음계(五音音階), 즉 양선법(陽旋法)을 가리킨다. 주로 민요에서 사용되는 까닭에 메이지(明治) 중기 우에하라 로쿠시로(上原六四郎, 1848~1913년)가 반음을 포함하는 '미야코부시(都節)'의 상대적 개념으로 붙인 명칭.

201) 소리 나는 그대로 적음. 또는 그 소리.

요는 조선 민족의 민족성을 기초로 삼지 않으면 불충분한 이해에 그치고 말 것이다. 이 민족이라는 의미에 대하여 한층 상세히 고찰하자면, 이는 완전히 단일 언어를 사용하는 민족을 염두에 두어야 한다. 하나의 민족이라도 복수의 언어를 소유하는 경우도 있다. 가령 동일한 라틴 민족이라 해도—이를 보다 세밀하게 분류하고자 한다면 자유에 맡기겠으나—이탈리아, 프랑스, 스페인이라는 식으로 각 언어별로 나누어 생각하지 않으면 안 된다. 같은 영어라도 아일랜드어와 스코틀랜드에 따라 역시 차이가 생긴다. 세력이 큰 방언方言 또한 하나의 어족語族으로 간주할 수 있다. 일본으로서는 류큐琉球202) 등이 그 일례이다.

언어의 상이에 따라 표현상에도 상당한 차이가 나타난다. 수사적 형식에 대하여 생각하자면, 압운押韻에 의한 시 형식의 구성과 음수율音數律에 의한 시 형식 등을 거론할 수 있다. 조선의 시 형식은 음수율에 의하여 성립되며 8·4 혹은 6을 기본으로 한 행을 구성한다. 지나의 경우 고대에는 8·4, 근대에는 7·5를 기본으로 한다. 내지의 경우 고대에는 수數·음音·형形·리理였고 근대에 들어 7·5를 사용하는 것이 지나와 비슷하다. 류큐에서는 8·6형을 기본으로 한다. 지나에서는 음수율과 동시에 압운의 형식을 취하지만, 서구 쪽에서는 대부분이 압운 형식에 따라 성립된다고 한다.

민요는 그 성질로 보아 하나의 민족적 요소를 지니는 것이지만,

202) 현재의 오키나와 현(沖繩縣) 일대를 가리키는 옛 명칭.

그것은 단일 언어 민족의 경우에 있어 가장 순수하게 나타난다. 따라서 민요 연구는 그 언어로부터 시작된다.

(2) 민요와 사회 사상事象203)

민요가 민중의 노래이며 한편 민족적 마음의 표현이라는 점에서 고찰하면, 곧 민요는 그 민요를 발생시킨 사회의 반영이라고 생각할 수 있다. 민요란 사회적 현상으로서 출현한 것이라는 표현도 가능할 것이다.

민요는 개인에 의하여 창작된 것이지만, 그것은 전술한 것처럼 민중 다수로부터 공통점을 추구해 나간다. 이렇게 창작된 민요는 민중의 재창작을 촉구하게 되고, 시각을 달리하여 바라보면 그 가요를 민중 전부가 함께 창작한 것이 된다. 따라서 민요는 민중 전체의 목소리라고 할 수 있다. 이는 유행가 쪽에서 그 사례를 찾을 수 있는 경우가 많다.

조선의 예를 들자. 『삼국유사三國遺事』에 보이는 「서동요薯童謠」나 「담바귀 타령」, 「장다리는 한철이나 운운」 등등 실로 셀 수 없이 많을 것이다. 조선은 독자적인 문학을 소유하기 이전에 지나의 한문학漢文學에 완전히 지배당하고 말았고, 고유의 문학을 부정하기에 이르렀다. 그 결과 한문학에 대한 연구는 심오하지만, 민중의 문학은 속요俗謠를 제외하면 출현하지 않았다. 그리고 그것은 하층

---

203) 관찰할 수 있는 형체로 나타나는 사물(事物)이나 현상(現象).

계급의 상류계급에 대한, 무산계급의 유산계급에 대한 반항의 노래였다. 따라서 사회 사상과 관련된 민요가 상당히 많다.

생각해 보건대 문학은 그 자체가 사회 현상의 하나로 나타난다. 그 시대 사회인의 생명의 한 단면을 제시하는 것으로, 영원한 사회 변화의 유동적 형상으로서 나타난다. 그러므로 민요를 통하여 가장 명료하게 드러나는 것도 필연적이라 할 수 있다. 민중의 한 사람이 그와 같은 민요를 부를 때, 다른 사람들은 즉각 그에 화답할 것이다. 이렇게 민요는 민중의 소리가 되고, 그 속에 사회의, 시대의 모습이 묘사된다.

(3) 민요의 유통성

한 사람이 민요를 창작하고 이를 다른 민중이 노래할 경우, 후자는 전자의 창작을 매개로 그들의 창작을 수행한다. 환언하면 그 민요를 부름으로써 그들 자신의 예술적 발표를 수행하는 것이다. 고로 기존의 민요와 민중이 부르는 민요는 엄밀한 의미로 서로 일치할 수 없다. 양자 사이에는 서로 유사하다는 점을 제외하면 교섭이 끊어진다. 이것이 제삼자로부터 제사자, 오자에게로 전달되면서 원작과는 점점 멀어지고, 여러 사람을 거치는 사이에 원작과는 거의 다른 작품인 듯한 느낌을 받게 된다.

민요의 관조적 세계에서 그들의 예술적 이념의 진전성 차이가 이 격차를 낳는 것이다. 만일 민중 전부가 하나의 관현악단 내 단원처럼 지휘자 한 사람의 해석을 그대로 따르는 것이라면 이러한 차이는 나타나지 않을 것이다. 그러나 제1차로부터 제2차, 제2차로부터 제3차로 이어지면서 나중에는 전혀 상이한 분위기가 선율에서도, 언어 즉 가사상에서도 나타나게 된다.

이 민요의 움직임을 유통流通이라 칭하기로 한다. 민요는 그것이 민중의 노래인 만큼 기타 시가와는 달리 이처럼 특이한 성질을 지니고 있다. 이것은 곧 민요가 시의 원시적 형태로서 나타났기 때문이며, 민중 다수의 시적 관조의 세계에 공통점을 가지기 때문이다.

유통에 대하여 두 가지 요소를 지적할 수 있다. 하나는 시간이며 하나는 공간이다. 바꾸어 말하면 시대와 장소이다.

시대적 유통은 하나의 민요가 어떤 시대에 노래되고, 그것이 일단 쇠멸한 것이 훗날 기회를 얻어 부활하거나, 혹은 형식을 바꾸어 출현하거나 하는 것이다. 그것은 가락에 있어서나 가사에 있어서나 나타난다. 장소의 유통은 한 지방으로부터 다른 지방으로의 유통이며, 가락과 가사 양쪽에 변화가 나타난다. 또한 양자는 단독으로 나타나기도 하고 함께 나타나기도 한다.

이 유통은 각 사람의 시적 관조에 공통성이 자리잡고 있기 때문이라고 이미 서술했으나, 나아가 관조적 세계에서의 예술적 이념의 진전도가 높은가 낮은가 하는 문제도 이에 영향을 미친다고 사료된다.

시대적 유통의 경우 문헌에 의하여 그 원형을 알 수 있겠지만, 지방적 유통에 있어서는 상당히 상세하고 특수한 문헌에 기대지 않으면 그 원형을 파악하기 곤란하다. 그러므로 유사한 노래를 여러 곡 수집할 때에도 원형을 추구하는 것은 문헌을 떠나서는 거의 불가능하다는 사실을 알아야 한다.

민요가 유통성을 지니고 있다는 사실은 민요가 곧 민중의 시이자 그 가요 예술의 발표 기관임을 시사하고 있다.

제4장 여론餘論

민요에 관해서는 보다 많은 항목을 들어 논해야 할 것이다. 그러나 특별히 두 가지 관점을 택하여 그에 대한 고찰을 진행했다.

민요는 민중의 시이다. 나아가 예술의, 시의 모태로서 민요는 존재한다.

민요의 역사에 대하여 일본의 그것을 서술할 필요는 없을 것이다. 그러나 민요가 문화사에서 얼마나 중대한 위치를 점하고 있는가 하는 점은 명백하다고 할 수 있다. 그러한 의미에서 민요 연구의 중요성이란 어떠한 방면에서든 흔들릴 수 없는 것이다. 덧붙여 연구 대상으로서의 민요 수집은 오늘날에 있어 가장 필요한 과제이다.

조선에서의 민요가 상류사회의 멸시 대상이었다는 사실은 오늘날 그들이 소유한 민요 관련 문헌이 빈약해지는 결과를 초래했다. 현재 우리들이 조선 민요를 연구함에 있어 얼마나 큰 불편을 느끼고 있는가. 현재 진행되고 있는 자연 민요・동요 등의 수집 활동도 전혀 없다. 하물며 역사적으로 보아 과거 어느 시대에 수집이 이루어졌던 적이 있는가. 고작 한둘의 문헌, 그것도 부차적으로 수집된 것 이외에는 보이지 않으니 거의 전무全無라고 해도 과언이 아니다.

작금의 사회 정세는 신흥사상의 침투가 지방의 순박한 자연 민요를 변화시켜 음탕한 유행가로 바꾸어 놓고 있다. 고유의 민요는 점차 소멸되어 가는 상황이다. 지금이라도 이를 수집하지 않는다면 영구히 잃어버리고 말 것이다.

나는 조선의 독지가篤志家들에게 부탁한다. 자신이 속한 문화의 직접적 반영인 민요, 앞에서 한 차례 언급한 바와 같이 조선의 문학사에서 중대한 위치를 차지하고 있는 민요, 그 민요에 주목하기를 바란다. 현시점에서 가장 급선무라 할 것은 민요 수집이다. 하나라도 많이, 더불어 있는 그대로, 자신의 생각에 따라 정정하거나 정리되는 일 없이, 노래되는 모습 그대로, 가사의 상이점은 수정하지 말고 수집해 주실 것을 희망한다.

나아가 민요가 노래되는 곡보曲譜의 수집, 즉 채보採譜의 필요성을 자각해 주었으면 한다. 민요는 가사만 존재하는 것이 아니라, 가락과 함께 연구되어야 한다. 가락을 고려하지 않고 민요를 연구하는 것은 적절하지 않다.

바로 오늘이 민요 수집의 마지막 날이다. 오늘을 헛되이 하면 오늘의 자연 이요는 문화사적으로 가장 가치가 있는 것을 영원히 상실할 것이다.

본문을 통하여 민요에 관련된 가장 기본적인 항목에 대하여 장황하게 서술했다. 이 글이 여러분에게 웃음거리라도 될 수 있다면 나만의 기쁨이 아니라, 조선 민요 자체에 있어서도 그렇게 되리라 믿는다.

— 조선 민요의 연구 끝

■ 최남선崔南善

와세다早稻田에 유학한 적이 있지만 오늘날의 박학함은 거의 독학과 자습으로 이룬 것이라고 한다. 조선 문단의 노숙老宿으로 그 박식함과 웅변력은 청년들의 숭배 대상이 되어 있다. 또한 조선 고서를 소장하기를 5만여 책이라고 일컬어지는 장서가이다. 최근 계명구락부啓明俱樂部에서 조선 고서의 간행에 종사하는 외에 『동아일보』의 객원이 되었다. 저작에 『시본독본時本讀本』 『금강산기金剛山記』 『시조집 백팔번뇌』 『심춘순례尋春巡禮』 『백두산 관참기觀參記』 『단군론』 『불함문화론不咸文化論』 『삼국유사해三國遺事解』 기타가 있다.

■ 하마구치 요시미쓰濱口良光

도요 대학東洋大學 출신으로 경신학교儆新學校 교수이다. 새로운 동화 작자로서 조선에서 무게감을 더하는 인물로, 학교 근무의 여가 때는 동화 강연을 하며 밤에는 자택에 여러 명의 아이들을 모아 교양교육을 하고 있을 정도의 독지가로 거의 전력을 육영에 바치고 있다.

■ 이노우에 오사무井上收

전직 『오사카아사히신문大阪朝日新聞』 경성지국장이다. 방송국 고문이 되어 어떤 때에는 교육문제를 주제로 조선 전역으로 강연을 하러 다니거나 종교를 이야기하고, 문학을 이야기하고, 정치를 이야기하는 박학다재한 인물로, 실로 조선에 없어서는 안 될 사람이다. 저작에는 수필집 『독기를 뱉다毒氣を吐く』 『반도에 묻다半島に聽く』 등이 있으며 목하 「일선 만요 가화日鮮萬葉歌話」를 집필 중이다.

■ 아사카와 노리타카淺川伯教

조선 도기의 미술적 연구가로서 조각을 하고 그림도 그리며 그 모든 분야에 걸친 조선의 권위자이다. 한편 경성고등상업학교 미술 강좌를 담당하고 있다. 야나기 무네요시柳宗悅 씨와 경복궁 후원에 조선민예 미술품의 수집관을 건설하였으며 최근에는 특히 조선의 도자기에 열중하여 자작 도기전을 경성과 도쿄東京에서 개최했다. 저작에는 이조李朝의 도기에 관한 것이 있다. 그림, 조각은 선전鮮展 출품 때마다 입상한 바 있다.

■ 오카다 미쓰구岡田貢

전직 효창보통학교孝昌普通學校 교장이다. 현재 경성부 촉탁이 되어 『경성부사京城府史』를 편집 중이며 오카다 씨를 중심으로 하는 보통학교 교육회로부터 출판된 사실적 안내기를 비롯한 두셋은 주로 오카다 씨의 손에 의해 편집된 것으로 경성 부근의 사적 연구가로서 알려져 있다.

■ 이광수李光洙

전 동아일보 편집국장이다. 최남선 씨와 더불어 조선 문단의 개척자인데, 최 씨는 역사가이며 이 씨는 소설가이다. 조선 문단은 일단 이 두 사람에 의해 개척된 것이라 할 수 있다. 몇몇의 문예 잡지의 주재를 하고 있는데 저작에는 『무정』 『개척자』 『재생』 『단편집』 『허생전』 『젊은 꿈』 『신생활론』 『조선의 현재 및 미래』 『어둠의 힘』 등이 주된 것이다.

■ 난바 센타로難波專太郎

도쿄 대학 출신으로 목하 철도학교 교수이다. 평론가로서, 가인歌人으로서 유력한 인물이나 헛되이 세상에 자신을 드러내지 않으며 때때로 신문, 잡지에 평론을 발표한다. 최근에 오카무라岡村 씨의 유저遺著 『일본 고전학파와 본연 생활日本古典學派と本然生活』을 편집 발행하였다.

■ 이마무라 라엔今村螺炎

일본에서 군장郡長을 시작으로 조선에 건너와 제주도 도수道守, 경성 경찰서장, 원산 부윤府尹을 거쳐 이왕직李王職에 들어가 칙임勅任 서무과장을 역임했다. 최근에 사직하고 여유롭게 남산 노인정 부근에 주거를 정했다. 저작에는 『조선풍속사朝鮮風俗史』『조선세시기朝鮮歲時記』 등이 있다.

■ 이은상李殷相

호를 은상隱想이라 하며 민요풍의 시를 쓰며 조선 시단의 일단을 대표하는 인물이다.

■ 미치히사 료道久良

수원고등농림학교 출신으로 목하 조선총독부 산림부에 근무 중이다. 『진인眞人』 동인으로서 조선이 낳은 가인이며 곧 가집歌集『맑은 하늘澄める空』을 간행할 예정이다.

■ 이치야마 모리오市山盛雄

노다野田 간장주식회사 경성 출장소장이다. 근무하는 한편 1923년 호소이 교타이細井魚袋와 진인사眞人社를 발족하여 월간 단카短歌 잡지 『진인眞人』을 발행 중이다. 저작에는 『소자본으로 돈 버는 사업小資本で儲る事業』『만몽의 부원滿蒙の富源』 외에 단카와 수필을 모은 소책자 『엷은 그림자淡き影』『회향의 꽃茴香の花』 등이 있다.

■ 시미즈 헤이조清水兵三

조선총독부 사회과에 근무 중이다. 정열적인 조선 민중예술 연구가이며 조선의 동화, 동요, 민요 등의 고찰을 신문, 잡지에 발표하고 있다.

이즈모出雲[204]에 관한 연구 등은 미나카타 구마구스南方熊楠[205] 씨가 그 저서에 시미즈 씨의 설을 다분히 인용하여 민족 연구가로서 학계의 권위자들 사이에 이전부터 알려져 있다. 곧 조선의 민속에 관한 저술을 탈고할 예정이다.

■ 다나카 하쓰오田中初夫

경기도립사범학교 국어한문과 교수이다. 민요의 열정적 연구가로서 특히 조선 민요의 음악적 연구를 수행하며 조선 가요의 채보에 진력했다. 한때 『황조黃朝』라는 조선 민요 위주의 잡지를 발간했다.

■ 나가타 다쓰오永田龍雄

도쿄외국어학교 출신으로 무라이 기치베에村井吉兵衛[206] 씨의 비서, 제국극장 문예부 등에서 근무한 적이 있다. 현재는 저술업, 가인, 또한 일본의 신무용 연구의 권위자로 무용 연구를 위해서 수차례 유럽으로 건너갔고, 목하 일본 국민무용의 창안에 노력하고 있다. 저작에는 『무용십이강舞踊十二講』 『무용이론舞踊理論』 『러시아 무용ロシア舞踊』 등이 있다.

---

204) 지금의 시마네 현(島根縣) 일부 지역에 해당함. 이즈모 신화(出雲神話)의 무대로 알려져 있다.

205) 미나카타 구마구스(南方熊楠, 1867~1941년). 생물학자, 민속학자. 대영박물관 동양조사부원. 균류(菌類)의 채집 연구에 진력하였고 일본 민속학에도 공헌하였으며 기행(奇行)으로도 유명하다.

206) 무라이 기치베에(村井吉兵衛, 1864~1926년). 일본 근대 담배산업의 시조. 생가에서 담배, 종유, 환전상을 하면서 외국인 선교사로부터 서양식 궐련 제조법을 익혀 일본 최초의 양절 담배 제조에 성공했다.

해제

재조일본인 가인歌人들에 의한 조선 민요의 본격 연구

「조선 민요의 연구」는 1927년 한반도의 단카短歌 문단을 대표하는 문학 결사 진인사眞人社가 기획하여 최남선, 이광수, 이은상이라는 조선 문단의 대표적 실력자들과 진인사의 가인歌人들, 재조일본인 문필가들까지 도합 11명이 참여한 잡지『진인眞人』의 특집호이다.『진인』은 1923년 7월 경성에서 창간된 단카 전문 잡지로, 1921년 조선에 건너 온 호소이 교타이細井魚袋와 이치야마 모리오市山盛雄를 중심으로 조직된 경성 진인사가 발간한 한반도의 대표적 단카 잡지였다.「조선 민요의 연구」특집호는 호평과 반향을 일으키며 같은 해 증보되어 도쿄東京에서 같은 제목의 단행본으로까지 간행되었다. 단행본에는 특집호에 게재된 글들에 더하여 나가타 다쓰오永田龍雄의「조선 무용에 관하여朝鮮舞踊に就て」와 시미즈 헤이조清水兵三의「조선의 향토와 민요朝鮮の鄕土と民謠」, 다나카 하쓰오田中初夫의「민요의 철학적 고찰에 기초한 조직체계의 구성民謠の哲學的考察に基づく組織體系の構成」이라는 세 편의 글이 증보되었다.

이하 『조선 민요의 연구』 간행의 배경을 살펴보면서 한반도에서 단카에 종사한 가인歌人들과 이들이 제시한 '민요'라는 장르에 대한 정의 등을 파악하고, 향토 담론이 부상한 경위와 1920년대 민요 장르가 관심의 대상으로 부각되는 과정을 해설하고자 한다. 조선의 '향토'와 '민요'에 관한 담론이 일본의 전통시가 장르인 단카 문단 동향과 어떠한 연관성을 갖는지, 즉 조선의 가단이 조선의 민요에 착목한 방식과 특성을 알기 위함이다.

1. 『조선 민요의 연구』 간행의 배경과 '향토'의 부상

조선 민요론의 전개는 다음 두 측면을 배경 지식으로 고려하면서 살펴보아야 한다. 하나는 「조선 민요의 연구」 보다 먼저 기획된 『진인』의 첫번째 특집이 「제가들의 지방 가단에 대한 고찰諸家の地方歌壇に對する考察」이었다는 점이고, 또 하나는 1920년대 후반의 조선 민요론이 논쟁의 형태로 전개되었다는 점이다. 이 두 문제는 모두 중심 테마에 '지방'과 '노래', 바꿔 말하면 '향토'와 '민요'가 서로 어떻게 관계했는지와 관련된다.

'향토' 개념은 재조일본인들의 문학 또는 예술 관념에 있어서 어떤 개념으로 받아들여지고 어떻게 사용되고 있었던 것일까? 그리고 '향토'는 재조일본인들에게 어떤 문화적 문맥 속에 위치하고 있었던 것일까?

우선 일본에서 '향토'가 독일 민족주의로부터 영향을 받아 정립되었다는 점은 분명하지만 그것이 구체적으로 어떠한 영향 하에 어떻게 주목되고 어떠한 방식으로 연구되었는지를 일목요연하게 정리하기란 매우 어렵다. 하지만 일본 민속학의 창설자 야나기타 구니오柳田國男가 1910년 만든 '향토회鄉土會' 활동과 1913년 창간한 잡지 『향토연구鄉土硏究』가 일본에서 향토가 연구되는 계기가 되고 큰 역할을 했다는 사실은 지적할 수 있다. 이 시기의 '향토' 연구는 '일본 민족의 향토'를 대상으로 한 '민족의 향토로서의 토지, 민족 생활에 대해 상호작용의 관계에 입각한 토지의 연구'를 의미했고, '향토'는 '민족'과 불가분의 관계였다.

1920년대에 들어 야나기타를 중심으로 향토와 민족의 접합은 여전히 공고한 상황에서, 그와 관련 있는 지리학자 오다우치 미치토시小田內通敏(1875~1954)가 향토교육에 앞장서면서 조선과 '만주' 등지를 조사하는 전문가로서 활약하고 1930년 향토교육연맹鄉土教育連盟을 설립하여 일본의 향토교육운동의 지도자가 되었다. 이후 야나기타가 향토교육을 비판하는 등 다시 '향토' 담론은 복잡한 전개를 보이게 되었지만, 이러한 과정을 거쳐 일본에서의 '향토'는 '민족'과 '교육', '지방', '지리'라는 용어와 밀접하게 연관되어 논해졌다.

식민지 조선에서는 '향토'라는 말이 1910년대에 등장한 사례가 없지는 않지만, 주로 1920년대 중반부터 1930년대에 걸쳐 빈번히 등장하고 일본의 한 '지방'으로서의 '지리'=조선이라는 맥락에서는 그대로 전용되는 예를 볼 수 있다. 이것은 '향토 지리'가 향토 개념, 향토지리 개념, 향토지리의 목적, 향토교육과 향토지리, 향토지리 교재의 선택 및 배열 방침 등으로 기술된 점에서도 확인 가능하다.

그러나 일본의 향토 연구의 시발점으로 중요했던 '민족'의 강조라는 인식은 재조일본인의 '향토' 담론에서는 그 흔적을 찾을 수가 없다. 이는 일본과 조선은 근본적으로 다르기 때문에 조선의 '향토'는 민족이라는 개념을 누락한 채 단순히 지리적 지방으로 처리될 수 없는 문제점을 필연적으로 내포하기 때문이다. 조선의 향토성을 강조하는 것이 '지방색' 강조는 될 수 있어도 일본의 민족성과는 다른 조선 민족성의 특성을 드러낼 수밖에 없는 결과로 이어졌기 때문이다. 여기에서 향토를 지방으로 보는가, 향토를 민족에 근거한 특색으로 보는가의 의견 차이가 발생할 수밖에 없게 되는데, 이것은 일본인('내지' 일본인이든 재조일본인이든)이 조선의 '향토'나 '향토 연구'를 대할 때 항상 문제가 되었을 것으로 보인다. 실제로 '만주' 지역의 경우 향토와 민족의 간극과 모순이 지적되는 점이 시사하듯 '외지' 조선의 향토와 민족 개념이 내포한 문제점은 식민지기의 중대한 문화사적 해명 과제의 하나였다.

어쨌든 조선에서 1930년을 전후하여 향토교육이 이루어질 때 향토 인물이나 역사의 민족적 자립 및 주체성은 그려지지 않았고, 일본에서 지역사地歷史 교육을 탄생시킨 민간교육운동도 당시 조선에서는 보이지 않았다. 일본에서는 향토교육이 민족, 애향심과 공고히 결부되어 있었음에 비해 조선에서는 향토 이해와 그 부산물로서의 국가애, 인류애로 확대는 될지언정 민족성과의 결부는 회피된 문제였다.

더불어 또 한 가지 일본의 '향토' 담론에서 분명히 해야 할 점은

'향토'와 향토예술, 특히 '민요'와의 관련성에 대한 내용이다. 이 점은 다음 두 글을 통해 살펴보기로 한다.

• 우선 민요 쪽부터 말하자면, ……(중략 표시, 이하 같음)곡절(節)이 재미있는 데다가 고른 가사가 고풍스러웠던 것이 무엇보다 좋다. ……가사가 신작이었으므로 대부분의 관객이 불만인 듯했다. 그것은 아무래도 오래된 가사 쪽이 설령 치졸해도 시대의 이끼가 묻으면 안정되어 좋은 것이리라.

• 민요는 실로 훌륭한 향토예술이다.……다른 가요에서는 결코 볼 수 없는 불굴의 향토색을 가지고 있는 것이다. 이 점에서 민요의 가사는 근대시론 상에서 보더라도 당연히 한 분야를 차지할 수 있는 것이다.……신민요라는 말은 문자가 보여주듯 새로운 민요를 가리키는 것이다. 하지만 이는 민요라는 말이 있기 때문이라고 해서 재래의 민요와 똑같이 볼 수는 없다. 왜냐하면 재래의 민요는 향토의 노래이며, 신민요는 이른바 향토를 노래한 것으로 그 내용에 상당한 거리가 있기 때문이다. 즉 재래의 민요는 향토가 향토를 노래한 것이며, 신민요는 개인이 향토를 노래한 것이다.

위의 인용문은 일본청년관이 주최한 '향토무용과 민요'라는 행사가 '도쿄 시민들을 자극'하며 성황리에 이루어진 후 무대감독이었던 고테라 유키치小寺融吉가 잡지 『민족民族』에 연재한 글이다. 1925년 시점에서 향토무용과 그 무용을 위한 음곡으로서의 민요가 밀접하게 연계되어 있고, 특히나 여기에서 말하는 민요는 신작보다는 '시대의 이끼가 묻'은 고풍스럽고 고전적인 것에서 관객의 호응과 감동이 수반된다는 것을 보여준다.

그로부터 6년 정도의 시간차를 두고 이번에는 보다 정밀한 향토문예와 민요에 관한 아래의 인용문이 출현한다. 이것은 앞서 언급한 향토교육연맹이 기관지로서 발간한 잡지 『향토과학鄕土科學』에 게재된 글의 발췌인데, 향토문예가 옛날부터 사용된 것이 아니라 당시에 제기된 것이라는 지적 다음에 보이는 인용부이다. 여기에서는 재래의 민요를 '향토가 향토를 노래한' 것이라 보고, 당시 크게 유행하던 신민요는 '개인이 향토를 노래한' 것으로 구분하는 것을 확인할 수 있다.

1920년대에 '내지' 일본의 이러한 '향토'라는 용어는 오다우치가 총독부 잡지 『조선朝鮮』에 게재한 「조선부락 조사자료朝鮮部落調査資料」(『朝鮮』 第81号, 朝鮮總督府, 1921), 「조선의 지방적 연구朝鮮の地方的研究」(『朝鮮』 第121号, 朝鮮總督府, 1925), 「조선의 인문지리학적 제문제朝鮮の人文地理學的諸問題」(『朝鮮』 第124号, 朝鮮總督府, 1925) 등의 보고서 활동에서 알 수 있듯 지방과 큰 개념의 차이 없이 재조일본인들 사회에 유입되어 유통된 것으로 보인다. 오다우치는 구국토인 일본 본국과 대비하여 조선을 신국토로 인식하였고, '만주'와 조선을 하나로 묶어 일본인의 척식 대상으로 보았다. 스승 니토베 이나조新渡戶稻造의 영향으로 오다우치에게는 이미 1910년대부터 일선동조론이 ― 물론 일선동조론 자체는 1900년대 초부터 있었지만 ― 배태되어 있었고, 과거 일본의 고토故土였던 조선이 사대와 악정의 굴레에서 벗어나 다시 일본의 신영토가 되었다는 인식에 바탕한 것이라, 조선 향토 조사는 조선인의 일본인화라는 목적 하에 이루어졌다고 볼 수 있다. 이는 같은 1920년대 일본인들에 의해 일선동조라는 이데올로기를 뒷받침하기 위해 조선의 옛날이야기(설화, 전설 등의 구전)가 활발히 조사, 채집된 것과도 맥락을 같이 한다.

즉 조선에서의 향토 담론은, '내지' 일본의 향토교육 영향으로 향토조사를 통하여 향토를 잘 알기 위한 목적에서 조사가 이루어지거나 연구 대상으로 확산되는 계기를 제공하였고, 그러한 의미에서 '향토'가 과학이나 교육의 키워드로서 사용된 것을 확인할 수 있다. 그러나 '내지' 일본에서 강조된 '민족' 대신 조선에서는 '국가' 봉사의 일환으로 향토애가 강조되었으며 이러한 측면에서 근대국가 교육의 모순을 내포하는 개념이 되었다. 요컨대 민족과 생활의 측면과 밀접히 연계된 일본에서의 향토교육과는 달리 일선동조론에 기반하여 일본의 한 지방으로서 조선 향토가 조사와 자료 수집의 대상이 되었던 측면에 1920년대 조선의 향토 담론의 큰 특징이 있었다.

그런데 이와 거의 비슷한 시기에 조선의 민요에 대한 관심이 집적되면서 1927년 조선의 단카 잡지 『진인』의 특집호 「조선 민요의 연구」가 기획되었고 같은 해 증보되어 일본에서도 단행본으로 출판된 것이다. 그리고 이 연구서에서 민요를 둘러싸고 '향토'의 기존 의미에 대한 회의와 논박이 발생하였다.

2. 민요와 향토는 어떤 관계인가?

이제 여기에서는 조선을 배경으로 펼쳐진 '민요'와 '향토'에 관한 논쟁을 구체적으로 들여다봄으로써 민요 개념 형성과 관련하여 '향토' 개념이 조선에서 어떻게 문제시되었는지 살펴보고자 한다. 민족과 지방색을 중심으로 하는 '향토'는, 향토를 근간으로 하는 향토문예나 향토예술의 대표격인 '민요', 특히 조선의 민요와 결부되면서 조선의 문예계에서 이슈가 되었다. 1927년부터 1928년에 걸쳐 일본 민요계의 거두 노구치 우조野口雨情와 재조일본인 평론가 난바 센타로難波專太郎가 '조선 민요론'을 전개하면서 '향토'를 상호 논쟁의 표적으로 삼았던 것이다.

향토문예로서의 민요에 기반을 두고 조선의 민요를 논한 두 사람에게 있어 '향토'의 개념은 어떠한 것이었을까? 그리고 당시 재조일본인 사회의 '향토' 담론과 어떠한 관련을 가지고 있었을까?

난바는 『진인』 특집호의 「조선 민요의 특질」을 통해 크게 두 가지 측면에서 우조를 비판하고 있다. 첫째로 민요와 향토에 관한 우조의 정의가 부정확한 점을 들고 있는데, 난바는 민요가 '민족생활의 정서를 전달하는 유일한 향토시이며 흙의 자연시다'라며 노구치가 「민요와 동요 짓는 법民謠と童謠の作りやう」에서 말한 테제를 정면 반박하는 것에서 그 논의를 시작한다. '유일한'이라는 문구가 사족에 불과하고 '흙'이 의미하는 바가 명료하지 않다는 이유에서이다. 또한 민요를 연구하는 데에 있어서 선결 요건에 관해 향토와 관련시켜 다음과 같이 언급한다.

> 이렇게 민요가 그 사회 및 민족과 밀접한 관계에 있으면 있을수록 민요를 연구함에 있어서 우선 그 시대나 사회 연구해야 하는 것은 말할 것도 없이 자명한 이치이다. 더욱이 민요 발생상에서 가장 필요한 사회심리, 사회의 예술적 착각성錯覺性, 이러한 것도 연구함과 동시에 환경적 특수적으로 갖고 있는 곳의 시미詩味 혹은 향기에 감응할 만큼의 감수성도 준비되어 있어야 한다. …… 예술에 있어서의 '향토'라는 것을 중대시해야 한다는 것이 나의 지론이다.

이처럼 난바는 민요와 환경적 특수성의 장소로서 향토가 가지는 민요 발생의 사회심리나 민요 향수의 감수능력을 강조하고 있다. 우조가 앞서 말한 「민요와 동요 짓는 법」에서 민요와 동요의 예술적 가치를 역설하면서 창작 방식을 논하고 있지만, 일본에서 '흙'의 의미에 대해 '지방'과 변별력 없이 '향토'라는 말을 사용하고 있는 것과는 차이가 있다. 1924년 노구치는 경성공회당에서 향토예술과 관련된 강연을 했다. 이 강연의 속기록이 노구치가 조선에서 '향토'와 관련한 발언을 한 문헌상의 가장 이른 예이며 1924년 5월의 『조선 및 만주朝鮮及滿洲』(第198號)에 게재된 것이다. 1924년 4월 23일 경성공회당에서 열린 노래와 강연 모임歌と講演の會에서 행한 강연의 내용인데, 여기에서도 민요와 그 창작의 중요성은 말하고 있지만, 조선이라는 향토적 특수성과 조선의 고유 민요에 대해서는 구체적인 언급을 하지 못하고 있다.

> 옛날의 고려자기에 나타난 마음가짐이나 기술은 조선의 향토 예술이라 할 수 있다. 왜냐하면 그 표현된 바는 조선 이외의 다른 나라에서는 물론 오늘날의 조선에서조차 발견하기 어려운 그 나라, 그 지방의 고유한 무언가이기 때문이다.……
>
> 이름난 음악가들, 이름난 작곡가들의 작품 중에는 반드시 스스로의 요람의 땅을 그리워하는 민요나 시가 있다.
>
> 민요에는 그 나라의 국민성이 드러나야 한다.

일본 본토에서는 민요와 민중, 민족이라는 용어를 위화감 없이 사용할 수 있었지만, 조선에서 향토예술을 논하면서 노구치가 '그 나라, 그 지방의 고유한 무언가'라는 모호한 말로 향토성을 논하는 것이 확인되며, 민족 대신 '국민성'이라는 말로 주체를 대체하고 있는 것을 알 수 있다.

이에 비해 난바는 「조선 민요의 특질」을 통해 조선이라는 땅에서 조선의 민요에 접하여 느낀 '꾸밈없고, 솔직하게 절실한 순정을 표현'하고 '눈물겹도록 정직하게 그 의욕을' 노래하는 특성을 강원도 아리랑의 구절을 예로 들어 다음과 같이 구체적으로 설명한다.

> 더구나 이러한(비속한-인용자에 의함, 이하 같음) 민요가 일본 민요의 과반을 차지하고 있는 것이다. 이(일본 민요)를 앞서 예로 든 조선 민요와 비교하여 맛볼 때, 둘의 간격이 상당히 멀다

> 는 것을 알 수 있을 것이다.……일본의 민요가 섬세하고 우미하며 전아한 것에 대해, 조선 민요는 소박하고 솔직하며 자연적 야생적이다. 전자가 어디까지고 기교적이며 감상적인, 그리고 꽃구경 기분인 것에 대해, 후자는 어디까지나 무기교적이며 소박하며 그리고 처녀다운 수줍음을 잊지 않았다. 일본 민요가 샤미센이 도래한 이후 글자수에 제한되어 7·7·7·5의 형식은 마침내 깰 수 없을 만큼 고정되고 그저 샤미센에 맞추도록 표면적 곡조에만 마음을 빼앗기고 있는 틈에 언젠가 소극적인, 온실 속 화초같이 생명의 약동을 잃은 것에 비해, 조선 민요는 발랄한 감정과 신선한 생활감을 유지해 온 것이다. 거듭 말하는 것은 이제 장황한 것 같지만, 이 소박함과 솔직함, 야생적 무기교와 생명적 감격으로 절실한 진정, 생활적 실감이 조선 민요의 일대 특질이 아닐까?

조선 민요를 일본 민요와 비교하며 '둘의 간격이 상당히 멀다'고 인식하면서, 일본 민요는 '섬세', '우미', '전아'하며 조선 민요는 '소박', '솔직', '자연적', '야생적'이라 평가한다. 그러나 이로써 일본 민요의 우위를 논하기보다는 그 고정화와 소극성으로 인해 '생명의 약동을 잃은' 것이라 비판적으로 보고, 오히려 조선 민요의 '발랄'함과 '생명적 감격'에 절실한 '진정'을 일본 민요에는 결여된 구체적 특질로 파악하고 있음을 알 수 있다.

난바는 「조선 민요의 특질」에서 두 번째로 장르의 문제로 우조를 비판한다. 즉 우조가 속가나 유행가는 민요가 아니라고 규정한 것에 대해 난바는 그 모순을 지적하고 있는데 여기에서도 '향토' 개념을 거론한다.

> 예술상의 '향토'라는 것은 단순히 횡적 문제만이 아니다. 종적으로 보아도 마찬가지로 인정해야 한다. 여기에 우조 씨의 큰 모순이 있지 않을까? 만약 종적인 것을 인정한다면 당연히 속가, 유행가도 민요가 아니라고는 할 수 없다. 왜냐하면 말할 필요도 없지만 속가, 유행가라고 해도 사회력을 얻어 방방곡곡에서 불리는 이상 그들의 정서에 통절히 닿는 무언가가 있기 때문이며 그 향토에 어울리는 율동과 선율을 가지고 있기 때문이다.

사실상 노구치는 「민요와 동요 짓는 법」에서부터 유행가나 속가가 민요의 범주에 들어가는지를 묻는 질문에 대해 '유행가, 속가는 민요와 다른 것'이라며 유행가와 속가가 민중에게 불리고 일정 세력도 가지고 있지만 예술성이 부족하고 비속하기 때문에 민요로 취급되어서는 안 된다는 입장을 취했었다. 이처럼 민중성과 세력을 갖는 속가나 유행가를 비예술로 치부하는 노구치의 관점에 대해, 난바는 민요가 가지는 '횡적' 성격과 '종적' 성격을 모두 인정해야 하는 만큼 사회력과 대중의 정서 역시 해당 향토에 어울리는 것이라 반박한 것이다.

논쟁은 이에서 그치지 않고 노구치의 변명과 그에 대한 난바의 재반박이라는 형태로 전개되었다. 모두 인용할 수는 없으나 요컨대 노구치 우조와 난바 센타로의 '향토'와 '민요' 논쟁은 '민요'와 '향토'의 대전제가 된 '민족' 개념이, 조선으로 그 무대를 옮겼을 때 어떻게 처리되는지를 잘 보여준다고 하겠다. 노구치와 같은 일본 민요창작의 대가에게 '향토'는 일본 내에서는 '민족'을 기반으로 한 고유한 지방성과 예술성을 가진 것이면 족했을 것이다. 하지만 민족을 달리 할 수밖에 없는 조선의 향토에서 노구치가 말하는 향토예술은 '국민'이라는 말로 대체될 수밖에 없었다. 이는 조선의 향토교육에서 '민족'이라는 고유성이 회피되고 '향토애'가 '국가에 봉사'하는 애국으로 변모한 것과 일맥상통한다.

이와 달리 난바와 같이 조선의 민요를 관심 있게 분석한 재조일본인 평론가 입장에서는 조선이라는 '향토'는 단순히 고유한 '지방'일 수만은 없었다. 그래서 종적인 역사와 횡적인 사회성을 공유하는 '한 무리의 민족'이 상정되는 것이 당연했고, 명료하지 않은 노구치의 향토와 민요의 정의는 조선 민요의 특질을 분석할 때 먼저 비판되지 않을 수 없었던 것이다. 여기에 바로 1920년대 재조일본인들의 '향토' 논의에 볼 수 없었던 새로운 향토 담론의 가능성이 보이며 그 매개가 된 것이 바로 '조선 민요'였다. 『진인』을 중심으로 한 조선의 가인들이 '조선 민요'를 관심의 대상으로 삼아 연구했을 때, 일본의 한 '지방'으로 조선을 치부하려는 경향에는 도저히 부합할 수 없는 조선 '민족'과 조선어, 나아가 조선의 선율이라는 문제에 직면할 수밖에 없었다. 그 때문에 『진인』의 「조선 민요의 연구」라는 특집호에는 조선 민족의 특성 — 그 평가가 긍정적이든 부정적이든 — 이 본격적으로 논해진 것이다.

3. 『조선 민요의 연구』의 특징과 기획 의의

그렇다면 『진인』이라는 단카 잡지를 기반으로 한 가인들이 조선인 문인과 재조일본인 유력 문필가를 동원하여 '향토'라는 개념에 바탕하여 전개한 『조선 민요의 연구』의 특징은 무엇인가? 필자군 간의 의견 차이는 있을까?

「조선 민요의 연구」 특집호에는 세 그룹의 집필자들이 기고했다. 최남선, 이광수, 이은상과 같은 조선인 문인, 하마구치 요시미쓰濱口良光, 이노우에 오사무井上收, 오카다 미쓰구岡田貢, 난바 센타로, 이마무라 라엔今村螺炎과 같은 재조일본인 문필가, 아사카와 노리타카淺川伯教(아사카와는 『진인』의 사우이자 이 잡지의 표지그림을 15년간 그려 준 도자기 연구가), 미치히사 료道久良, 이치야마 모리오市山盛雄와 같은 진인사 가인 그룹으로 분류할 수 있다.

각 그룹별로 조선 민요관의 입장 차이를 보자면, 우선 조선인 문인 그룹은 1920년대 중반 잡지 『조선문단朝鮮文壇』을 중심으로 한 국민문학론의 대표적 문학자들로 조선의 사상과 감정을 배경으로 한 민요를 통해 조선인의 민족성을 논하고 있다. '향토' 개념이 창출될 당시부터 '민족'은 그와 불가분의 관계였고, 향토 예술의 대표격으로 취급된 '민요'에 포커스가 맞추어졌을 때 조선인의 민족성이 서술된 것은 필연적 과정이다.

최남선은 조선이 '문학국'인지는 의문이지만 분명 '민요국'이라고 말하면서 민요를 '조선 민중문학의 최대 분야'라고 하며 조선인은 극적이기보다는 음악적 국민이라 표현했고, 이광수는 민요를 통해 조선 민족의 비非잔인성과 낙천성을 증명하며 '민족성이란 완고한 것이'라고 말했다. 또한 이은상은 민요의 문학적 가치를 주장하며 서구와는 다른 조선 민요의 음악적 효과를 논했다. 다만 당시 조선에서 일본인에 의해 주도된 향토 교육에서는 조선의 민족성 강조는 교묘히 소거되어 일본이라는 국가에 대한 애국심으로 탈바꿈되어 있었다. 조선인 문인들이 조선 고유의 민요를 조선인의 특징적 민족성—'민족', '민중', '국민' 등 용어의 혼란을 보이기는 하나—과 결부지어 설명한 것은, 그것이 일본인들의 오리엔탈리즘과 길항하면서도 긴밀히 제휴할 수밖에 없는 결과를 낳았을지라도 조선의 고유한 '향토'와 '민족'을 매치시킨 성과라 하겠다.

두 번째로 다섯 명의 재조일본인 문필가들의 '조선 민요'론의 특성에 관해서는 일본 민요계와의 연관성 상에서 살펴볼 필요가 있다. 물론 하마구치 료코, 이노우에 오사무, 오카다 미쓰구, 이마무라 라엔의 조선 민요에 관한 서술에는 각자의 특성이 있다. 특히 하마구치 료코는 「조선 민요의 맛朝鮮民謠の味」에서 '특히 조선 민요가 가지는 언어의 음률은 무류無類이다. 음악 그 자체이다. 이것은 어떻게 해도 번역어 상에 드러낼 수 없다. 나는 이것을 대단히 유감으로 생각한다'고 했듯 조선 민요의 특수성을 인지하는 맥락이 보여 상세한 고찰이 필요하다. 단, 이노우에, 오카다, 이마무라 세 사람에게는 조선 민요나 민족성을 논함에 있어서 '여자와 술의 인생관'을 강조하거나 '조선의 특수색은 상당히 흐려져 있다'고 보거

나 조선을 '모든 점에서 정체된 나라이며 창조가 결핍된 나라'로 보는 등 차별적 시선이 전제에 놓인 것을 명백히 확인할 수 있다.

이 재조일본인 문필가 그룹에서는 특히 난바 센타로에 주목할 수밖에 없는데, 그것은 다른 논자들과는 달리 일본 민요 연구와 창작의 태두라 할 수 있는 노구치 우조의 민요론에 반박을 하며 조선의 민요에 관한 논을 전개하고 결국 논쟁의 형태를 취하여 '민요'와 '향토'에 대한 자신의 의견을 개진하기 때문이다. 노구치 우조가 『진인』을 통해 조선 민요 연구에 끼친 영향력을 자장磁場으로 표현하고, '조선 민요'에 관해 논한 재조일본인 문인들이 조선의 민요에서 『만요슈萬葉集』나 무로마치 시대室町時代의 민요를 연상함으로써, 결국 제국의 노래로 수렴시키거나 조선 민요를 결과적으로 야만적인 것으로 폄하하게 된 것이라는 평가가 있다. 하지만 이 평가는 노구치와 논쟁을 펴게 되는 난바 센타로의 이견과 '향토' 및 '민족'의 차이를 논하는 중요성은 지적하지 못했다.

난바의 견해는 사실상 일본의 민요와 조선의 민요를 비교하여 '둘의 간격이 상당히 멀다는 것을 알 수 있을 것이'라고 그 차이에 방점을 두고 있는 것이 핵심이다. 구체적으로는 조선의 민요에 대해 '솔직', '소박', '자연', '야생', '무기교'라고 형용하지만 그것이 일본의 민요에 대해 열등하거나 야만적인 것으로 인식되는 구조로 사용된 형용이 아니다. 오히려 생명력을 잃고 소극적으로 고정화된 일본의 민요에 비해 '생명'력 있는 '진정'과 '실감'으로 표현되고 있다는 점에서 다른 재조일본인들과 차이를 갖는 난바의 조선 민요론 주장을 이해해야 할 것이다.

마지막으로 세 번째 『진인』에 기반한 미치히사나 이치야마, 아사카와와 같은 진인사 가인 그룹의 '조선 민요'에 대한 시각이다. 이들은 조선의 흙으로 대표되는 조선의 특수한 자연과 고적, 조선의 고유함에 착목하여 '조선의 노래'를 수립하려는 태도에서 조선의 민요를 보며, 「조선 민요의 연구」를 기획하였다. '조선의 노래'라는 정체성을 갖고자 한 재조일본인 가인들은 조선의 고유함과 특수함을 적극적으로 발견하며 일본의 중앙 가단과는 변별되는 조선이라는 향토성에 뿌리를 내리는 고유한 단카를 수립하고자 하였고, 그 노력의 일환으로 조선 민요에 대한 조사나 그 특성을 발견하려 한 것이다.

이들이 조선 민요와 관련해 피력하는 주된 의견은 다음과 같다.

• 우리(=재조일본인)에게 육박하는 (조선의) 예술적 효과는 지나(=중국)의 그것과 완전히 다른 것이었다. 그뿐 아니라 오랜 역사를 가지는 이 땅에는 어느 새 인정받지 못한 민예 속에서 특유의 형태를 창출해냈다.

• 시조도 완전히 민요의 형식을 정리한 것이 있으며 자연적으로 민중 마음에 파고들어 민요로 되어 버린 것도 있을 것이고 엄밀한 의미에서는 시조도 민요의 일종이어야 한다. ……그렇게 보면 조선 시조의 형식 박자는 어쩌면 완전히 조선 고유의 민요 위에 그 기초가 있는 것은 아닐까?

• 어떤 민족의 민요를 진실로 맛볼 수 있는 자는 그 민족을 빼

고 어떤 특수한 사람들에 의해서만 이루어지는 것이라고 생각한다. 즉 그 민족의 민족성을, 생활상태를, 그 밖의 모든 그 민족에 대한 지식과 그들의 문화를 잘 이해할 수 있는 사람들에 의해 이루어지는 것이다. 이러한 점에서 말하자면 조선의 민족성은 대단히 특수한 것으로 그 연구에는 충분한 준비가 있어야 한다.

인용문은 순서대로 아사카와 노리타카의 「조선 민예에 관하여」, 이치야마의 「조선 민요에 관한 잡기」, 미치히사의 「화전민의 생활과 가요」의 일부이다. 조선의 중국에 가졌던 사대성을 근거로 조선 특유의 문예란 없다는 이전의 조선문예 부재론을 부정하고, 조선 '고유'의 민요와 '대단히 특수한' 조선의 민족성을 적극적으로 인정하고 있음을 잘 알 수 있다. 이치야마는 향유계층의 구분에 따라서 '민요'의 대극점에 올 수 있는 장르인 '시조'도 민요의 일부로 보는 측면에서, 앞 절에서 난바가 '민요'에 사회적 맥락을 포함해야 한다고 노구치를 비판한 것처럼 민요 장르의 범주에 진폭을 보여준다. 어쨌든 이치야마와 미치히사 같은 대표 가인들은 조선 민요를 담론화하였으며, 아사카와의 조선 민예론에 공명하여 조선색을 발견하고 구현하는 데에 주요한 역할을 하였다.

이상 세 그룹의 '조선 민요'에 관한 입장이나 내용에는 개성이 있지만, 특히 재조일본인 평론가 난바와 조선의 도자기 연구가이자 민예론자인 아사카와와, 『진인』의 대표 가인 이치야마와 미치히사에게는 공통적으로 조선 고유의 문화와 민족성에 대한 이해가 전제

되어 있다는 것을 알 수 있다. 이 점이 조선과 조선인의 민족성, 조선 문화를 차별적으로 논하여 '권력에 대한 순종성, 지나 문화에 대한 종속성, 창조성의 결핍'과 같이 식민지주의로 일본에 비해 열등하다는 논리를 강화하였던 여타 재조일본인 논자들과 다른 주장이라 할 수 있다. 물론 민요로 조선의 민족성을 탐구하고자 한 시도의 종착점이 '조선 민요와 그것을 길러낸 향토의 소박, 솔직, 야생이라는 말로 표상되는 원시성'에 있다고 볼 수 있는 경우도 있고, 그 외의 논고는 수집한 자료의 번역, 소개에 머무르며, 그에 수반된 기술이 식민지주의적 논리라고 평가한 글도 있다. 그러나 난 바가 노구치와 논쟁한 것에서도 알 수 있듯 논자들의 분명한 입장차를 인정할 필요 역시 있을 것이다.

이처럼 『진인』의 특집호 「조선 민요의 연구」는, 집필에 참여한 이들에게서 조선 고유의 문화와 민족성에 대한 이해의 시선을 읽어낼 수 있으며, 다른 논자들이 조선인과 조선 문화를 차별을 전제로 하여 일본에 비해 열등한 것으로 상대화한 것에 비해 특수성과 차이를 식별해 낼 수 있었다. 바로 이 점 때문에 이 시기의 조선 민요의 발견과 더불어 논해진 조선의 향토 담론이 중요하며, 1930년대에까지 걸쳐서 재조일본인들이 조선의 지방색을 규정하려고 한 문예활동에 대한 재검토가 요청되는 바이다.

[영인]

1926년 11월 『동광東光』 제1권 제7호
「청상민요 소고」 한국어 원문

여기서부터는 影印本을 인쇄한 부분으로 맨 뒷 페이지부터 보십시오.

은 天下에 이름노픈 孝誠道의 이야기어니와 그 보다도 孝子라 이름허니 父母의 뒤를 딸아 남은 孝를 바치려 갓는가 하는 그의 아픈 마음을 아무리 맛당치 안흔 酒杯로 鎭定하려하나 讀書聲 한 소리에 다시 臘一節의 슬픔과 아픔을 느센 것이며 前歌 二月로부터 十月까지의 노래와는 그 맷매짐이 다른 것을 봄은 支離함과 單調함을 避하려한 일이라고 생각하며 同時에 應服할 點이 잇는것이다

그달그믐 겨우보내
섯달이라 제석날에
설한풍 모라치는
캄캄타 한밤이야
어이혼자 사잔말가
혼자어이 사잔말가
돌아오는 구십춘광
눈과함께 마지더오
슬프도다 이내정절
노피노피 지키리라

最後의 一節이다。十二月을 通하여 謠詞첫줄에는 늘『그달그믐 겨우보내』『그달그믐 다지나고』라고 석거 쓴 것에는 節마다 反復이 되어 或 欠잇게 생각할 수도 잇스나 겨우 보낸다는 그 情懷를 잇지 안코 썩 달아 부틴것을 보면 그 피로움을 알것이다。

將次 오려는 九十春光을 바라다 보고도 秋毫도 가신 님을 생각하는 그 情을 害치 안코 貞節을 노피 지키리라는 盟誓를 또 다시 하고 보니 靑孀의 餘生이 슬픈것뿐이로다 한 노래다。옛 道德이다。寡婦의 良心에 맛길 自由다。그럼으로 不變할 道德도 되는 것이다。그러나 이것을 論할 자리가 아니니 道德性 如何를 이야기할 것은 업다。

이리하여 一年 十二個月의 嘆이 모여 靑孀의 十二月歌가 되엇다。可히 써 朝鮮의 民謠中에서 「山念佛」「遊山民謠」「놀량」「둥기」(農夫歌)「진산타령」「자즌산타령」「漁歌」等을 아울러 「思親歌」와 「靑孀民謠」들은 자랑할것이 되는것이요 이 靑孀民謠中에서는 長謠로 된 이 「嘆歌」와 「十二月歌」를 中望으로 생각할 수박게 업다。

餘 言

우리가 以上에 이 民謠를 小考해 보앗거니와 朝鮮의 民謠는 大槪로 四四調로 되어 잇슴을 알수 잇는 同時에 말의 뜻을 딸아서 平·哀·樂·激의 온갓 調로 될수 잇는 特色을 보앗스며 音節의 數爻에 딸아서도 平·哀·樂·激의 온갓 調를 가지게 될수 잇는것도 또한 보앗다

朝鮮民謠 乃至 朝鮮詩歌의 「리듬」은 決코 西歐의 것과는 달라 音의 高低에 關係됨이 적고 音節의 長短에 關係됨이 만타는 것을 알게 되엇다。

그뿐 아니라 우리의 詩歌는 頭韻·腰韻·尾韻 이와 가티 韻다는 點에서 音響的 效果를 엇지 못하고 反復에나 或은 東洋的인 對句에서 平凡하게 連續的으로 音響的 效果를 엇게 되는 것도 알게 되엇다。

나는 더욱 春園의 「놀량考」에 쓰인 朝鮮民謠 이야기의 一端을 讀意로 읽엇거니와 「놀량」에 나타난 朝鮮民謠의 特質 特性 乃至 基調 發達을 說明할것과 共通된 點을 이 靑孀民謠小考에서 照合해 엇게 됨에서 더욱 기쁜 마음을 가진것이다。이 기쁜 마음이란 朝鮮民謠 硏究의 길에 서서 茫然하고 피로운 마음을 노치 못하는 우리가 어든바 態度라고 생각하는 것이다。

後日에 朝鮮民謠 硏究를 完全히 하여 감을 딸아 우리에게서 조흔 詩論이 생겨지며 朝鮮의 傳來民謠란 朝鮮 詩歌의 將來에 貢獻됨도 적지 안흐리라고 밋는 바다。(完)

그달그믐 다지나고
七月이라 칠석날에
아미산월 반륜추는
리적선의 청흥이요
견우직녀 바라보고
눈물짓는 나이보다
추수공장 천일색에
죽장망혜 소년들아
우리님은 어대가고
추오절인줄 모르신고

峨嵋山月半輪秋는 李謫仙(太白 의 淸興이란 말을 쓴 것은 中國의 詩文과 關係가 기픈 朝鮮인것을 雄辯하엿다고 생각하며 또한 가을節의 興을 이 酒仙의 글을 通하여 序하ㄱ한 것으로 볼수 잇다。七月七夕의 밤、銀河水에 다리를 노코 一年一次 만나 본다는 牽牛 織女星을 바라보고 눈물짓는 것은 自己의 설음을 부처 생각한 것임이요 秋水共長天一色이란 王勃의 文章을 빌려다 가을의 興을 더욱 돕고 竹杖芒鞋로 千里江山 巡禮의 길에 나서는 가을의 淸士들을 보고 白樂天의 詩에 잇는 『秋雨梧桐落葉時、……』에서 나온 秋梧節도 모르시는 一去不復來의 님을 懷憶한 一節이다。

그달그믐 겨우보내
八月이라 추석날에
백곡이 풍등하니
즐거울손 추성인데
일국루에 옷깃젓는
이내신세 뉘가알리
찬바람 절서딸아
벌초가는 소년들아
우리님은 어대가고
추석절을 모르신고

百穀이 豊登한 八月의 秋夕에도 一掬淚를 참지 못하는 孤獨한 情懷를 말한것이며 先親의 山塋에 伐草가는 民俗을 또한 보인 것이다。

그달그믐 다지나고
九月이라 중구일에
천봉이 다시노파
구름인듯 둘렷는데
만학에 단풍드니
꼿이핀듯 반가워라
지이산 천황봉에
등산하는 소년들아
우리님은 어대가고
중구일을 모르신고

千峯萬壑이 確實히 가을의 비출 셴 九月의 重九日에 智異山 갈가마귀를 딸아 왓다갓다하는 少年들을 보고 또한 不勝感悵의 뜻을 말한 것이다。

그달그믐 겨우보내
十月이라 천마일에
공산에는 기럭이요
독숙공방 이내몸가
저리궁천 노픈달아
혼자밝아 무삼하며
동잔ㅅ불 쓰고안자
풍월읊는 소년들아
우리님은 어대가고
천마일을 모르신고

『空天에 밝은 달은 十月의 자방일세』라는 農夫歌의 一節을 생각케 된다。찬바람 돌고 기럭이 소리 들리는듯한 고요한 哀詞다。

그달그믐 다지나고
동지ㅅ달 동짓날에
왕상이라 맹종보다
효자라 이롬러니
가신부모 딸아가서
남은효성 바치는가
혼자안자 술을들고
설음진정 하는제에
어대서 글소리는
남의애를 다시끈노

王祥의 『寒氷鮮魚』、孟宗의 『雪上竹筍』

이라는데 介子推의 이야기가 主로된 날이다。支那의 詩에『馬上逢寒食途中屬暮春』이란것이 잇거니와 여긔에서 아마『말달리는 少年들아』란 謠句가 된듯하다。二月에는 寒食日을 지켯슴이 한 民俗이 되어 잇섯슴은 否認못할 事實이며 이러한 때를 通하여 또한 가신 님을 追憶한 것이다。

그달그믐 다지나고
三月이라 삼진날에
연자는 날아들어
옛집을 차자오고
호접도 분분하여
옛비출 자랑하네
봄ㅅ바람 야외ㅅ길로
노니는 소년들아
우리님은 어대가고
답청절인줄 모르신고

確實히 봄이 느저간다。春風을 짤아 새ㅅ파란 野外ㅅ길로 踏靑하는 少年들을 보고 또한 가신 님을 懷憶하는 것이며 三月의 代表日은 民俗上 三辰日이란 것을 알수 잇는 一句다。

그달그믐 겨우보내
四月이라 初八日에
상각산 제일봉에
봉황이안자 춤을추고
한강수 기픈물에
어옹의노래가 처량할제
장안만호 집집마다
관등하는 소년들아
우리님는 어대가고
관등절을 모르신고。

四四調의 嚴格한 規定을 버서나기도 하엿다。『어옹의 노래가 처량할제』(六·四)가 그 一例다。그러나 여긔에 넘우 單調로움을 避한 대에는 一理가 잇거니와 또한『어옹의 노래가』라는 (六)으로 (四)를 代한 것은 그 輕快·凄凉한 音은 범새를 주는대에 오히려 더 조타고 생각할수도 잇다。

이 觀燈節(看燈節)이란 것은 佛敎의 俗인 바로되 우리의 옛날에도 初八日 釋伽의 生辰日의 밤에는 長安 집집마다 燈을 밝혀 祝賀한 것이다。『一燈二燈三四燈、五六七八九十燈、須更變作千萬燈、五更鐘聲落人間』이란 글이 잇거니와 看燈日의 壯觀은 말할수도 업시 盛大한 것이엇다。

이러한 때를 當하여도 또한 가신 님의 幻影을 그리고 안즌 靑孀의 슬픔을 볼수 잇는 것이요──

그달그믐 다지나고
五月이라 단오일에
나물먹고 물마시고
팔을베고 누엇스니
녀름구름이 구름이요
자규ㅅ새울음이 울음일세
송백양류 진진남게
노피뜨는 소년들아
우리님은 어대가고
추천절을 모르신고

端午의 鞦韆을 通하여 叙懷한 것이니 第三行으로 부터 第六行에 이르는 동안의 寂寞함이 第七行 第八行과 어우러저 妙를 어룬 一節이다。

그달그믐 겨우보내
六月이라 류두일에
반가울손 순풍이야
치마옷깃 흩날리니
바람마다 한숨이요
한숨마다 노래일세
김매고 방아찌코
목욕하는 소년들아
우리님은 어대가고
류두절을 모르신고

六月의 流頭日을 말하여 順風章을 그린듯 懷憶의 情을 叙한 것이며──

曲陳히 울프어) 노흔것을 보면 더욱 貴한 價値가 잇다고 볼수 잇는 것이다。

이것으로 우리 朝鮮의 靑孀民謠 中에서는 다음에 考察해 보려는「十二月歌」와 아울러 雙璧이라고 斷言한다。그롯됨이 아닌줄 밋는 바다。

二、十二月歌考

前項「嘆歌」와 倂合하여 靑孀民謠의 二大雙璧이라 할만한 이「十二月歌」는 어떠한 者인가。節을 짤아 小考해 보려는 것이어니와 이 民謠는 靑春寡婦의 一年 十二個月의 恨嘆을 모아 한 노래를 만들어 노흔 것이다。

特히 이 十二月歌 속에서는「思親歌)의 謠詞와 가튼 謠詞가 달달이 씌이어 잇슴을 發見케 된다。어느것이 먼저요 어느것이 뒤라고는 證據할 곳이 바이 업스나 말의 組織이나 또한 그 外形으로 보아서 同時代의 作이라고 看做함이 맛당하다고 생각한다。

아마 作者가 갓거나 그러치 안흐면 十二月歌와 思親歌 이 두 民謠中에 어느 것 하나이 어느것 하나를 純全히 模擬한것일 것임은 分明한 일이요 後人이 詞意가 가튼 이 두 民謠를 同時에 눈아페 다 펴 노코 互相 比較硏究해 보는 때에 그 何者先 何者後를 判然히 區別해 노치 못하는 것에도 不拘하고 姉妹民謠라 或은 兄弟民謠라 命名한다 할찌라도 異議할수 업는 일이라고 생각할수 밧게 업다

그럼으로 나는 이에 이 兩民謠의 歷史的 考察을 試驗할수도 업고 또한 地方的 考察도 憑藉할 곳이 업슴을 斷言하는 同時에 이 두 民謠를 姉妹民謠라고 敢言해 두는 바다。

紙面만 許諾한다면 좀 長遠하나마 思親歌를 記錄하고 比較 解說을 取하겟스나 別로히 必要를 느세지도 안는 바요 또한 이 十二月歌 小考에서 自然히 思親歌를 알수 잇게 해 보려는 생각이기 때문에 이로부터 바로 十二月歌를 小考해보려 한다。

民謠치고 어떠한 民謠던지 民俗 乃至 民性을 함께하지 안흔것이 업지마는 特히 이 十二月歌에서는 民俗을 만히 차자 볼수 잇스며 이 民謠는 더구나 保全해 두어야 할『무엇』이 잇다고 본다。

正月이라 십오일에
새해로다 새해로다
찬란한 오색옷을
가추가추 갈아닙고
세를지어 노니는
正月이라 새해로다
山우에 노피올라
망월하는 소년들아
우리님은 어대가고
상원인줄 모르신고

이 노래는 이와 가티 四四調 十行詩로 一節式이 되엿다。正月의 十五日에 望月하는 民俗을 차줄수 잇는 것이며 新年의 上元인것만큼 즐거운 때를 當하여도 愁嘆을 禁치 못하여 怨痛히 신님을 追憶한것이다。

그달그믐 겨우보내
二月이라 한식일에
원근산에 봄이드니
불탄풀이 속닙나고
집집마다 찬밥이니
개자추에 넉시로다
적막한 이봄날에
말달리는 소년들아
우리님은 어대가고
청명인줄 모르신고

이 二月의 淸明節은 所謂 二十四氣中의 一稱으로 春分의 後 陽曆으로는 四月五日頃이다。그리고 淸明 翌日을 寒食日

오소 웨 안오시오
이밤에 오소
기픈 송림속에
누어 웨 말이업소

(二一四)(三二)(二四)(二一四)前節보다 더욱 亂調로 되엇다。그러나 第一行 第四行이 싹 가튼 (二·一·四)調로 된 것을 보면 音樂的 韻律이 自然的으로 成立되어 잇다。더욱 注意를 끄으는 點이다。

길이 캄캄하여
四更 지낫단덜
혼이야 웨 못오겟소
이밤에 오소

(二四)(二四)(三一四)(三二)前節과 同樣으로 亂調다。여긔에 나는 前節에 나라난 가신 님의 骨肉을 向하여 만 呼訴한것 밧게 本節에 나라난 그 靈을 向하여도 呼訴한 것을 發見하는 때에 無上히 느낌이 만흔 것이다。그 사랑이 骨肉에만 잇서 한 感覺的인 肉的愛뿐만 아니요 놉고 깨끗하고 맑은 그 靈魂에까지 이르러 거륵한 愛의 憧憬을 자랑하는 것을 보게되는 것이다。더욱 더 얼마나 悵然한 感懷가 우리의 情感을 찔러주느냐。

바람에 늘어진나무
비온다고 널어나며
하눌이불러 가신님이
내온다고 다시오랴

(三五)(四四)(五四)(四四)이 節에는 前節의 亂調를 다시 거두어 本格 調子 四四調에 近接되는 것을 보여 주는 것이다。急激한 悲痛을 自慰하는 노래다。가신 님이 아니 오시는 即——人生死去 不復返의 理由를 여러가지로 생각하다가 마침내 까닭도 업시 아니 오심을 깨달을 때 亂調로 그 急激한 悲痛을 呼訴도하여 보다가 다시 그야말로 『悃憶誰訴』로 自慰하여 自重하는 길로 들어서려는 轉換의 一節이다。

산골에서 흐른물이
다시올길 바이업고
서쪽산에 지는해가
지고시퍼 제가지나
초로가든 우리인생
아니죽고 어이하리
죽어오지 안는일을
뉘라무삼 탓잡으리

確實히 四四調로 돌아와 一種 生死觀우에서 自慰하는 노래를 불럿다。

님아님아 편히가소
운장넘어 편히가소
골육을랑 걱정말고
혼자나마 편히가소

이 節에 잇서서는 問題가 잇다。第二行에 『운장넘어』란 뜻을 여러가지로 생각해 보앗스나 第一 맛당한 解釋이라고 생각하기는 『雲井넘어』(구름넘어)란 뜻인듯하다。그러나 民謠多館者로 이름잇는 金海老人(馬山)의 말이 『윤장넘어』라하니 그대로 쓰기는 썻스나 내 뜻 가태서는 『운정넘어』가 아닌가 한다。(讀者中에 아는이가 잇스면 가르치기를 바란다。) 또한 第四行에 『혼자나마』는 或者의 말에 依하면 『혼(魂)이나마』라고 하나 이것 亦是 이 民謠를 불러준 金海老人의 말에 딸아 쓴 것이다。何如間 이 點에 잇서서는 『魂이나마』가 맛당한 것도 갓고 『혼자나마』도 조키 때문에 「운정」과 아울러——(側線)을 그어 表해 놋는다。다음으로 傳할 때 注意를 합세하여 일러 줄 必要가 잇는것 갓다。이 問題는 如何히 되엇거나 그만해 두고 이 一節로 「嘆歌」의 終을 삼는이만큼 무게 잇고 意義 잇는 것일씨며 自慰의 노래로 쯧맷지 안코 가신 님을 爲하여 한節을 더

前二行은 三四調로하여 前節의 三四調에 그 情緖를 連絡시켰고 後二行은 四四調로하여 後節의 四四調에 그 情緖를 ㅿ을어다 놋는 同時에, 아니오시느나 따는 意味의 「안오신고」를 反復하여 哀調의 힘을 强하게한 것을 볼수가 있는 것이며——

돌판새에 황혼이니
날저물어 못오신가
멀리뵈는 저노픈봉
산이노파 못오신가

산머리에 흰눈이니
눈에막혀 못오신가
물이기퍼 못오신가
어이이리 못오신가

이 두節에 나라난 것을 보건댄 前節에 쓰인 「안오신고」의 解釋이다。가신 님의 못오시는 理由를 여러가지로 想定하는 그 피로움일다。그리고 여긔에서 對句法을 使用한 것은 妙하게 되엇스며 그우에 더욱 單調로움을 避하기 爲하여 後節 後二行을 좀 달리해 노하 欠업는 謠를 지어 노흔대는 賞嘆할만한 것이라。

로중에서 부모만나
부모봉양 하십인가
애가장 무덤만나
三百草 약을짓나

여긔서도 보면 前二行은 四四調로 되어 前節의 調子를 繼續해 잇고 後二行은 三四調가 되어 後에 나오는 三四調를 엿보여 주는 同時에 父母의 奉養을 重히 녀기는 倫理觀念 乃至 道德觀念을 보여주고 三百草 藥을 求하여 兒葬을 헐고 人生을 救하려는 人道心 乃至 悲慘한 夭死에 對한 同情心을 보이는 것이다。寂寞한 슬픔 속에 우리를 쥐어 당그는 一節이다。

채금러 기픈골에
금캐러 가섯는가
오색돌 고히갈아
쟈사로 가섯는가

이 節은 自己네들의 生活難에서 產出된 노래다。採金하여 現實生活을 豊裕히 하려는가 或은 五色돌을 고히 갈아 商賈로 나서서 前生의 貧窮을 免하리만큼 돈을 모아 돌아오시려는가 하는 것을보면 自己네들의 現實生活이 어려웟다는 것을 엿보이는 것인 同時에 가신 님의 못오시는 그 理由에 한가지로 생각해 보던 것이다。

七年대한 가물음에
銀河水섀 비시는가
山川새에 비빌보고
갈모씨를 구하시나

어대가고 못오신가
가서다시 아프신가
칼을쓰고 옥속에서
허풀업시 우시는가

이일이야 어인일고
어인일로 못오신고
바람부는 저문날에
혼백만이 슬피우네。

漸漸——謠의 進行을 딸아 靑孀의 슬픈 限이 참을 길 업시 울음파 합세 터저 나오려는 過程이 宛然히 나타난다。

노피운다 바람이야
노파 웬일이냐
동지섯달 기픈밤아
기퍼 무삼탓이냐。

(四四)(二四)(四四)(二五) 이러한 亂調를 일우엇다。그러나 四四調의 情緖를 섞거 잇는 것은 急히 變하기가 힘드는 것을 보임이요 딸아 風急夜深의 背景을 그려, 나오는 哀痛한 亂調를 豫示하는 것도 갓다。

이던지 이 民謠를 尊重히 너겨야만 할 것과는 미리 말하고 시픈 한 마듸다。

後日에 우리에게 잇서야 할 傳來民謠集이나 傳來民謠論이 나올것은 疑心업는 일이겟고 다만 筆者가 쓰는 本題 下의 一筆은 靑孀民謠 中의 長謠에 들만한 代表作「嘆歌」와「十二月歌」二篇을 小考해 보려하는 바다。

一、嘆歌考

『民謠의 文學的 價値』라는 말을 어쩨한 點에서 그 標準을 잡겟느냐고 뭇는다하면 나는『民謠 乃至 詩歌의 發生하는 그 情緖에』두려한다고 對答하고 십다。

웨 그런고하니 文學的이란 말을 廣義로 換言한다면 情緖的이라고 할수 잇는 것만큼 民謠를 產出하는 그 情緖 如何를 論하는대에서 文學的 價値란 말을 생각할수 밧게 업다고 斷言한다。

그럼으로 이 靑孀民謠「嘆歌」와「十二月歌」의 文學的 價値를 論하고저하면 第一義에 그 嘆歌와 十二月歌의 出發한 情緖를 議論하여야 할 것이요 第二義 第三義에 다른 問題를 이야기할수 밧게 업다。

그러나 論陣의 便宜上 그 情緖와 形式을 아울러 小考해 보는 동안에 自然히 그 文學的 價値를 알게하려는 바다。

비녀팔고 달비팔아
약이라고 지어다가
약탕관을 걸어노코
숨가는줄 몰랏구나

이 嘆歌 全篇은 이와 가튼 四四調 基準의 四行詩로 되엇다。第一節에서 나타난 告白을 보건댄 現實에 苦痛을 極히 바든 家庭이 分明하다。男便의 病을 爲하여 自己 自身의 日常用하는 所有까지 팔아야 될만한 그만한 貧寒을 가진 家庭이다。藥도 天運을 이기지 못하여 마침내 사랑하는 님은 갓다는 것을 첫머리에 노래하여——

호천망극 하다한들
님의혼백 알수잇나
션수박에 갈옹필려
멋업시도 여읫구나

아무리 招魂하고 아무리 惻怛하되 이미 忘河를 건너 저생의 百姓이 된 自己의님의 魂魄은 남아 잇는 自己를 몰라 주는 것 가트니 未熟한 西瓜에 칼질해 노혼 듯 오래지 못한 사랑에 惡運이 이르러 苦痛을 함세한 孤獨밖게 남은것이 업다는 것을 말하엿다。

누엇슨들 잠이오나
안젓슨들 님이오나
잠도님도 안이오네
어이하고 사잔말고

自己의 生活의 寂炎과 苦痛을 跌宕에 連하엿스니 樂도 업고 希望도 업시 어찌 무엇으로 生을 持續해 갈바 하는 餘生難을 노래하여——

서산에 피는꼿은
해마다 피것마는
가신님 어이하여
꼿가리 못피는고

여기에는 三四調로 變하엿다。四四調로 담 느린 調子로 읊으게 된다。날마다 嬌麗한 自然을 眺望할 째 그 마음의 悵惘해지는 情과 아울려 느린 嗚咽의 嘆息을 가지지 안흘수 업는 것이매 그 情과 이 形이 그 맛당함을 어더 金砂 속에 砥한 가장 아름다운 金砂와 가티 이 長謠中에 이 一節이 더욱 우리의 눈(情感)을 쓰오는 것이다。

무정한 우리님은
엿가튼 나를두고
어이하여 안오신고
무순덧에 안오신고

靑孀民謠小考

李殷相

緖言

우리 民族이 所有한 傳來民謠中의 어느것이던지 을프지는 한 小謠를 들을때에 우리는 그 純樸한 歌詞와 單純한 調子속에서도 때때로 우리 先祖의 生活狀態를 엿보게 되는 것도 잇고 그 때의 自然을 想像할수도 잇는同時에 歷史를 사랑하는 마음、國土를 向하는 敬虔한 마음、民族을 爲하는 뜨거운 생각을 가지게 되는 일이 적지 아니한 것이다。

文學의 文學을 詩라하고 詩의 詩를 民謠라하는 말은 우리가 일쪽 아는 말이어니와 어쩌한 形式 어쩌한 思想을 가진 詩임을 不拘하고 民謠를 例事로히 하지 못할것이며 이것을 基調로하여 發展한 以上이라야 優雅한 文學的 價値를 씌게 될 것이라고 생각한다。

그럼으로 詩를 조하하고 民謠를 모른다하면 그는 詩의 섭질을 할타 보는 사람에 지나지 못할꺼며 詩의 속맛을 참오로 맛보려는 이로서는 반듯이 民謠의 洞里를 차자 民謠를 親하여야만 할것이다。

우리에게서도「코스모폴리탄」이란 말이 자주 들리어 잇지마는 萬一에 自己의 民族、自己의 國土、自己의 歷史를 떠나「코스모폴리탄」이란 말이 完全히 實際에 잇슬수 업는 바를 나는 밋고저 한다。

「톨스토이」가 露西亞를 사랑하엿고「휘트맨」이 美國을 사랑하엿다 함을 어느뉘가 否認하려할 것이며「브론손」이 諾威를 다시 살렷고「레씽」이 獨逸을 위하엿다 함을 어느뉘가 肯定치 안흐랴。

西聖「소크라테스」는 希臘 울근십하엿고 東聖 孔子는 魯의 사람이며 基督도 이스라엘의 國民을 爲하여 운것이아니냐。

그러나 그들이 萬一 自己의 國民、自己의 國史、自己의 國土와 함께하지 안핫던들 어이라「코스모폴리탄」의 實際를 우리에게 보여 주엇겟는가。

모든 藝術의 首位를 鄕土藝術에 맛지다하면 鄕土藝術의 首位를 民謠에 맛지다함도 疑心업는 일일 것이며 藝術의 道를 밟아「코스모폴리탄」을 議論하는 이로서는 더욱 더 이 民謠를 삼가히 對하라는 것이다。

「文藝市場」이란 文句가 생긴 以後로 나는 늘 이러케 생각한다。

——모든 藝術은 五穀과 갓다。

들에서 자라 市場에서 팔린다

『鄕土에서 藝術을 키워 市場에서 판다。』 옷올게 녀길것이 아니다。

우리는 이것을 否認할수 업는 事實이라고 미들수 박게 업다。

여긔에 緖論을 넘우 길게 씀 必要는 업지마는 民謠란 鄕土藝術의 長임을 알아야 할 것과 어쩌한 文學을 主張하는

[영인]

1926년 11월 『동광東光』 제1권 제7호
「청상민요 소고」 한국어 원문

여기서부터 영인본을 인쇄한 부분입니다. 이 부분부터 보시기 바랍니다.